**TerreSombres**

Une collection dirigée par Laure Buisson

Gwenaële Robert, *Le Dernier des écrivains*
Christian Authier, *L'Ouverture des hostilités*
Alexis Brocas, *Il n'y a jamais de meurtre en l'île*
Joseph Macé-Scaron, *La Falaise aux suicidés*

# LA FALAISE AUX SUICIDÉS

## DU MÊME AUTEUR

Romans

*Trébizonde avant l'oubli*, Robert Laffont, 1990
*Le Cavalier du minuit*, Julliard, 1998, prix du Livre d'aventure
*Ticket d'entrée*, Grasset, 2011
*La Surprise du chef*, Éditions de l'Observatoire, 2021

Essais

*La Galaxie Barre* (avec Michel Chamard), La Table ronde, 1988
*Les Politocrates* (avec François Bazin), Seuil, 1993, prix du Livre politique
*La Tentation communautaire*, Plon, 2001
*Montaigne, notre nouveau philosophe*, Plon, 2002, prix de la Maçonnerie française 2003 dans la catégorie « humanisme » et prix Charles-Oulmont de la Fondation de France
*L'Homme libéré*, Plon, 2004
*Le Mississippi*, Belem, 2007
*La Panique identitaire*, Grasset, 2014
*L'Horreur religieuse : quand les religions nous détruisent*, Plon, 2016
*Éloge du libéralisme*, Éditions de l'Observatoire, 2020
*Rendre vie à la mort*, Éditions de l'Observatoire, 2020

Joseph Macé-Scaron

# LA FALAISE AUX SUICIDÉS

Roman

Les Presses de la Cité TerreSombres

92, avenue de France – 75013 Paris
ISBN 978-2-258-19709-1
Dépôt légal : octobre 2022

*There's a clue to find*
*In the fantasy life of poetry and crime*
*Haute Normandy and Seine-Maritime*
*In the fantasy life of poetry and crime…*

Pete Doherty, « The Fantasy Life
of Poetry & Crime »

# Prologue

*Juin 1996*

Tout d'abord retentit la longue sirène stridente du marché couvert d'Étretat. Un coup annonçait que les camionnettes et les étals des commerçants avaient pris place autour des halles en bois.

Deux coups alertaient sur la découverte d'un corps au pied de la falaise par un promeneur ou par un plaisancier ayant aperçu de sa périssoire une forme humaine disloquée.

Survint le deuxième coup.

Aussitôt suivi de la sirène des pompiers, et même les horsains comprirent qu'un drame se jouait derrière l'arche ogivale qu'ils étaient si fiers d'avoir prise en photo avant que le temps se dégrade.

Trois minutes plus tard, l'adjudant-chef Lassire avait enfilé son uniforme puis sa parka en soupirant. Il s'était tourné toute la nuit dans son lit sans parvenir à trouver le sommeil. Commencer sa journée par un suicide signifiait ne rien avaler. Une fois, il avait essayé de prendre au moins son bol de café au lait. Il avait eu l'estomac retourné pendant toute la journée.

« C'est bien la preuve que tu es une petite nature ! T'es vraiment pas fait pour ce métier ! » lui avait lancé sa femme, une walkyrie aux seins lourds et hanches larges.

Après dix ans d'escarmouches, elle avait fini par le quitter pour l'ancien instituteur d'Étretat devenu éleveur d'alpagas à l'ombre des raffineries du Havre. Elle avait emmené avec elle leur jeune fils. Très vite, la garde partagée était devenue un droit de visite une fois par mois.

Quand Léon Lassire arriva sur les lieux, les sapeurs-pompiers étaient parvenus à écarter les nombreux curieux et bataillaient encore pour rassembler une moitié de corps enfouie sous les galets. Ce qui restait du cadavre avait été en partie déchiqueté par les mouettes.

Antoinette Lecanu, l'infirmière que sa conscience professionnelle avait poussée à venir sur les lieux du crime pour évaluer le travail qui l'attendait, pestait contre les volatiles qui s'étaient acharnés sur le corps.

— C'est le cinquième depuis le début du printemps ! soupira-t-elle en s'agenouillant avec difficulté.

Comment allait-elle réussir à reconstruire le visage du désespéré, qui pour l'heure ressemblait à une gueule cassée de la Première Guerre mondiale peinte par Picasso. Une des joues, dont la peau pendait sur le côté, était couverte de petits bulots.

— Avec les beaux jours, les suicidés reviennent, confirma un des sapeurs-pompiers, que trente années de volontariat avaient rendu philosophe.

— Chaque nouveau suicide suscite des vocations, intervint l'adjudant-chef Lassire en remontant son pantalon. Cette foutue Aiguille creuse les attire comme des mouches. Je n'ai toujours pas compris pourquoi la municipalité n'a pas condamné l'accès aux falaises.

Lecanu haussa les épaules et se retourna vers le gendarme après avoir constaté l'absence de dentition du cadavre.

— Fermer les falaises au public, Léon !? Ils iront se jeter ailleurs, à Bénouville ou à Yport, tu crois vraiment qu'ils vont mettre des barbelés tout le long de la côte ? Et quand bien même on ne les mettrait qu'à Étretat, qu'est-ce qui les empêchera de passer par le golf ? À moins que tu ne veuilles patrouiller matin, midi et soir ?

Lassire la regarda de travers et bougonna :

— Je vais encore devoir me coltiner un rapport qui va me prendre deux heures… Et même trois, si je compte les plaintes du médecin légiste, qui va m'accuser de lui compliquer le boulot parce que le corps n'est pas suffisamment en bon état… En bon état ! Toutes ces simagrées pour conclure, encore une fois, que la mort est due « à une chute de grande hauteur ». Cela ne devrait pas lui prendre plus de cinq minutes.

Il pensait surtout qu'il allait devoir rendre compte du décès à la gendarmerie de Fécamp. À cette seule pensée, les paumes de ses mains devenaient moites. Il craignait toujours les rebuffades de ce psychorigide chef d'escadron.

— Des lambeaux de vêtements, ni alliance, ni montre, une boîte crânienne en miettes, cela ne va pas être facile de connaître son identité, je vous plains, intervint le sapeur-pompier compatissant.

— Peut-on avoir une idée du temps qu'il est resté dans l'eau avant d'échouer sur la plage ? demanda l'adjudant-chef à l'infirmière.

Il était ravi que quelqu'un consente enfin à le considérer comme une victime.

— Je ne suis pas médecin légiste, mais si on prend en compte les marées je dirais peut-être quatre ou cinq jours, une semaine au maximum. Je pense que tu devrais commencer par te demander comment il a échoué ici avec si peu de vêtements. Il n'a pas traversé Étretat à poil.

Lassire souffla.

— Vraiment, c'est bien ma veine, je vais devoir vérifier chaque voiture qui pourrait correspondre à celle du mort…

Le parking principal près des falaises était bondé de véhicules. Or, l'ancien village de pêcheurs n'était pas fait pour accueillir de telles migrations touristiques.

— J'en ai bien peur, dit distraitement Lecanu.

Elle venait de retrouver la crête lacrymale qui allait lui permettre de reconstituer la face orbitaire du suicidé et grommelait :

— Son bassin est en miettes, je suis parfaitement infoutue de vous dire pour le moment s'il s'agit d'un homme ou d'une femme…

— Après tout, reprit Lassire, qui continuait à suivre son idée, avec un peu de chance, il y aura dans la boîte à gants une lettre adressée à ses proches…

— Ou pas, rétorqua l'infirmière. Se jeter ainsi dans la mer peut être provoqué par la volonté de se dépouiller d'une identité sociale douloureuse. Et dans ce cas, le suicidé n'aura rien laissé derrière lui. Encore moins une lettre à ses proches.

Cette fois, l'adjudant-chef Lassire lui jeta un regard mauvais. Où était-elle allée chercher ça ? Dans un magazine féminin ?

— Qui prévient le maire ? demanda le vétéran des sapeur-pompiers.

Le maire. Lassire l'avait complètement oublié ! À chaque corps découvert, le premier édile, propriétaire d'un petit hôtel dans la rue principale, devenait rouge et éructait contre le messager, persuadé que ce dernier fomentait un complot contre la réputation d'Étretat. Le mot même de « suicide » était devenu tabou. Il préférait de beaucoup, après maintes circonvolutions, parler d'« accident ».

Pour lui plaire, un de ses adjoints avait fait enlever de la bibliothèque municipale le livre d'Olivier Adam évoquant le suicide de sa mère, retrouvée en contrebas de la falaise d'Aval. Il s'inquiétait à chaque fois qu'un cinéaste ne racontant pas les aventures d'Arsène Lupin projetait de tourner un film au pied des falaises.

Le maire voulait en finir avec cette légende noire. Lorsqu'il avait été élu, il n'avait pas caché sa joie d'avoir évincé les vieilles familles de Rouen, du Havre ou de Paris qui, du haut de leurs vastes maisons aux allures de faux manoirs perchées sur les deux collines de la station, dictaient leurs lois comme si elles étaient toujours au XIX^e^ siècle. Son élection, c'était la revanche, après plus d'un siècle, de ses ancêtres pêcheurs et maraîchers qui avaient vu débarquer ces snobs dont les femmes portaient crinolines, bottines et ombrelles jusque sur la plage de galets.

Le maire détestait ceux qui se donnaient de grands airs aristocratiques. Il ne s'agissait là que d'une pose dont usait et abusait la bourgeoisie pour asseoir ses prérogatives de caste.

Le temps que l'on avait appelé par antiphrase « la Belle Époque » était désormais révolu ! Il fallait aller de l'avant. Et de fait, dès la première année de son mandat, il s'était attelé à dé-mo-cra-ti-ser. Entendez par là qu'Étretat était devenue une station familiale assez semblable à celles qui s'étaient développées le long des côtes bretonnes ou picardes. C'était son devenir et il n'y en avait pas d'autres. Cette ville ne pouvait pas, ne devait pas se résumer à sa falaise aux suicidés.

# 1

« On m'a volé mon suicide ! On m'a volé mon suicide ! »

Collant déchiré, genoux en sang, claquant des dents, tapie en position fœtale dans un blockhaus qui sentait l'urine, Paule Nirsen s'accrochait à sa colère pour ne pas être emportée par la terreur.

Elle n'avait d'autre issue que de ressasser cette injustice crasse qui l'avait contrainte à rebrousser précipitamment le chemin qu'elle avait parcouru sur la falaise, à courir dans une obscurité rendue plus trouble par les nappes de brouillard, jusqu'à se prendre les pieds dans les choux et les ronces avant d'effectuer un magistral roulé-boulé qui l'avait catapultée dans les ruines du blockhaus. Son passé de pratiquante de boxe française l'avait sauvée. Et d'autres qu'elle seraient sans doute devenues folles de terreur après la scène à laquelle elle venait d'assister.

Au fond, ce raté, c'était le résumé de sa vie. Une succession de culbutes sans fin.

Depuis combien d'heures Paule se tenait-elle dans ce terrier humide et puant, à pester contre son sort ? Elle n'entendait autour d'elle que le bruit de la mer qui roulait les galets dans la baie.

Elle voulut s'appuyer sur un mur, retira aussitôt sa main. Dégoûtée. Elle avait touché un corps tiède et visqueux. Un animal, ou un fêtard abruti d'alcool pour avoir célébré le déconfinement ? Après plusieurs tentatives, elle parvint à se redresser sans prendre appui et commença à remonter le talus qu'elle avait dévalé. L'air iodé lui remplit d'un coup les poumons.

Elle s'attendait au pire mais il n'y avait personne. Le ciel était sans étoiles. La nuit avait la profondeur menaçante d'un gouffre.

Peut-être avait-elle rêvé ces silhouettes au bord de la falaise. Peut-être son esprit craintif, mû par un instinct de survie, avait-il tout inventé pour la faire revenir sur ses pas et l'empêcher de sauter.

Prudente, elle choisit le chemin qui descendait en pente douce vers le centre-ville. Même si ses pieds s'enfonçaient dans la terre spongieuse, cette voie privée soigneusement entretenue, bordée de villas cossues à colombages, était plus rassurante que les escaliers raides qui l'avaient conduite en haut de la falaise.

Sur le parking baptisé pompeusement place du Général-de-Gaulle, elle contourna un mur de poubelles débordant de coquilles d'huîtres et de têtes de poisson et s'approcha du restaurant qui se trouvait derrière pour y demander de l'aide.

L'établissement était si mal éclairé que l'on discernait à peine quelques silhouettes à travers les vitres. Mais on devinait aux rires gras qui s'en échappaient une clientèle de dockers venus du Havre. La porte s'ouvrit à la volée. Un grand jeune homme roux barbu à la carrure imposante, vêtu d'un caban élimé, ramenant ses cheveux mi-longs derrière ses oreilles, sortit en titubant. Il lança quelques mots aux gens restés à l'intérieur puis entreprit d'aller se soulager un peu plus loin entre deux voitures.

Paule, renonçant à son idée de demander de l'aide, se résolut à marcher jusqu'à son hôtel, en espérant que le mouvement l'aiderait à vaincre le froid. Il n'y avait personne dans les ruelles. Cela évitait les regards interrogatifs sur cette folle à l'imperméable maculé de boue, aux jambes couvertes d'écorchures, dont elle croisait le reflet dans les vitrines.

Elle remonta la rue Alphonse-Karr. Le vent lui administrait de grandes claques de pluie. Elle passa devant l'ancienne pâtisserie Au bon beurre, où elle venait chercher le dimanche des caramels au goût de chocolat. Il lui sembla entendre la voix de sa grand-mère lui répétant qu'il fallait les laisser fondre et non les croquer et que cette gourmandise avait collé aux dents de Flaubert, Maurice Leblanc, Offenbach et tant d'autres. C'était pour l'heure un magasin écoresponsable qui vendait du cidre bio et des bols bretons personnalisés.

Au bon beurre n'avait plus sa place dans ce nouveau monde. Tout comme elle.

Il fallait savoir tirer sa révérence quand on a connu le meilleur, qu'on a fait son temps, et qu'on ne peut rien espérer d'autre que la morne répétition avant de s'éteindre. Ni courage, ni lâcheté dans sa décision de mettre fin à ses jours en plein mois de novembre, dans cette station balnéaire hantée par les fantômes de tant de disparus.

Elle avait décidé de refermer sa parenthèse, non par désespoir mais parce qu'elle était convaincue de n'avoir plus rien en commun avec un monde qui lui était parfaitement étranger, et qu'elle préférait ignorer pour ne pas avoir à le détester : alors même que ses rares amies se rêvaient influenceuses Instagram, elle décryptait des manuscrits du haut Moyen Âge.

Aucune d'entre elles n'aurait compris sa fascination pour l'Aiguille creuse, cette sentinelle de silex et de calcaire qui se tenait au milieu des flots comme si elle s'était avancée trop loin et ne pouvait plus revenir en arrière. Comment ne pas être attirée par ce gouffre qui donnait l'impression de l'attendre dans un tourbillon d'écume ?

Paule connaissait le chemin qui conduisait à cet abîme. Elle l'avait tant de fois emprunté avec sa grand-mère et savait que, de nuit, il était possible d'effectuer le grand plongeon sans attirer l'attention. À ces heures, personne ne se hasardait à marcher sur la falaise, de peur de glisser sur l'herbe humide. La municipalité avait choisi de réduire sa consommation d'énergie en n'éclairant plus que le bas des falaises et l'élégante arche ogivale.

Le bord dentelé de la falaise avait agi sur Paule comme un aimant. Combien avaient-ils été à emprunter cette voie avant elle ? Plus d'une dizaine chaque année, venus de toute la France et parfois même de toute l'Europe. À la longue,

*Paris-Normandie* était le seul média à ne pas se contenter d'un entrefilet pour signaler la découverte du corps d'un suicidé puis d'un second pour confirmer son identité.

Paule s'était approchée du bord d'un pas décidé, comme si elle se rendait à une cérémonie nuptiale. Elle avait songé à la stupeur et à l'incompréhension qui allaient accueillir son acte. Que n'avait-elle lu sur le suicide ? Une prose qu'elle avait trouvée ridiculement moralisatrice et tendancieuse, où surnageaient comme des croûtons dans une vieille soupe les mots « souffrance », « abandon », « excitation »...

Un algorithme avait même été créé pour détecter ce que l'on nommait « pensées suicidaires », alors que chaque suicide est une signature personnelle.

Si on lui avait demandé ce qu'elle ressentait, elle aurait été bien incapable de le dire avec exactitude. Elle était dans l'ivresse de transformer sa vie à faire en vie faite.

## 2

Un drapeau normand délavé flottait mollement au vent au-dessus de l'entrée de l'hôtel des Deux Falaises que ses nouveaux propriétaires venaient tout juste de repeindre en jaune jonquille. Pas âme qui vive dans le hall faiblement éclairé, Paule passa devant la grande bouée *Bienvenue à bord* posée à la réception.

La porte vitrée qui donnait sur la salle à manger était ouverte. Sur un buffet normand massif étaient posés un flacon de whisky, une bouteille de cognac, déjà largement entamée, du vermouth et de la Bénédictine. Tous les ingrédients nécessaires pour recréer un ou plusieurs Vieux Carré, le cocktail du quartier français de La Nouvelle-Orléans.

Dans sa chambre, Paule ferma d'un geste sec les rideaux imprimés sur lesquels s'ébattaient des perroquets dans un paysage de jungle. On pouvait probablement faire plus moche, mais cela aurait relevé du pur génie !

Dans la salle de bains, elle se dépouilla de ses vêtements qu'elle laissa tomber sur le lino et repoussa du bout du pied.

Après une douche brûlante qui atténua ses douleurs et détendit les muscles de ses jambes, elle ouvrit en grand sa valise et déposa avec précaution ses chemisiers sur une étagère. Elle se félicitait d'avoir pris autant de vêtements. Elle savait qu'à Étretat les hôteliers se méfiaient quand ils voyaient arriver des voyageurs sans bagages. Ceux-ci étaient immédiatement catalogués comme des candidats au suicide et parfois dénoncés comme tels à la gendarmerie.

Paule leva son verre face au miroir. Elle reconnut cette silhouette qui se caractérisait par un haut du corps puissant et des épaules larges. La pratique de la boxe française. Elle n'avait pas besoin de bomber le torse pour faire ressortir sa poitrine.

Elle écarta sa frange blonde, laissant apparaître au-dessous de ses sourcils fins ses grands yeux bleus qui lui mangeaient le visage et ne manquaient jamais de troubler ses interlocuteurs. Elle esquissa une moue boudeuse et arrangea sa coiffure juste pour voir si son reflet ferait de même, tout en songeant à la nouvelle fantastique « Le Horla » de Maupassant. Mais aucun être invisible ne vint s'interposer entre elle et son image dans le miroir.

Elle s'emmitoufla dans les serviettes de bain et s'installa devant la télé avec tous les biscuits salés et l'alcool qu'elle avait pu trouver dans le minibar.

Enfouie dans les oreillers, elle zappa jusqu'à tomber sur une émission où un jeune couple texan s'ingéniait à construire une micromaison de vingt-deux mètres carrés. Arborant un sourire béat, ils se présentaient volontiers face à la caméra comme des aventuriers des temps modernes. Un sociologue, expert en expertologie, pérorait sur cette initiative sociale et architecturale adepte de la simplicité volontaire qui dessinait un avenir radieux où les humains vivraient dans des niches.

Les Américains et leur « Tiny House » n'avaient rien inventé. Paule se surprit à ricaner. Elle se rappela avoir visité autrefois, à quelques centaines de mètres de son hôtel, la maison de Maupassant : l'écrivain avait installé son valet, François, au fond du jardin dans un ancien bateau de pêcheur qu'il avait fait coiffer d'un toit de chaume. Récemment, la station balnéaire avait vu se créer plein de micromaisons du type de celle qu'habitait François, rebaptisées caloges. Cela sonnait régional et on en trouvait désormais à des kilomètres de la mer.

Les touristes les louaient à prix d'or et se rattrapaient en y dérobant tout ce qui était susceptible d'être emporté, du cendrier au porte-savon.

La série télévisée à succès inspirée d'Arsène Lupin avec Omar Sy avait attiré une foule de plus en plus persuadée que l'excentricité et l'incivilité étaient la marque des seigneurs.

Était-ce des touristes de cette sorte qu'elle avait vus au bord de la falaise et qui avaient paru entamer une sorte de danse macabre à son approche ? Pourquoi étaient-ils venus précisément cette nuit-là lui voler son suicide ? Et le cri de cette femme, qui lui avait glacé le sang, était-il un appel au secours ou le hurlement d'une droguée en manque ?

Elle frissonna. Et cette fois, ce n'était pas le froid. Elle savait qu'elle allait bientôt glisser dans le sommeil sans avoir répondu à ces questions. D'ailleurs, voulait-elle une réponse ? Non, ce qu'elle voulait, c'était oublier qu'on lui avait volé son suicide. Elle tendit la main pour attraper la fiole de cognac qu'elle venait de terminer, mais son bras retomba doucement sur la couette, non sans une certaine grâce.

# 3

Paule fut réveillée par des coups répétés contre sa porte. Elle voulut poser un pied par terre et s'aperçut qu'elle était étendue au pied de son lit, enroulée dans son drap comme Lazare le ressuscité dans son suaire.

Elle ressentait une épouvantable migraine.

— Que se passe-t-il ? parvint-elle à articuler.

Elle ignorait quelle vision elle allait offrir à l'inconnu.

— Il est midi et demi, madame, et la chambre doit être rendue à 11 heures ! Passé cette heure, nous sommes tenus de vous facturer une journée supplémentaire.

La voix derrière la porte était jeune.

— Très bien, facturez, facturez, ironisa Paule. Je descendrai régulariser ma situation plus tard.

Le ton de l'interlocutrice se fit plus mielleux :

— Quand je referai la chambre, je mettrai une dose de gel douche supplémentaire ET une dose de shampooing. Avez-vous besoin que l'on vous monte une boisson chaude ? Un thé ? Un café ? Autre chose ? Nous avons un prestataire diplômé du Havre qui pratique des massages shiatsu. C'est idéal pour décompresser et se relaxer.

Elle faillit réclamer un cognac, mais cela aurait signé son forfait nocturne.

— À moins que vous ne préfériez que nous vous réservions un taxi ou un véhicule pour visiter la région ?

— Je vous remercie mais cela ne sera pas nécessaire, je dois me rendre au cimetière où ma famille est enterrée, répondit-elle d'un ton lugubre.

Son interlocutrice battit en retraite en s'excusant et s'éloigna d'un pas lourd.

Paule resta si longtemps dans la salle de bains qu'elle transforma la pièce en hammam. Assise sur le carrelage du sol, ses genoux contre son menton, elle laissait la chaleur de l'eau la caresser. Plusieurs fois, elle se surprit à augmenter la température. C'était régressif, c'était bon.

En un éclair, elle revit ce qui l'avait saisie de stupeur et poussée à rebrousser chemin pour courir telle une dératée dans l'obscurité au risque de se tordre la cheville dans un terrier de lapin. Elle avait aperçu dans un rayon de lune une agitation au bord de la falaise, à l'endroit précis où elle pensait sauter. Elle s'était arrêtée et avait distingué non pas une mais des silhouettes qui donnaient l'impression de se tenir entre elles, de s'enlacer, de se repousser.

C'est à cet instant précis, qu'elle avait entendu le hurlement de terreur d'une femme. Paule était partagée. Une partie d'elle-même avait immédiatement imaginé le pire. L'autre espérait un de ces jeux stupides singeant une de ces nouvelles séries sud-coréennes en vogue.

Sortie de son étuve, Paule saisit sa tablette et regarda le site Internet du *Courrier cauchois* à la rubrique faits divers. Rien. Puis elle parcourut celui de *Paris-Normandie.* Après l'annonce d'une vente aux enchères qui allait se dérouler à Gonneville-la-Mallet, elle repéra trois lignes où l'on signalait la découverte du corps désarticulé d'une femme non loin du chemin des douaniers.

Non, son esprit n'avait pas battu la campagne. À l'emplacement et au moment précis où elle comptait mettre fin à ses jours, un crime avait bien été commis. Le cri de la malheureuse était un appel à l'aide et un hurlement de terreur, le refus désespéré de s'écraser quatre-vingts mètres plus bas.

Beaucoup de pensées contradictoires tournaient dans sa tête. Le remords de ne pas s'être portée au secours de la malheureuse, le soulagement d'avoir su échapper aux tueurs, le désir de connaître la raison de cet assassinat et la colère de s'être fait voler son suicide… qui peu à peu devenait secondaire, la curiosité l'emportant. Comprendre ce qui s'était passé. Ce sentiment diffus se transformait peu à peu en un appel impérieux. Il fallait qu'elle sache à quoi elle avait échappé. Elle ouvrit les volets et un plein soleil envahit sa chambre, la baignant de lumière.

Paule enfila un jean, un chemisier blanc et un pull en cachemire noir et cacha un hématome au cou hérité de sa chute sous une écharpe en soie. Elle se surprit à chercher ses lunettes de soleil, les retrouva au fond d'un sac en plastique dans sa valise. Elle remplit le sac des fioles vides éparpillées autour du lit afin de s'en débarrasser discrètement devant la porte d'une autre chambre.

# 4

À l'accueil, où Paule était venue régler sa chambre et sa nuit supplémentaire, elle éveilla l'intérêt du réceptionniste, un grand échalas aux joues couvertes de cicatrices d'acné mal soigné. Ils devaient s'être donné le mot pour la retenir car ce dernier entreprit de lui réciter les nombreuses activités propres à Étretat, toutes aussi démoralisantes les unes que les autres. C'était un lot apparemment inépuisable de promenades familiales et d'attractions où les mots « éveil », « équilibre » et « conscience » émaillaient chaque phrase. Paule eut surtout l'impression qu'on lui dépeignait là le premier cercle de l'enfer de Dante.

Elle prit connaissance du second cercle quand elle sortit de l'établissement. Un flot humain occupait les rues, les terrasses, les balcons, les toits des immeubles, la place du marché couvert. Elle fit un rapide demi-tour et se heurta au réceptionniste, les mains dans les poches, sur le perron de l'hôtel.

— Pardonnez-moi, mais qu'est-ce qui se passe ? parvint-elle à articuler. C'est quoi, cette foule dans les rues ?

— C'est le week-end du 11 Novembre, ma petite dame ! Vous n'êtes jamais venue à Étretat durant cette période de l'année ?

— Pas depuis mon adolescence, mais même au mois d'août je n'ai pas connu une telle affluence. Regardez-moi ça, les gens sont quasiment obligés de marcher de profil pour avancer sur le trottoir…

— Ils sont arrivés ce matin pour profiter du pont. Ça se prépare, un événement pareil !

Paule ne put s'empêcher de sourire car elle songea combien ce « pont » avait été ces derniers temps le plus anodin de ses soucis, contrairement à ses collègues de travail.

Elle prit sa respiration et se jeta dans la cohue en évitant de justesse une phalange de parents avançant en rangs serrés qui se servaient de leurs poussettes alignées les unes à côté des autres comme d'un brise-glace. Elle s'engagea dans la rue Notre-Dame et se dirigea d'un pas ferme vers l'église romane coiffée de sa tour-lanterne gothique qu'elle savait en dehors du village et des circuits touristiques.

Sa grand-mère lui avait raconté que les marins avaient jadis souhaité construire une véritable église au bord du rivage pour remercier Dieu de les avoir aidés à repousser les envahisseurs norrois mais qu'à chaque fois, le diable l'avait détruite.

Parvenue devant l'édifice, Paule hésita à entrer. Elle craignait que dans cette nef froide et humide les souvenirs ne lui sautent à la gorge sous forme de gargouilles. Elle obliqua vers le cimetière. La grille grinça et s'ouvrit, comme poussée par le vent. Un jardinier désherbait les allées à la main. Paule s'avança vers les pierres tombales, si proches les unes des autres qu'il fallait regarder où on posait le pied. Elle se dirigeait vers une sépulture en granit rose. Là reposait sa grand-mère, juste avant les sépultures blanches bien alignées des soldats britanniques.

Elle posa la paume de sa main sur la pierre dont la couleur l'apaisait, enleva quelques feuilles, jeta le bouquet de fleurs fanées et vida le vase. Une forte odeur de pourriture s'en échappa. Elle envoya un baiser autant à sa grand-mère qu'au peuple des ombres et sortit au moment où y pénétraient deux terrassiers venus pour creuser une tombe en pleine terre. La grille claqua après son passage avec un bruit avide.

La gendarmerie d'Étretat avait déménagé non loin de là. Elle emprunta le chemin sous un soleil éclatant et croisa une longue file de voitures venues engorger un peu plus le centre de l'agglomération. Elle passa devant la gare désaffectée transformée en centre de colonie de vacances. Dire qu'au temps de la splendeur de la station balnéaire un train y déposait les voyageurs venus de Paris ou de Rouen ! Celui qu'elle avait pris de Saint-Lazare s'arrêtait désormais à Bréauté-Beuzeville, où le seul café proposé sortait d'un distributeur qui marchait au mieux un jour sur deux.

Cette gare était située à plus d'une vingtaine de kilomètres, un trou du cul du monde cauchois immortalisé par Simenon dans *Pietr-le-Letton*. Le bus mettant plus d'une heure à effectuer le trajet jusqu'à Étretat, elle avait commandé un taxi. Était-elle si pressée ? La course, pendant laquelle le chauffeur avait déroulé la longue litanie du coût de la vie en hausse et du pouvoir d'achat en baisse, conséquences de la pandémie, lui avait coûté soixante-cinq euros. Paule lui avait même accordé un généreux pourboire. Une bagatelle, quand on est sur le point de tirer un trait sur son futur.

Ironie ? Il y avait entre la gare et la gendarmerie un petit train à l'arrêt. Il conduisait les touristes de la mairie à la falaise d'Amont. Une vue imprenable sur Étretat et ses toits d'ardoise grise, son golf, son arche et son aiguille. Ce remplacement d'un train réel par un train d'attraction destiné aux paresseux, incapables de gravir une centaine de marches, résumait assez bien le cours des choses.

*Accueil du public : lundi, mercredi et samedi de 8 h 00 à 12 h 00 et de 14 h 00 à 18 h 00. En dehors de ces horaires sonnez à l'interphone.* Aucune activité apparente dans la gendarmerie. Paule pointa le doigt vers le bouton, hésita. Que venait-elle chercher, au juste ? Nul doute qu'elle se ferait éconduire prestement si elle débarquait comme une fleur en demandant des informations sur la victime et sur les circonstances de son décès.

Pouvait-elle témoigner de ce qu'elle avait vu ? Cela l'exposait à entrer plus avant dans un labyrinthe d'explications dont elle-même n'était pas sortie et du même coup à prendre place sur la liste des suspects.

Un bruit incongru la fit sursauter : celui d'un puissant souffle exhalé par des naseaux.

# 5

Un cavalier s'était approché en empruntant la bordure de la route.

— Paule. Paule Nirsen… mais qu'est-ce que tu fais ici ?

— Guillaume ?! Guillaume Lassire ? Tu es devenu centaure ?

— Juste capitaine de gendarmerie, dit le militaire en s'approchant, tout sourire.

Il descendit de cheval avec l'aisance et l'élégance des cavaliers accomplis.

Si l'on exceptait ses cheveux prématurément poivre et sel coupés court, il n'avait pas vraiment changé.

— Cela fait plus de vingt ans que les patrouilles de gendarmerie à cheval existent, elles participent aussi bien à la surveillance qu'à la protection du littoral. C'était bien utile au plus fort de la pandémie, de nos chevaux nous pouvions repérer de loin les récalcitrants qui refusaient de se plier au confinement. Et cela l'est plus encore, aujourd'hui, quand on ne peut plus circuler dans le centre-ville ou sur la digue, récita-t-il pour se donner une contenance.

— Je n'en savais rien, mais j'imagine qu'en vingt ans j'ai raté beaucoup de choses, répondit-elle, et pas seulement les nouvelles pratiques de la gendarmerie ou de la garde républicaine…

Il rit et pencha de côté son képi dans un geste un peu crâne qu'il avait dû répéter devant sa glace.

— Si tu as le temps, je peux te proposer de prendre un café dans mes appartements pour un cours de rattrapage accéléré…

— Carrément, dit-elle avec son plus beau sourire.

— Attends-moi là si ça ne te dérange pas, je reviens dans quelques minutes.

Après avoir rentré sa monture dans son box, le jeune capitaine entraîna Paule à travers un jardin où veillaient des massifs d'hortensias bleus. L'endroit devait avoir du charme en été. Puis il la fit entrer dans son pavillon. Il n'y avait pratiquement pas de meubles. Seuls des dessins d'enfants collés sur le réfrigérateur et une grande photo en noir et blanc de chevaux galopant dans un cours d'eau accrochée à un mur attestaient que l'endroit était habité.

— Long et sans sucre, dit Paule sans attendre qu'il lui pose la question.

La machine à expresso commença à trembler, à siffler, à cracher des jets de vapeur comme si un dragon se lovait à l'intérieur.

— Pardon d'être indiscrète, reprit-elle quand la bête fut provisoirement domptée. Tu vis seul ici ?

— La question n'est pas indiscrète. J'ai aussi plein de questions à te poser.

Voilà qui ne rassurait pas du tout Paule, qui cherchait quelle contenance adopter. Elle opta pour celle de la bonne camarade de classe.

— Oui, je vis seul. Vu de l'extérieur, il n'y a aucune chaleur dans ce job. Figure-toi qu'il m'est arrivé la même chose qu'à mon père. Nous autres gendarmes exerçons une profession qui désespère ceux qui acceptent de vivre avec nous.

Guillaume eut un sourire triste et resta un moment à tourner la cuillère dans sa tasse avant de lui raconter l'histoire banale d'un jeune diplômé de l'École de gendarmerie rencontrant une femme chez un couple d'amis. Deux personnes sans horizon mais se persuadant qu'elles partagent le même but. Sa femme travaillait dans la cybersécurité. Un poste intéressant avec de belles perspectives. Elle avait vite compris que les affectations successives de Guillaume nuisaient à sa carrière. Elle n'avait pas tardé à lui signifier qu'il n'était pas le seul goéland sur la falaise. Ils avaient divorcé cinq ans plus tard après avoir eu une petite fille, Alice.

— Tu la vois ?

Il fit une grimace.

— Joker. Tu me feras signe le jour où tu verras un gendarme obtenir une garde alternée. Sa mère s'est mise en ménage avec une de ses collègues, qui travaillait chez Orange. Elles sont parties ouvrir des chambres d'hôtes à Besançon. Tu vois, en tout point, j'ai suivi la voie de mon père alors que j'ai été élevé dans la douillette certitude qu'il représentait le prototype du parfait raté. Comme il le répétait sans cesse, « les chats ne font pas des chiens ».

Guillaume se tut et regarda Paule. C'était donc à son tour. Paule redoutait l'exercice, car Guillaume avait d'emblée placé la conversation sur le terrain de la franchise.

— Es-tu mariée ? Pas d'alliance, mais cela ne signifie plus grand-chose, de nos jours. Es-tu venue seule à Étretat ou accompagnée ?

Elle entreprit de raconter son histoire avec un humour bravache. Elle vivait seule et c'était seule qu'elle était venue à Étretat.

— Figure-toi que j'ai le chic pour tomber sur des hommes mariés. À chaque fois le scénario est le même mais je progresse, la dernière fois je n'ai pas attendu d'hypothétiques promesses pour mettre fin à une histoire sans lendemain. Si je suis honnête, je dirai que ce type de relation n'était pas pour me déplaire…

— « Était » ? Tu en parles à l'imparfait…

Paule se mordit les lèvres.

— Disons que je me suis fait une raison. Cela m'arrange. Avec le temps, mon travail a fini par me prendre tout mon temps de cerveau disponible.

— Ce n'est pas avec le cerveau que l'on aime, s'amusa-t-il. Tu étais pareille autrefois, quand nous étions ados. Tu te souviens des trésors de ruse qu'il fallait déployer pour te sortir de tes bouquins et t'emmener pique-niquer en périssoire sur la plage de Jambourg ou goûter à Bénouville ?

— Je me souviens, oui, de ces tranches de pain épaisses, de ces confitures de mûres qui étaient autant de nids à guêpes, mais surtout de ce beurre jaune, presque couleur bouton-d'or, que l'on étalait généreusement par plaques…

— Made in Normandy, se moqua-t-il.

Elle rit et il la regarda rire en sentant monter en lui une douce chaleur.

— Et c'est parce que tu t'es souvenue de ces tartines beurrées que tu as décidé de revenir à Étretat après plus de vingt ans ?

— Oui, mentit-elle. J'ai voulu retrouver ce goût d'autrefois. Et j'ai voulu me recueillir sur la tombe de ma grand-mère.

— Vous étiez très proches, ta grand-mère et toi, dit-il gravement. Tu as été très affectée quand elle a décidé, sans rien te dire, de vendre la petite ferme qu'elle avait sur le chemin des Loges.

Paule le fixa longuement à l'énoncé de cette trahison.

Guillaume crut voir dans son regard, derrière une apparente bonne humeur, un gouffre de solitude.

Elle bougea les épaules comme si elle se débarrassait d'un poids.

— Et puis, continua le capitaine, il y a eu cet événement terriblement douloureux, quand elle a décidé de mettre fin à ses jours. Tu n'es plus revenue ici, après cela.

Guillaume avait beau envelopper ses mots, rien ne pouvait être plus sordide que la vision de la vieille femme en chemise de nuit retrouvée pendue à la poutre centrale de la grange par les futurs propriétaires. Sans parents, Paule avait dû s'occuper des funérailles. Elle avait joué le jeu jusqu'au bout et écouté le sermon du curé d'Étretat, tiré de l'Évangile selon saint Matthieu, il y avait été question d'un moucheron et d'un chameau pour finir par un appel à manifester contre le projet d'installer un parc d'éoliennes au large du cap d'Antifer.

— Et maintenant, Paule, dit-il doucement, si tu me disais la véritable raison de ta venue ici, après une absence aussi longue ?

Là, elle se raidit d'un coup, telle la corde d'une arbalète que l'on a tendue au maximum.

— Est-ce un interrogatoire ? Tu es en service ?

— Ne te méprends pas. Je suis heureux de te revoir et, en même temps, je m'interroge sur les raisons de ton retour. Nous nous sommes écrit durant quatre ou cinq ans, et puis plus rien. J'ai su par une amie qui enseigne la géographie à la Sorbonne que tu avais intégré l'École nationale des chartes. Là, j'ai compris pourquoi nous avions décidé que c'était toi qui serais l'intellectuelle de la bande.

Elle rit franchement, à nouveau.

— Du coup, j'ai essayé de lire tes articles de temps en temps dans des revues mais je n'y comprenais pas grand-chose, je l'avoue. Il s'agissait de personnages obscurs, de parchemins, d'écritures et de moines copistes. Je pensais que nous vivions désormais sur deux planètes qui ne se rencontreraient jamais. Puis il y eut l'affaire Bronner. Quelle n'a pas été ma surprise quand j'ai vu le nom de Paule Nirsen, ma Paule, dans une affaire relayée par les médias… Tu reveux du café ?

Elle hocha la tête.

— Si tu as quelque chose à grignoter, un biscuit, du pain ou du fromage, je ne dirai pas non…

— Je reprends mon service dans une heure. Des œufs, ça te va, avec du jambon et du parmesan ? Je vais nous faire une omelette. En ville, tu as raté le premier service et tu risques de rater le second, tu n'auras bientôt plus le choix qu'entre la crêpe bretonne ou le kebab kurde.

Après s'être attablés dans la cuisine, ils se remémorèrent l'affaire Bronner. Une enseignante portée disparue près de Reims. Quelques semaines auparavant, elle avait reçu des menaces de mort. Après des semaines pendant lesquelles le mari avait conduit les recherches, son corps avait été retrouvé dans la forêt entourant le monastère qui dominait le village. L'enseignante était nue, la tête en bas, crucifiée à un arbre. C'était presque le début d'un roman de Jean-Christophe Grangé.

Un corbeau avait commencé à accuser les membres de la famille, puis des notables, en donnant une abondance de détails sur leurs vies respectives. Apparemment, on ne s'ennuyait pas les soirs d'été dans la banlieue rémoise autour des piscines. Paule était venue prêter main-forte à son professeur, le célèbre chartiste Adelbert de Cernin, qui avait une maison non loin de là et qui avait été sollicité par la police locale.

Les enquêteurs étaient partis de la simple constatation que, bien souvent, le meurtrier doit être recherché au sein de la famille. Paule et son collègue avaient montré à travers l'étude graphologique que les lettres de dénonciation avaient été écrites par le mari. Pour autant, cela faisait assurément de lui un salaud mais pas nécessairement un assassin. Et c'était là que Paule avait eu recours à la stylométrie, qui n'étudiait pas le tracé des lettres mais analysait un texte de manière plus vaste, son style, sa syntaxe. Elle avait ainsi apporté la preuve que celui qui avait écrit les menaces en découpant les lettres dans un magazine et le corbeau qui avait inondé la commune de lettres accusant des membres de la famille étaient bien une seule et même personne : le mari.

— Et cela ne t'a pas donné envie de continuer dans cette voie ? lui demanda Guillaume. Aucune machine, même la plus puissante, ne peut en apprendre autant qu'un cerveau humain ni le remplacer.

— Je ne crois pas être douée pour cela, se défendit Paule, cette fois-là j'ai eu de la chance et c'est grâce aussi au travail des policiers, qui ont su exploiter ce que j'avais trouvé pour confondre l'assassin.

Guillaume lui expliqua combien le rôle d'un enquêteur était ingrat. La vie d'un gendarme n'était pas aussi exaltante qu'on pouvait le croire. La plupart du temps, elle était même routinière. Ils n'étaient pas en permanence en train de chasser des criminels ayant échafaudé les plans les plus machiavéliques. Les cas les plus fréquents par ici se résumaient à des querelles de voisinage ayant dégénéré. Le Normand savait être procédurier mais parfois il se rappelait ses ancêtres vikings et pouvait se saisir d'une hache, même si cela restait très rare.

— Je ne traite que des affaires très simples, conclut-il comme il aurait dit « Je ne suis qu'un garçon très simple », mais j'ai au moins une qualité… L'entêtement.

Il lui fit un clin d'œil.

— Tu vois, par exemple, je n'ai pas oublié la question à laquelle tu t'es bien gardée de répondre. Que faisais-tu tout à l'heure, plantée devant la gendarmerie sans savoir si tu allais ou non appuyer sur la sonnette ? Notre bâtiment n'est pas encore classé au rang des monuments historiques et je doute que ce pavillon de banlieue le soit un jour…

Paule le regardait sans trop savoir par où commencer. Puis elle entreprit de lui raconter (presque) toute l'histoire : la balade nocturne, les trois silhouettes, les cris de la femme… Elle se garda cependant de lui avouer la raison profonde de sa présence sur la falaise et prétexta qu'elle avait voulu prendre l'air après avoir passé toute une journée dans sa chambre d'hôtel, plongée dans les fac-similés de manuscrits anciens de tribunaux de l'Inquisition ayant échappé aux flammes de la Révolution. Sans ces promenades nocturnes, où elle oxygénait son corps et reposait son esprit, avait-elle souligné, elle avait la plus grande difficulté à trouver le sommeil.

Guillaume se pencha vers elle.

— Il y avait du brouillard ce soir-là, je m'en suis fait la réflexion en revenant de patrouille. Par un soir de brouillard, c'est dur de savoir ce qui se passe à cent ou deux cents mètres. Les silhouettes devaient paraître irréelles…

— Effectivement, il y avait du brouillard, mais par nappes, et c'était aussi une nuit de pleine lune. Voilà pourquoi j'ai vu si clairement ces trois silhouettes avant d'entendre cette femme hurler. Crois-tu que j'aie été victime de mon imagination ?

Guillaume était embarrassé.

— Paule, je dois…

— Oui, oui. Il est tard et je t'ai assez importuné, pardonne-moi.

Il voulut la retenir mais elle se leva et se dirigea vers la porte d'un pas décidé, avant de se retourner, comme si une idée venait juste de lui traverser la tête.

— Vous connaissez l'identité de la femme retrouvée au bas de la falaise ?

Guillaume marqua un temps d'arrêt avant de répondre :

— Pour le moment, non. À ce stade de l'enquête, je ne suis pas en situation de t'en dire plus. Et, surtout, je ne suis pas autorisé à le faire. Je ne devrais même pas parler de ce sujet avec toi. Tu comprendras…

Paule acquiesça. Guillaume lui tendit un papier sur lequel il avait griffonné son numéro de portable.

— Si tu veux m'appeler, ne te gêne surtout pas, j'aimerais te revoir avant que tu repartes…

Elle le remercia et lui déposa sur la joue un baiser aussi léger qu'une aile de papillon.

Paule regagna son hôtel d'un bon pas, oubliant presque la foule des touristes.

À l'accueil, le même benêt pianotait sur son portable. Il se redressa quand elle entra dans le hall.

— Quel dommage ! lui lança-t-il. À quelques minutes près ! Vous venez de rater vos amis !

La phrase eut sur Paule l'effet d'une décharge. L'autre continuait de lui parler mais elle ne l'entendait plus, montant quatre à quatre les marches jusqu'à sa chambre.

# 6

Paule eut du mal à ouvrir sa porte. Elle remarqua aussitôt deux griffures à la hauteur du pêne. Pas besoin d'être un grand enquêteur pour comprendre qu'elle avait été forcée.

Elle s'attendait à trouver la chambre en grand désordre, ses affaires et ses vêtements aux quatre coins de la pièce, mais il n'en était rien. Le lit avait même été fait.

Elle fila vers la salle de bains. Tout était plié, accroché et en ordre. Elle appela la réception. L'imbécile décrocha.

— Pardonnez-moi, la femme de chambre est-elle passée ?

— Non, répondit-il. Les clients qui quittent la chambre tardivement doivent s'attendre à ce que le ménage soit fait tardivement. C'est la règle.

Et il raccrocha.

Elle refit le tour de la chambre, s'aperçut que sa tablette trônait sur la commode, appuyée contre un vase. Elle n'avait jamais daigné introduire un code. Cette manie d'inventer un code pour tous les sites, tous les objets, toutes les fonctions la fatiguait au plus haut point. Elle se contenta donc de taper quatre fois sur le zéro. L'image qui apparut à l'écran la fit sursauter d'horreur.

On y voyait en gros plan une abominable araignée. Et Paule avait la phobie de ces animaux.

Elle se força à regarder son écran. La bête assez trapue possédait les huit pattes courtes de la mygale, mais son abdomen se terminait par un étrange disque plat qui semblait en bois et sculpté de la main de l'homme. En essayant de surmonter sa phobie, Paule réussit à trouver le nom de l'épouvantable intrus : la Cyclocosmia.

La page du site Futura-sciences était très détaillée, il s'agissait d'une araignée fouisseuse passant sa vie dans des terriers. Son abdomen tronqué en forme de disque au motif maya ou aztèque pouvait servir de seconde obturation au terrier. Aussi arrivait-il que, croyant ramasser une pièce de monnaie ou un objet d'art, un fermier ou un promeneur saisisse l'abdomen et se retrouve avec le monstre dans la paume de sa main.

Paule en avait assez lu et vu. Les images de la créature la révulsaient. Elle reposa avec précaution la tablette du côté écran de peur que l'animal ne s'en échappe.

Elle ne savait pas ce qui l'angoissait le plus. La visite d'étrangers qui s'étaient présentés comme des amis et qui avaient rangé sa chambre ? Ces images abjectes d'araignée qu'ils voulaient lui montrer ?

Quand elle redescendit à l'accueil, le crétin pianotait toujours derrière le comptoir.

— Pardon de vous interrompre (elle sentait qu'il fallait y mettre les formes pour ne pas risquer de le voir bugger), vous m'avez dit que des amis étaient venus me voir…

— C'est exact, dit-il, sans lever la tête de son jeu, où il était question de construire un terrier puis un donjon pour une famille lapin qui se développait exponentiellement.

À chaque fois que son pouce se posait sur son clavier, il faisait entendre un couinement strident.

— Mais ils ont demandé… après moi ? insista Paule en appuyant sur le « après moi ».

Le réceptionniste soupira et leva les yeux au ciel comme il avait dû le voir faire dans les séries de Netflix.

— Bien sûr que oui ! Les pauvres étaient si fatigués après leur long trajet en voiture depuis Beachy Head… Ils m'ont dit avoir traversé la Manche pour venir vous voir. Et comme si cela ne suffisait pas, ils ont été obligés en raison de l'affluence de se garer sur la route du Havre, près du château du Clos des Fées. Vraiment, vous avez de la chance d'avoir des amis pareils ! Quand ils vous ont décrite, j'ai tout de suite compris qu'il s'agissait de vous. Des jeunes et jolies blondes seules à Étretat, cela ne court pas les rues.

Il rit. Elle ne releva pas.

— J'imagine qu'ils ne vous ont pas laissé un nom ?

— Si. J'ai noté sur le registre. M. Cliff et M. Scogliera. J'ai trouvé qu'ils ne ressemblaient pas à des Anglais, d'ailleurs, avec leurs épaisses moustaches. Il y en avait un qui aurait pu être un gars de chez nous, et l'autre était plutôt du genre pruneau oriental, si vous voyez ce que je veux dire…

Paule voyait surtout que « Beachy Head » n'était pas une ville mais le nom d'un promontoire sur la côte sud de l'Angleterre. La confrérie des suicidés à laquelle elle avait voulu appartenir considérait depuis le XVIIe siècle que ce site était propice au grand plongeon. Par ailleurs, les noms Cliff et Scogliera étaient la traduction de « falaise », l'un en anglais et l'autre en italien. Elle demanda s'ils étaient montés dans sa chambre.

Le réceptionniste secoua la tête.

Paule avait l'impression d'extorquer des informations à un enfant qui, à la naissance, aurait été bercé trop près du mur.

— Ils sont donc arrivés et sont aussitôt repartis ? reprit-elle.

— Nooon. Pas tout de suite. L'un de vos amis, le type super bien sapé avec le beau costard croisé, m'a demandé s'il pouvait aller aux toilettes.

— Et je parie que l'autre vous a parlé durant tout le temps où son compère s'est absenté…

Le réceptionniste s'anima subitement.

— Il m'a parlé de son boulot. Vous avez des amis incroyables. Chasseur d'araignées ! J'ignorais que ce métier existait et qu'il existait des collectionneurs ! Vous saviez, vous, que les araignées ont en commun avec l'homme de fabriquer des pièges ? Vous saviez qu'une dose importante de leur venin peut paralyser un humain ?

Paule ne put s'empêcher de frissonner et l'envie de gifler son interlocuteur la quitta dans l'instant. Elle avait été le seul témoin d'un meurtre. Des inconnus, vraisemblablement les assassins, la recherchaient. L'un d'eux avait fracturé la porte de sa chambre et installé en évidence sur sa tablette des images destinées à l'effrayer. Et cela avait marché.

— Vos amis m'ont demandé de vous dire qu'ils repasseront, marmonna le réceptionniste.

# 7

Paule avait besoin de prendre l'air, de sortir, de marcher, de parler, d'échanger… Comme tout cela était fragile, précaire, elle avait l'impression de marcher sur un fil telle une équilibriste.

Tout d'un coup, la foule qui encombrait les rues lui apparut comme une chance de focaliser son attention sur des visages, des postures ou des situations, avec la sensation, somme toute agréable, d'appartenir à une commune humanité. Elle se délecta de cette agitation, de cette lumière, de ces rires et de ces cris de stupeur ou d'admiration, de ces odeurs sucrées de crêpes et de glace, de ce parfum de fête qui flottait sur ce week-end du 11 Novembre. Comme lorsqu'elle était enfant, elle fut frappée par ce soleil éclatant qui parvenait à illuminer la station balnéaire au point d'en faire oublier le gris des toits en ardoise. C'était comme si un voile se déchirait, qui lui avait caché jusqu'ici la véritable nature du monde. Elle qui, hier encore, voulait mourir avait maintenant terriblement envie de vivre. Mieux : elle avait peur de mourir.

Oui, et si c'était cela qui l'avait sauvée : cette curiosité des êtres et des choses qu'elle éprouvait avec ivresse en marchant vers la mer ? Elle passa devant le manoir de la Salamandre, qui avait été, à l'origine, une bâtisse médiévale toute en colombages construite à Lisieux avant d'être déplacée là par un architecte et reconstruite à la sauce Belle Époque. Elle s'approcha pour la contempler et remarqua un détail qui ne l'avait jamais interpellée lorsqu'elle était jeune.

Au premier étage de la maison reconvertie en hôtel, elle vit nettement sur un des piliers un chevalier avec une épaisse moustache chevauchant un aigle. Paule se dit que dans sa copie le promoteur était allé un peu vite en besogne et qu'il devait s'agir autrefois d'un griffon, ce symbole ésotérique qu'elle avait retrouvé plusieurs fois dans de vieux manuscrits norrois. Elle considéra chaque détail des portes et des fenêtres, chaque mascaron, se surprit à vouloir les décrypter. Quel imbécile était donc à l'origine de la sentence qui faisait de la curiosité un vilain défaut alors que c'était là le salvateur sursaut, celui qui étendait à l'infini le champ des possibles quand tout conspirait à vous enfermer dans une boîte et à limiter votre savoir ?

Arrivée au front de mer, Paule grimpa quelques marches et fut sur le Perrey. Les falaises n'étaient plus ces masses menaçantes qui se dressaient la veille mais une enceinte protectrice d'un blanc éblouissant, veinée par endroits de silex noir. La mer avait le calme d'un lac. C'était une apparence car, pour avoir fait naviguer sa périssoire sur ces flots, elle savait qu'il y avait des courants près des falaises. On les détectait à leurs dos verts, onduleux comme des queues de sirènes.

Paule descendit sur la plage. Le bruit de ses pas conjugué à celui du ressac la rassurait. Elle s'approcha encore davantage du rivage. La marée basse avait laissé un peu partout des perruques d'algues. L'odeur était forte. Ce n'était pas celle de l'iode comme on le disait souvent mais de la putréfaction de ces myriades d'organismes marins vivants. Cette manie de vouloir toujours rétablir la vérité… Ce côté « Madame je sais tout »…

Paule sourit et se baissa pour ramasser un galet qui lui semblait presque parfait. Il avait été des milliers de fois brassé dans cette baie, d'où sa petitesse et son arrondi, et paraissait avoir été façonné par la main de l'homme. Elle faillit le mettre dans sa poche, hésita. Chaque saison, plus de cinq cents tonnes de galets étaient arrachées au rivage, fragilisant toujours un peu plus la plage étretataise en l'exposant aux grandes marées qui venaient inonder jusqu'au centre du bourg. Certains de ces galets finissaient sur le rebord d'une fenêtre à Montargis mais d'autres étaient vendus par sacs entiers. Certains avaient été retrouvés dans des magasins au Japon. Les Nippons en étaient fous pour leurs jardins miniatures. Elle fit jouer le galet une dernière fois entre ses doigts puis le reposa, non sans regrets.

Dans moins de dix minutes, la lumière allait devenir d'un coup crépusculaire. Assise sur un banc, Paule prit son téléphone et se mit en quête de trouver une autre chambre. Hors de question qu'elle retourne à l'hôtel des Deux Falaises. Mais, en ce week-end du 11 Novembre, les hôtels affichaient complet et les locations chez l'habitant atteignaient des sommes qui dépassaient l'entendement.

Le soleil avait disparu. Seule une lueur brouillée qui épousait une mer de plus en plus grondante permettait de regarder vers le large. On ne voyait plus un bateau. Quand elle en eut assez de se heurter à des refus, il lui fallut bien accepter qu'il ne lui restait qu'une issue possible : appeler Guillaume et tout lui raconter.

# 8

Le capitaine Lassire l'attendait en fumant une cigarette devant la gendarmerie. Il avait troqué son uniforme pour un jean et un bomber Superdry mais même ainsi il n'en restait pas moins un militaire. Son premier geste quand il la vit fut de lui tendre les clefs de son pavillon.

— Attends-moi pendant que je vais chercher tes affaires à l'hôtel. Il est inutile de prendre des risques.

Le ton employé était doux mais ferme.

Il lui fallut moins d'un quart d'heure pour parvenir à l'hôtel. À l'accueil, le grand échalas avait été remplacé par une femme au physique de lutteur bulgare. Guillaume la prévint que Paule Nirsen ne gardait pas la chambre.

La masse humaine maugréa qu'elle ne serait pas remboursée et retourna à ses activités, le laissant filer dans la chambre pour faire la valise de son amie. Ce qu'il fit consciencieusement, prenant le temps de s'assurer qu'il n'avait rien oublié.

Quand Guillaume sortit de l'hôtel des Deux Falaises, qui avait obtenu la note de 4,8 sur 5 sur Tripadvisor, comme l'indiquait un panneau accroché au comptoir, il faisait nuit noire et il fut aussitôt enveloppé d'une fraîcheur humide.

Lorsqu'il arriva chez lui, Paule l'attendait dans l'obscurité, blottie dans le creux du divan.

— Je n'avais pas prévu ta venue, dit-il. Je n'ai pas eu le temps de faire des courses. Je te propose donc d'aller grignoter quelque part.

Paule acquiesça, s'extirpa de sa coquille, mit sa veste et saisit son sac, dans lequel elle glissa sa précieuse tablette.

Il était déjà 9 heures du soir. La gendarmerie étant à la périphérie d'Étretat, il ne régnait tout autour que le silence à peine interrompu par les aboiements d'un chien que ses maîtres faisaient dormir dehors. Les rares lumières émanaient des quatre lampadaires sur le virage de la route qui menait à Yport. On pouvait tout aussi bien croire qu'il était minuit.

Il y avait encore des tables dans les restaurants. C'était le troisième service. Ils se trouvèrent une petite salle au restaurant Le Lupin afin de pouvoir se parler loin des oreilles indiscrètes.

Les murs étaient tapissés d'aquarelles représentant la plage d'Étretat à toute heure et en toute saison. Passé leur amusement quand ils eurent constaté qu'un bulot à l'étretataise était vendu au prix d'une huître Gillardeau, ils commandèrent deux fish and chips et une bouteille de cidre.

Guillaume tira de son bomber le petit cahier noir Moleskine « Hemingway » que Paule avait toujours hésité à se procurer, renâclant par snobisme à acheter cet objet culte du marketing contemporain.

— La personne que nous avons retrouvée s'appelait Rose Forestier. Elle logeait à l'hôtel de Grande-Bretagne.

Paule connaissait l'établissement, qui était souvent choisi par ceux qui voulaient se suicider. Il n'était pourtant ni près de la mer, ni isolé, ni bon marché, mais c'était ainsi. Régulièrement interviewé par les journalistes, le patron pensait à vendre car il n'en pouvait plus de parler au petit déjeuner avec des clients riants et conviviaux pour apprendre quelques heures plus tard qu'ils s'étaient fracassé le crâne sur les rochers. Qui le supporterait ?

Rose avait laissé une lettre pour justifier son acte.

— Nous savons qu'elle est descendue hier par le train de 17 h 30 à la gare de Bréauté-Beuzeville et qu'elle a pris un taxi, dit Guillaume.

Paule cessa tout net de manger. Elle était dans le même train et avait suivi le même parcours que cette femme. Peut-être l'avait-elle croisée sur le quai de cette gare sinistre. Peut-être même avait-elle échangé avec elle un regard. Elle se sentit soudain proche de cette malheureuse.

— Elle… était d'Étretat ? parvint-elle à articuler.

— Elle y est née, oui. Beaucoup de suicidés ont un lien avec Étretat. Parfois, ce sont des souvenirs d'enfance ; parfois une vague parentèle, ou le rappel d'un week-end amoureux et romantique. Elle habitait Rouen. Pour le moment, nous ne lui avons pas trouvé de famille. Mais la police de Rouen a pu interroger ses voisins, qui ont été stupéfaits d'apprendre la nouvelle. Un ami, le commandant Blanchard, m'a dit qu'ils en faisaient un peu trop, comme s'ils passaient une audition à l'Actors Studio. Reste qu'elle était apparemment très appréciée, y compris de ses employées.

Les gendarmes avaient retrouvé des papiers dans son sac à l'hôtel qui indiquaient qu'elle était propriétaire d'un établissement de massage et de relaxation.

Paule esquissa un sourire. Ce qui eut le don d'exaspérer Guillaume.

— Non, ce n'est pas du tout ce que tu crois ! Il s'agit vraiment d'un établissement de massage et de relaxation. Le Rouennais est parfois aussi stressé que le Parisien. Son spa est très bien situé, au cœur de la vieille ville, il jouxte presque la Grosse Horloge.

Il referma d'un geste sec son carnet.

— Et voilà, tu sais tout.

— Sauf le principal…

— Qui est ?

— Guillaume, s'il te plaît ! Quelles sont les conclusions ?

Il reprit, avec une mauvaise grâce à moitié simulée :

— Très bien. Je ne devrais pas le faire, mais je vais te dire ce que nous avons pour l'instant… commença-t-il en réalisant aussitôt qu'il était déjà allé trop loin. Ce que nous avons est une banale affaire de suicide, se reprit-il. Tout simplement. Un suicide comme il y en a une trentaine par an. Pas de traces de coups ni de lutte. Juste un cadavre lisse et pâle rejeté par la mer. Nous avons ratissé la zone à partir de laquelle elle aurait pu effectuer le grand plongeon sans rien trouver.

— Et le rapport d'autopsie, vous avez pu…

Guillaume l'arrêta en levant la main.

— Ne dis rien. Je le lisais avant que tu arrives. Je dois reconnaître qu'il est rare d'avoir un rapport médico-légal aussi bref, même si tous les organes étaient éclatés à l'exception du cœur.

— Pas de précision toxicologique ?

— Aucune. C'est à se demander s'il y a eu une analyse…

— Comment tu expliques ça ?

Guillaume l'expliquait par le fait que, dorénavant, seules comptaient les statistiques et, surtout, surtout, l'attention que l'on mettait à remplir les formulaires. L'enquête venait bien après… ou pas, pour peu que l'on ne trouve aucune trace de coups, aucune ecchymose sur le corps. Il n'y avait que dans les polars que les enquêteurs pouvaient se mettre en immersion pour résoudre une énigme ou un mystère. Et cette fois le mystère n'était pas au rendez-vous, puisqu'il s'agissait d'un suicide et non d'un meurtre.

— Et c'est ton intime conviction ? insista Paule.

— Rien ne dit que cette femme que tu as aperçue sur la falaise était la femme qui a été retrouvée. Tu serais incapable de la décrire. Et si cela se trouve, au moment où nous parlons, elle est sur le point de passer à table avec ses amis qui ont tenté la nuit dernière de lui coller une belle frousse. En revanche, je suis plus inquiet de la visite que tu as eue.

Il s'arrêta et se versa une rasade de cidre.

— Et maintenant, si tu me montrais ce que tu as vu sur ta tablette ?

À contrecœur, Paule ouvrit sa tablette et la lui tendit. En voyant les images, Guillaume ne put s'empêcher de faire une grimace de dégoût.

— Ces photos sont dégueulasses. J'ignorais qu'une telle créature puisse exister dans la nature. On a l'impression qu'on l'a amputée d'une partie de son abdomen. Ceux qui t'ont donné à voir ça sont des malades. Tu permets que je la prenne en photo avec mon portable ?

— Si tu veux cauchemarder, ne te gêne pas. Je peux même te laisser la tablette.

— Je préfère ne pas la toucher. On ne sait jamais. Peut-être y a-t-il d'autres empreintes que les tiennes.

En dépit des circonstances, du fish and chips immangeable et du cidre bio – Quelle hérésie, avait pensé Paule en voyant arriver la bouteille –, ils rirent de leur complicité retrouvée.

Paule passa une bonne soirée, comme cela peut parfois arriver entre amis. Ils avaient tout bonnement l'impression de reprendre une conversation qui ne s'était jamais interrompue.

Arrivés chez Guillaume, ce dernier ouvrit la chambre qui donnait sur le jardin, prépara le lit en un clin d'œil sans s'arrêter aux protestations de son amie, posa des serviettes sur une chaise et embrassa Paule sur le front.

— Ne m'en veux pas, je commence demain à l'aube. Je ferme la porte de la chambre afin que tu puisses dormir. Tu as besoin de te reposer.

Et il monta à l'étage en sifflotant l'air des « Dragons de Noailles ».

Avant de se coucher, Paule tira le lourd rideau de la porte-fenêtre. Au-dehors, la lueur capricieuse de la lune conférait aux hortensias une allure fantastique. Le vent qui les animait d'un lent balancement aurait pu donner l'illusion qu'il s'agissait d'un buisson de têtes humaines.

Il faut que je dorme, il faut absolument que je dorme, s'ordonna Paule.

Une fois dans son lit, à peine eut-elle posé sa tête sur l'oreiller qu'elle s'endormit.

Au bout de combien de temps entendit-elle dans son sommeil que l'on frappait faiblement à la vitre ? Un bruit d'ongles. Elle fit précisément ce qui l'exaspérait dans les films d'horreur quand les héros se séparent dans la maison hantée ou que l'un d'entre eux descend seul, à tâtons, dans la cave. Elle rejeta d'un coup sec la couette meringuée, se précipita vers la porte-fenêtre et tira le rideau.

# 9

Dans la clarté lunaire, battue par la pluie, une jeune femme trempée jusqu'aux os se tenait sur la terrasse. Ce n'était pas la pluie qui l'avait mise dans cet état. Elle semblait plutôt sortir de la mer après une immersion prolongée.

Avec des gestes éloquents, elle fit signe à Paule de la laisser entrer, mais celle-ci, comme tétanisée, ne parvenait pas à bouger. La jeune femme commença alors à la supplier en se tordant les mains. Elle était pâle. De cette pâleur neutre que l'on ne retrouve que sur les cadavres. Par contraste, ses yeux noirs brillaient d'un éclat qui rendait son regard insoutenable, hypnotique.

Paule reprit ses esprits et ouvrit la porte-fenêtre. Elle s'écarta pour laisser passer la visiteuse, qui entra en chancelant. Puis elle lui ôta son manteau ruisselant et l'assit dans un des fauteuils du salon. La jeune femme se laissait faire comme un enfant.

— Restez là, lui dit Paule, je vais appeler quelqu'un.

La visiteuse se raidit d'un coup et l'agrippa par le bras avec une force étonnante.

— Non ! C'est à vous que je veux parler et à personne d'autre.

Presque immédiatement, elle se leva et se mit à trembler. Elle serrait contre elle les vêtements trempés qui lui collaient au corps.

— J'ai froid ! Mon Dieu que j'ai froid !

Son visage s'illumina à la vision du radiateur dans la pièce. Elle fit un pas dans sa direction mais se ravisa et jeta autour d'elle un regard soupçonneux. Paule ferma la porte-fenêtre. Seulement alors la visiteuse approcha ses mains pour se réchauffer. Une buée commença à s'échapper de ses habits.

— Enlevez vos vêtements, je vais vous en prêter d'autres, ou une couverture…

Elle refusa énergiquement :

— Il faut absolument que je les garde ! Comment va-t-on savoir qui je suis, qui va me reconnaître, sinon ?

— Donnez-moi au moins votre gilet.

Elle s'exécuta. Paule lui tendit avec précaution une couverture que la femme jeta sur ses épaules comme s'il s'agissait d'une cape.

— Qui êtes-vous ? lui demanda Paule avec douceur. Pourquoi et comment êtes-vous venue jusqu'ici ?

La femme grattait frénétiquement la saignée de son bras dénudé.

— Regardez ce qu'ils m'ont fait…

Elle montra sa gorge. Il n'y avait rien. Pas de plaie, pas de rougeur ni de bouton. Rien. Juste un point noir qui ressemblait à un grain de beauté près de sa carotide.

— Je suis désolée, dit Paule, je ne vois rien. Je vais allumer la lampe…

— Non ! Ils vont nous voir. Ils voient tout. Ils savent tout et ils m'ont injecté leur venin dans les veines.

— Calmez-vous, murmura Paule. Vous êtes ici en sécurité.

— Je ne suis pas là pour être en sécurité, je suis venue pour vous demander de ne pas partir. Je vous en supplie : restez, restez, restez.

Et la jeune femme joignit le geste à la parole en réunissant ses mains comme pour prier. Paule tenta de la calmer :

— Je ne peux rien faire pour vous si vous ne me dites pas qui vous êtes. Il y a une personne au premier étage de cette maison qui appartient aux forces de l'ordre. Je vais aller le chercher…

D'un mouvement vif, la femme se leva de son fauteuil et se retourna pour reprendre son manteau. Jusqu'à présent elle s'était toujours présentée de face. Et là, Paule vit avec horreur que son crâne paraissait amputé d'un morceau. À la place, il y avait une masse brunâtre ressemblant à une poche de sang coagulé. Et l'identité de la femme lui parut soudain relever de l'évidence :

— Rose… Vous êtes Rose Forestier ? risqua-t-elle.

— J'ai froid. Si vous saviez comme j'ai froid…

Paule se surprit alors à poser une question qui défiait l'entendement :

— Si vous êtes Rose, dites-moi qui vous a assassinée…

Les yeux de la jeune femme devinrent deux charbons ardents.

— Laissez-moi sortir ! Je dois sortir ! hurla-t-elle d'une voix stridente.

La stupéfaction de Paule fut telle qu'elle ne fit rien pour l'empêcher de revêtir son manteau encore humide et d'ouvrir la porte-fenêtre en grand.

En un instant, la femme fut dehors, grelottante. Soudain radoucie, elle se tourna vers Paule et murmura :

— Pardonnez-moi mais je dois partir. Je reviendrai quand tout sera fini. Si tant est qu'ils me laissent revenir. On ne me laissera pas longtemps voguer dans cet entre-deux.

Elle disparut dans la nuit comme si elle n'avait jamais existé.

Une terrible nausée s'empara de Paule. Une odeur âcre de crypte mélangée à celle du formol et d'un désinfectant avait envahi le salon. Ses jambes se dérobèrent, sa tête tournait et elle eut juste le temps de s'allonger sur le lit avant de tomber dans un sommeil profond, presque comateux.

# 10

Paule se réveilla tard. Le ciel était gris et la journée allait être placée sous le signe de ce crachin que l'on qualifiait ici de vivifiant.

Elle se dirigea comme un zombie vers la cuisine.

Guillaume avait laissé un mot sur la table de la cuisine avec un double des clefs. Elle apprécia sa belle écriture faite de boucles, de pleins et de déliés.

*J'ai du nouveau. Appelle-moi quand tu seras réveillée, je pense que cela va t'intéresser.*

Elle aussi avait du nouveau. Ce n'est pas tous les jours que l'on rêve qu'un spectre vient vous visiter. Car il s'agissait forcément d'un de ces cauchemars que les milliards de neurones du cerveau tissent pour l'alerter. Mais de quoi ? Le mot « cauchemar » était d'ailleurs, en l'espèce, erroné car à aucun moment elle ne s'était sentie en danger ou menacée.

Encore une fois, peut-être tout cela n'était-il qu'une ruse de son esprit pour l'empêcher de revenir à ce qui était son but quand elle avait décidé de se rendre au bord de ces falaises ? Pourtant son cerveau devait bien savoir qu'il n'y avait plus à s'alerter puisqu'elle était passée à autre chose. Même si cet « autre chose » se dérobait quand elle cherchait à le cerner ou à le nommer.

Le mieux était d'appeler Guillaume et de se raccrocher à ces gestes du quotidien.

Il lui avait dit de faire comme chez elle et lui avait conseillé le jus de pamplemousse frais dans le frigo mais elle opta pour un café. Pendant que la machine crachait, sifflait et tremblait sur ses bases, elle prit une douche rapide. Le jet brûlant épousait les formes de son corps et rebondissait sur le caillebotis. Quand elle s'habilla, elle noua ses cheveux en queue de cheval et osa la couleur en sortant de sa valise un pull jaune bouton-d'or qu'elle laissa retomber à mi-fesses sur un pantalon kaki.

Elle huma sa tasse et ferma les yeux pour se souvenir de sa grand-mère quand cette dernière l'emmenait avec elle au Havre, à la brûlerie Duchossoy, afin d'acheter les nouveaux cafés en grains dont les noms rappelaient les anciennes colonies.

Elle se dirigea vers la porte-fenêtre pour sortir fumer une cigarette, pratique qu'elle ne s'accordait normalement que lorsqu'elle peinait à déchiffrer un manuscrit, remarqua une petite tache sombre sur le dossier du fauteuil qu'elle n'avait pas vue la veille quand elle avait déposé ses valises. Une trace de sang ou un insecte écrasé. Pourvu que les roulettes de sa valise n'aient pas taché le fauteuil ! Elle s'en occuperait plus tard. Elle alluma son portable et se rendit sur le site de *Paris-Normandie*. L'article ne se limitait pas à relever l'identité de la victime, la journaliste évoquait les témoignages dont lui avait parlé Guillaume et avait poussé plus loin son enquête. Elle soulignait que le magasin de Rose était l'objet de bien des convoitises car il était situé au cœur d'un projet immobilier de grande envergure qui comprenait un hôtel, trois restaurants, une galerie commerciale et un centre de conférences. Apparemment, la pandémie n'avait pas coupé l'appétit des mangeurs de pierre.

Paule appela Guillaume, qui n'avait rien de plus à lui apprendre que ce qu'elle venait de lire sur son écran, et elle se garda bien de lui parler de son rêve. Sa cargaison de non-dits menaçait de couler sa barque, mais elle n'avait aucune envie de passer pour une folle ou, pire, une petite chose fragile qu'il s'empresserait de vouloir protéger comme autrefois.

L'idée lui vint d'aller faire des courses pour préparer à déjeuner, ce qui lui prit une bonne heure. La plupart des magasins d'alimentation dont elle se souvenait avaient fermé, à présent remplacés par des boutiques de souvenirs. Il était difficile d'acheter du pain mais pas des gaufres au miel, de l'eau mais pas du Meuh Cola. Paule finit par trouver son bonheur dans le Carrefour City du centre-ville, où elle se sentit chez elle puisqu'il était semblable à tous les Carrefour de France et de Navarre à l'exception d'une vente promotionnelle de pommeau.

Elle avait préparé une gigantesque salade César et eut juste le temps de finir de griller le poulet avec la graisse des lardons avant que Guillaume, le regard dissimulé par des Ray-Ban d'aviateur vintage, revienne, juste à temps pour se mettre les pieds sous la table. Elle fut surprise de le voir vêtu d'un jean slim fit et de baskets. Ils mangèrent en silence comme s'ils étaient déjà un vieux couple, ce qui n'échappa ni à l'un, ni à l'autre. Ce fut lui qui rompit le silence :

— Rose Forestier avait reçu des lettres de menace. Notamment une qui évoquait clairement sa mort.

— Vous l'avez découvert ce matin ?

Il se passa la main dans ses cheveux drus et soupira.

— La police le savait depuis hier.

Elle n'insista pas. Elle n'avait pas envie d'entreprendre une discussion sur la fameuse guerre intestine que se livraient la police et la gendarmerie.

— J'ai demandé à recevoir la photocopie des lettres de menace et promis que j'enverrais au commandant Blanchard celle que Rose Forestier a écrite avant de se jeter du haut de la falaise…

— Ou pas, l'interrompit Paule.

Le capitaine fit comme s'il n'avait pas entendu.

— Si tu n'as rien à faire d'autre cet après-midi, je te propose que nous partions faire une petite balade jusqu'à Yport.

— Il se passe quoi, à Yport ?

Le petit village de pêcheurs proche d'Étretat n'avait jamais brillé par son attrait touristique à l'exception du manoir Laurens, construit à la fin du XIXe siècle par un peintre qui avait su mêler les influences byzantine, toscane et normande. Cette curiosité architecturale, qui tenait à la fois de l'abbaye et du château fort, avait séduit une communauté d'artistes et d'écrivains qui s'était baptisée par dérision l'Académie d'Yport et l'on y croisait alors Rodin, Monet, Renoir, Massenet, Flaubert, Péguy et tant d'autres dont Paule avait oublié les noms.

— Nous allons nous rendre chez un collectionneur un peu particulier. C'est un aranéologue distingué. Il collectionne et étudie exclusivement les araignées.

Paule sentit le duvet de ses bras se dresser à l'évocation de l'image menaçante sur l'écran de sa tablette.

— Et comment as-tu dans tes connaissances de tels collectionneurs ?

— Si tu veux bien, je te raconterai ça en route car je lui ai promis de passer le voir en début d'après-midi.

Mallette de scène de crime, cartes routières, gants en plastique… Paule siffla en détaillant le matériel qu'avait posé Guillaume sur la banquette arrière de la Renault Captur. Et ce n'était pas tout. D'un signe, il lui montra la boîte à gants, dans laquelle, lui dit-il, il avait rangé un Beretta dans son étui.

L'habitacle était si propre qu'il semblait neuf.

— On part en mission secrète ? se moqua Paule en enlevant ses chaussures, comme elle le faisait à chaque fois qu'elle montait dans une voiture, un train ou un avion. Dis-m'en plus sur cet excentrique que nous allons voir.

Guillaume rit.

— « Excentrique », prétend la femme qui est capable de passer des mois sur un acte royal mérovingien… J'arrête, promit-il, alors que Paule faisait mine de lever la main sur lui.

Tout en conduisant, il lui raconta l'affaire qu'il avait eu à résoudre quelques années auparavant, alors qu'il était jeune gendarme. Alertés par des voisins inquiets, son équipe et lui avaient trouvé dans une maison vétuste composée de deux petites pièces au sud de Fécamp un homme d'une soixantaine d'années, mort visiblement depuis plusieurs jours. La victime reposait sur un lit de fortune entouré d'une centaine de grosses araignées en liberté ou dans des boîtes, parmi lesquelles des mygales, des tarentules et même une araignée australienne extrêmement venimeuse. Le retraité en faisait l'élevage et gardait certaines espèces protégées sans aucune autorisation. Il avait fallu les trier et les confier à des candidats ayant un certificat de capacité. Bref, au cours de cette affaire, Guillaume avait non seulement découvert l'existence de ce certificat mais aussi celle des NAC, les nouveaux animaux de compagnie. Et c'est à cette époque qu'il avait rencontré le professeur Christian Cordier, éminent entomologiste connu pour ses travaux sur la classification des arachnides dans l'œuvre du chercheur allemand Carl Friedrich Roewer.

Paule l'écoutait parler tout en regardant les muscles de l'avant-bras de Guillaume qui saillaient comme des câbles de marine à chaque inflexion du volant.

Cordier était fils, petit-fils et arrière-petit-fils de fermiers cauchois et était revenu vivre dans le coin quand il avait quitté l'enseignement, sans pour autant abandonner ses travaux de recherche. Deux ou trois étudiants logeaient dans sa propriété et l'aidaient dans ses travaux. Ils avaient été enchantés quand ils avaient été autorisés à accueillir une partie des araignées consignées retrouvées autour du malheureux. Ils avaient gardé pour eux les espèces les plus rares, bien évidemment. Ils veillaient sur elles jalousement car il y avait un marché mondial et donc un trafic de ces animaux.

Guillaume quitta la route pour prendre un sentier qui conduisait au fond d'un vallon. Paule aperçut une grande maison normande au toit de chaume et, derrière, non pas des corps de ferme mais de longues baraques en bois modernes, disposées en forme de roue autour d'une vaste étendue d'eau.

À peine étaient-ils sortis du véhicule qu'un homme vint à leur rencontre. Il avait une tête d'épingle, pas de cou et des bras et des jambes interminablement longs pour son torse d'enfant.

Paule pensa aux faucheux de son enfance qui pullulaient dans les champs au moment de la moisson.

— Je ne savais pas que vous alliez venir accompagné, capitaine. Une collaboratrice ?

Guillaume avait pourtant le clair souvenir d'avoir évoqué Paule durant son appel.

— Une vieille amie. Paule Nirsen. Dans le civil, elle est chartiste.

L'hôte inclina la tête de côté pour mieux évaluer son interlocutrice.

— Paule Nirsen ? On dirait une anagramme. Paule… J'aime beaucoup votre prénom. Bienvenue dans mon petit paradis. J'espère que vous aimez les araignées…

Paule fit une moue dubitative.

— Je vois votre dégoût, mais je vous rassure : je ne prétends pas faire de ces créatures les meilleures amies de l'homme même si je considère que l'araignée, elle, ne requiert pas une attention constante, dit-il en la prenant familièrement par le bras et en la conduisant vers une des baraques en bois. Vous savez, de nos jours, tout le monde n'a pas le temps de s'occuper d'un chien ou d'un chat. Et ce sont de si vieilles compagnes, les premiers fossiles d'araignées datent d'environ quatre cents millions d'années.

Ils entrèrent dans une pièce chaude et humide où la lumière du jour perçait timidement. Christian Cordier referma la porte avec une infinie précaution et alluma la lumière. C'était un vaste laboratoire, avec en son centre quatre tables en céramique couvertes d'éprouvettes. Le long des murs couraient des étagères remplies de bocaux et de terrariums. Paule s'approcha et recula aussitôt. La végétation et les pierres qui y étaient entreposées bougeaient pour laisser apparaître des multitudes de pattes et, plus rarement, des têtes couronnées d'yeux. Au fond de la pièce, on avait empilé soigneusement une vingtaine de caisses où devaient loger des araignées de taille plus imposante. Guillaume se souvint d'avoir lu que ces créatures, en bonne santé, pouvaient vivre deux cents jours sans s'alimenter.

— Il y en a une ici, continua Cordier, qui me suit dès que j'entre dans le bâtiment, comme un toutou. Ce n'est pas par amour mais parce qu'elle sait que j'ai dans ma poche une boîte de vers de farine… Tenez, regardez, la voilà… quand on parle du loup…

Paule eut toutes les peines du monde à ne pas pousser un cri d'effroi. Une mygale grosse comme une soucoupe, trapue et velue, venait de surgir d'un pot. Elle traversa la table avec grâce et vint se lover dans la main de Cordier.

— Je vous présente Camila. Nous l'avons appelée ainsi car elle est originaire du Chili. Elle a été baptisée là-bas la « mygale rose » en raison de la couleur de son abdomen. N'est-elle pas magnifique ?

En le disant, il fit passer l'araignée d'une main à l'autre pour la faire admirer.

— C'est une mygale très prisée des arachnophiles débutants, qui sont excités à l'idée de nourrir de tels animaux. Et puis elle est docile et n'a pas besoin de promenade.

— Elle pique ? demanda Paule.

— Une araignée mord mais ne pique pas, chère amie. Le seul être qui doit craindre Camila est le mâle que nous lui présenterons pour l'accouplement. Si elle est stressée ou si elle garde une petite faim, il sera dévoré vivant. Vous pouvez la prendre…

Guillaume tendit le bras et l'araignée s'y aventura prudemment. Elle alla jusqu'à la naissance de son biceps avant de rebrousser chemin avec une lenteur calculée.

— Vous voyez, claironna Cordier, on dirait que Rose vous a déjà adopté, je suis presque jaloux, mais je vous propose de revenir à la maison, où vous me direz ce qui vous amène. Je vais vous faire goûter un très bon thé noir australien.

Ils pénétrèrent dans une tout autre atmosphère. Le sol du salon était carrelé de tomettes et la cheminée aurait pu accueillir un bœuf. Les fauteuils étaient profonds et tous recouverts de plaids écossais.

Un jeune homme à la longue figure délavée qui ressemblait à un Pierrot lunaire vint à leur rencontre.

— Fermez la porte, voulez-vous, et venez donc vous asseoir, dit aimablement Cordier. Capitaine, je vous présente Noah. Un des étudiants australiens venus me seconder dans mes recherches car vous n'ignorez pas que…

Il s'interrompit et se déplaça rapidement à la poursuite de trois grosses araignées noires qui progressaient par petits bonds presque aériens, chacune dans une direction différente ; il eut vite fait de les rattraper et de les mettre dans une petite boîte l'une après l'autre avec une adresse étonnante.

— Pardonnez-moi, commença Paule sur un ton prudent, mais comment parvenez-vous à vivre sans crainte à côté de ces… créatures ?

Elle s'en voulait de sa question, mais l'idée même que puissent exister autour de sa maison au quotidien ces myriades de vies sourdes, gluantes et grouillantes lui était insupportable.

Cordier ne parut pas s'offusquer. Ce type de réaction est si courant, si navrant, pensa-t-il. Il se contenta de regarder du coin de l'œil Guillaume avec l'air de dire : « Pourquoi m'avez-vous amené cette personne ? Ne pourrions-nous pas nous parler entre gens adultes ? » Il prit la tasse que l'étudiant lui tendait sur le plateau exactement comme si le jeune homme était une table.

— Je crois qu'il est préférable de me montrer sans attendre ce dont vous m'avez parlé au téléphone, capitaine. Si j'ai bien compris, on a voulu adresser à cette demoiselle une mise en garde en lui faisant voir une araignée… Pouvez-vous me la montrer ?

Paule sortit de son sac sa tablette, ouvrit l'écran. Elle savait ce qu'elle cherchait et pourtant elle grimaça de nouveau en trouvant l'image. Elle l'agrandit, retourna la tablette et la présenta au professeur.

Christian Cordier se pencha de son fauteuil. Il plissa des yeux, ajusta ses lunettes… et se releva d'un bond, renversant la tasse qu'il avait posée près de lui. Il porta ses mains en avant, comme s'il voulait écarter ce qu'il voyait. Ses yeux étaient déformés par une terreur indicible. Il se mit à glapir :

— Partez ! Pour l'amour du ciel, sortez d'ici ! Noah ! Raccompagne ces personnes, tout de suite ! Sur-le-champ !

# 11

Guillaume et Paule déguerpirent et n'osèrent se regarder qu'une fois dans la voiture. Ils ne savaient pas par où commencer. Ils n'avaient pas la moindre idée de ce qu'ils pouvaient se dire tant la réaction de leur hôte avait été violente. Ce fut Guillaume Lassire qui rompit le silence :

— Retournons à Étretat. Une fois là-bas, nous nous poserons afin de tout reprendre depuis le début. Il y a un détail qui doit nous échapper. Je suis sûr que nous allons y voir plus clair, dit-il en faisant démarrer la voiture.

Il avait le ton du chirurgien qui cherche à rassurer son patient à l'entrée du bloc opératoire. Mais sa conduite trahissait sa nervosité.

Les deux passagers commencèrent à se détendre lorsque le véhicule emprunta la route qui longeait les falaises.

On roule bien trop vite, songea Paule alors que la voiture s'apprêtait à prendre le virage en épingle à cheveux de la valleuse de Vaucottes, où tant de jeunes Étretatais s'étaient plantés, certains samedis soir, en rentrant éméchés d'une boîte de nuit de Fécamp. De fait, en négociant le tournant, Guillaume se trouva face à un camping-car qui arrivait à toute vitesse en sens inverse. Il eut juste le temps de piler et de se déporter sur le bas-côté, où il fit voler quelques mottes de terre.

Le chauffard ne s'arrêta pas et Guillaume nota par réflexe son numéro d'immatriculation dans le rétroviseur avant de reprendre sa route.

Paule sentit un objet taper contre sa cheville. Elle se pencha et ramena à elle le Beretta dans son étui. Guillaume lui empoigna vivement le bras alors qu'elle s'apprêtait à le ranger dans la boîte à gants.

— N'ouvre surtout pas !

Elle lui jeta un regard noir.

— Pourquoi ? Il y a quoi, dans cette boîte à gants ?

— J'ai ma petite idée, mais je préfère prendre toutes les précautions avant de l'ouvrir, répondit Guillaume.

Il appela la gendarmerie et réclama une aide dès son arrivée, en raison de la présence probable d'un animal indésirable dans sa voiture.

Paule ne parvint pas à détacher son regard du réceptacle durant le reste du trajet.

Lorsqu'ils arrivèrent devant les grilles en faisant crisser les gravillons, trois gendarmes s'approchèrent en uniforme. Ils portaient des gants en cotte de mailles.

— Sortez de là ! ordonna l'un d'eux à Paule.

— Je te présente l'adjudant-chef Gerber, lui dit Guillaume, qui s'amusait de son irritation.

L'adjudant-chef Gerber ouvrit la porte et, lorsqu'elle fut sortie, la regarda de haut en bas puis de bas en haut. Il devait se poser un certain nombre de questions à son sujet, mais en présence de son supérieur il se garda bien de les verbaliser.

De son côté, Paule le rangea aussitôt dans la catégorie des gradés à l'assurance fragile qui affichent une superbe allure d'autocrate tant que ne se présente pas d'opposition sérieuse.

Les deux autres gendarmes se placèrent l'un et l'autre de chaque côté de la boîte à gants et l'ouvrirent à moitié avec une lenteur extrême puis la refermèrent brusquement après avoir entrevu une carapace noire et luisante qui, l'espace d'une seconde, leva ses deux paires de pattes avant en exhibant des crochets d'où suintaient des gouttes de venin.

— Alors ? s'enquit Guillaume.

— C'est bien cela, mon capitaine, une araignée d'une bonne taille. Aussi trapue et velue, une mygale sans doute. Nous allons la mettre dans la boîte et nous contacterons ensuite la direction départementale des services vétérinaires.

— Faites bien attention, leur dit Guillaume, si vous êtes tentés de faire des selfies avec votre nouvelle amie. Nous n'avons pas à disposition d'antidote contre ce type de venin dans les parages.

Il se tourna vers Paule et la prit affectueusement par l'épaule.

— Rentre à la maison. Je ne voudrais pas que tu fasses des cauchemars cette nuit en imaginant qu'une de ces charmantes bestioles court dans le salon…

Paule ne répondit pas et pensa que ses nuits étaient déjà assez agitées. Elle sourit et s'esquiva, regagnant le pavillon en longeant l'arrière de la gendarmerie. Elle n'aspirait qu'à une chose : se replonger dans ses manuscrits et se sortir de cet univers venimeux et rampant.

Paule avait préempté une des tables en bois de la maison et déposé là ses affaires. Elle dut vider sa valise entièrement avant de trouver un bloc de papier et un stylo. Elle prit sa tablette et effaça la fenêtre où figurait la créature monstrueuse, comme si cela allait permettre de l'effacer de sa mémoire.

Elle s'assit et commença à trier puis à consulter ses mails. Paule se surprit à lire attentivement celui d'une collègue qui l'interrogeait sur un texte du XVIIe siècle attribué à un certain Jeremy Taylor, théologien et prédicateur anglican mais aussi courtisan, chapelain de Charles Ier puis évêque.

Le texte joint était intitulé « Qu'est-ce que l'homme ? ». La question ainsi formulée paraissait à sa correspondante incongrue venant d'un homme d'Église.

Paule examina trois lettres du prêtre qui avaient été jointes et le texte. Certes, l'interrogation pouvait paraître singulière de la part d'un homme d'Église mais pas d'un personnage qui avait vécu durant tant d'années dans la clandestinité : *L'homme n'est qu'une bulle légère provenant de la rosée céleste, qui peut courir à la surface des eaux ou être emportée, au contraire, par la première ondée ; qui peut disparaître sous une goutte d'eau un peu plus lourde tombée d'un nuage ou s'enfoncer dans une petite flaque d'eau.* Elle s'amusa à penser que Taylor était précisément parvenu pendant dix interminables années à passer entre les gouttes et à échapper aux sbires de Cromwell.

Lorsque Guillaume revint, Paule lut sur son visage que la parenthèse qu'elle s'était accordée allait vite se refermer. Il avait fait prendre en photo l'araignée dans sa boîte sous tous ses angles.

Les experts départementaux n'avaient pas été longs à lui répondre. Il s'agissait d'une Atrax robustus, qui portait bien son nom puisqu'elle était l'araignée la plus agressive et la plus venimeuse au monde.

— Je doute fort que cette paisible créature ait ouvert puis refermé la portière pour se planquer dans la boîte à gants toute seule. Nous sommes en présence d'une tentative d'homicide. Je vais rendre à nouveau une petite visite à Cordier. Cette « surprise » dans la voiture après nous avoir congédiés comme des moins-que-rien, voilà qui mérite une sérieuse explication.

— Je t'accompagne.

— Pas question.

Pour bien montrer qu'il ne s'agissait pas d'une brimade mais d'assurer sa protection, il la serra contre lui en posant son menton sur son crâne. Paule se dégagea doucement.

— Guillaume, je crois que je dois te confesser quelque chose…

Il fit un pas en arrière et l'observa.

— Je crois savoir de quoi il s'agit, tu vas me dire la véritable raison de ta venue à Étretat. Tu sais que tu n'as rien à avouer ou à confesser…

— J'ai besoin de te le dire, je dois te le dire. J'étais venue pour mettre fin à mes jours.

Le capitaine baissa la tête et répondit sans la regarder :

— Je m'en doutais. Tout dans ta démarche le laissait présager. Ce silence pendant tant d'années, ce brusque retour inexpliqué, ta présence sur la falaise la nuit… Pardonne-moi, mais le chemin que tu as suivi est plutôt… classique.

— Alors, si tu as compris, tu dois aussi comprendre que je ne recherche pas une protection. Je cherche juste à aller jusqu'au bout de cette enquête, c'est pour moi, au sens propre, vital.

Guillaume se raidit un peu.

— D'accord, mais si nous devons faire… « équipe » – un mot qui me semble inapproprié mais passons –, autant jouer l'efficacité. Paule, j'ai besoin de toi car j'ai demandé à la police de Rouen de m'envoyer quelques pages manuscrites de Rose Forestier.

— « Quelques pages » ?

— Oui, Rose Forestier tenait une sorte de journal intime. Je voudrais que tu compares ces pages à la lettre laissée à l'hôtel où elle livrait les raisons de son suicide.

— Donne-moi ces textes. Je vais les étudier. Mais toi, en retour, promets-moi d'être prudent.

— Aucun risque que je laisse mon arme dans la boîte à gants cette fois-ci, ironisa-t-il.

## 12

Pour aller plus vite, Guillaume avait choisi de ne pas passer par Bénouville mais par Les Loges. Il lui fallut moins d'un quart d'heure pour se trouver à nouveau sur le sentier qui menait au phalanstère du professeur Cordier. Il arrêta sa voiture devant la porte d'entrée. Cette fois personne ne vint à sa rencontre. Il sonna plusieurs fois sans succès et s'apprêtait à faire le tour quand la porte s'ouvrit pour laisser la place à un éphèbe brun à longs cils. Un minuscule crucifix en or tremblotait à son oreille.

— Le professeur vous attend dans le salon, dit-il avec un fort accent britannique.

Guillaume lui emboîta le pas. Confortablement installé dans un fauteuil, Christian Cordier était en train de boire son thé. Il fit signe au capitaine de prendre place.

— Je vous dois une explication.

— Je dirais même plusieurs.

— Du thé ? Vous voulez boire quelque chose ?

Guillaume fit de la main signe qu'il n'avait besoin de rien.

— Vous êtes en service, je vois. J'irai donc droit au but. L'araignée que vous m'avez montrée est un signe. Certes, elle apparaît difforme et peu ragoûtante… du moins aux yeux de ceux qui ne savent pas combien ces animaux sont non seulement essentiels au maintien fragile, forcément fragile, de notre biodiversité mais aussi essentiels pour la science…

— Allez au fait, professeur. De quel signe voulez-vous parler ?

Cordier sursauta comme si Guillaume venait de commettre une incivilité en osant l'interrompre. Il poursuivit néanmoins, sur un ton maussade :

— Vous savez que Le Havre est la porte d'entrée de la cocaïne en France et une des principales en Europe. Régulièrement des dockers et des agents du port sont intimidés, parfois séquestrés et même tués. Mais il y a bien d'autres trafics qui, sans faire les gros titres de la presse, drainent des sommes d'argent colossales…

— Comme celui d'animaux de compagnie exotiques à huit pattes qui n'ont rien à faire sur le territoire.

— Exact. Les personnes qui veulent épater leur entourage n'ont pas idée des dommages qu'ils créent. Mais cela ne vous intéresse pas. Ne protestez pas ! Un trafic de lionceaux fait davantage pleurer dans les chaumières.

Il s'interrompit pour tendre sa tasse au garçon immobile à côté de lui, qui s'empressa de la remplir.

— Quand je suis venu m'installer à Yport, ma réputation m'avait précédé, capitaine. J'avais à peine posé mes valises que je reçus la visite d'un homme roux au physique de jeune Viking. Une vraie armoire à glace. Je compris vite qu'il appartenait à une de ces mafias qui contrôlaient le port du Havre. Dans sa valise, il y avait une vingtaine de mygales, venues du Mexique. Des Brachypelma. Leurs couleurs si vives étaient splendides. Saviez-vous que certaines mères se laissent dévorer vivantes par leur progéniture ? Mais nos préjugés veulent que l'on célèbre davantage la maman pélican que la maman mygale !

— Au fait, professeur, au fait !

Cordier s'exécuta de mauvaise grâce :

— L'homme souhaitait que je les examine car elles ne s'alimentaient plus. Ces gens-là ne connaissent rien aux animaux qu'ils capturent et vendent, c'est pathétique. En me penchant sur sa valise pour les voir de plus près, j'ai aperçu, dans une boîte avec des trous, une Cyclocosmia. Les dessins de son disque étaient de toute beauté. D'ailleurs, ce motif était tatoué sur l'avant-bras du trafiquant. J'ignore où et comment il s'était procuré un animal si rare, et ma réaction a été assez vive. Trop. J'ai dit que j'allais le dénoncer à la police. Il s'est jeté sur moi, m'a ligoté et s'est enfui avec sa valise. J'ignore qui vous a montré cette araignée, mais ce motif est connu dans la région pour n'annoncer rien de bon…

— Et vous n'avez pas contacté la gendarmerie ou la police après cette agression ?

À la tête que fit Cordier, Guillaume réalisa qu'il était loin d'être innocent dans ces histoires de trafic et que ce n'était pas un hasard si le docker était venu le solliciter.

Le professeur comprit ce que pensait son interlocuteur et partit dans un long monologue où il était question de l'aranéologie, science mal considérée dont on avait sabré tous les crédits de recherche. Mais Guillaume ne l'écoutait plus. Il songeait que le fil de l'enquête sortait bien de l'abdomen du monstre que l'on avait intentionnellement montré à Paule pour la terroriser.

Quand Cordier se tut, il lui raconta la découverte de l'Atrax dans sa boîte à gants.

— Elle est en lieu sûr ? fut la première question du professeur, qui ajouta aussitôt, non sans une pointe d'admiration : C'est l'araignée la plus agressive et peut-être la plus venimeuse. Ses crochets peuvent percer un de vos ongles et elle est dangereuse pour tous les primates, parmi lesquels l'homme.

— Super, répondit Guillaume. Vous en avez ici ?

Le professeur acquiesça :

— Oui, nous travaillons sur cette espèce. Son venin nous permettra peut-être d'inventer les médicaments de demain. Voilà pourquoi nous les traitons royalement en leur donnant même des araignées à dévorer, mais je ne vois pas comment l'une d'elles aurait pu s'échapper…

Sans doute parce qu'elle ne s'est pas « échappée »… pensa Guillaume, qui demanda :

— Est-il possible de voir votre étudiant, le dénommé Noah ?

— Cela me semble difficile, vous avez dû vous croiser sur la route. Il a trouvé un logement à Étretat… William ! aboya

Cordier, s'adressant à l'étudiant, qui traversa la pièce d'un pas souple. Apportez-moi l'adresse de Noah ainsi que le dossier à couverture noire sur l'Atrax robustus et, attendez un instant, ne fuyez pas comme un canard décapité ! Dieu du ciel ! Donnez-moi aussi une loupe, la plus grosse s'il vous plaît.

Quand Cordier ouvrit le dossier et commença à le feuilleter, Guillaume sentit qu'il lui fallait faire un effort :

— Heureusement qu'il y a des scientifiques comme vous pour étudier ces animaux et leurs venins afin de mettre au point des antidotes…

— Cette araignée est complexe car, dans son cas, c'est le venin du mâle qui est cinq fois plus toxique que celui de la femelle, alors que c'est le plus souvent l'inverse.

— Ma question est celle d'un béotien : qu'étudiez-vous qui explique que vous gardiez ces… créatures ?

— L'apoptose, qui est un processus de mort programmée qui élimine à l'intérieur d'un organisme les cellules infectées ou dangereuses.

Et Christian Cordier sortit des feuilles de son dossier et tendit à Guillaume des diagrammes qui lui rappelèrent ses cours de SVT où il était question de cellules dont certaines se dirigeaient vers la nécrose et les autres vers l'apoptose.

— Pour expliquer trivialement de quoi il s'agit : lors d'une crise cardiaque, une artère coronaire est bloquée par un caillot de sang. Face à cette réduction brutale du flux sanguin, le manque d'oxygène envoie aux cellules l'ordre de mourir. Vous me suivez ? Or nous avons découvert que le venin de l'Atrax contient une protéine qui, pour faire court, arrête cet ordre sans endommager le cerveau, comme c'est le risque dans une crise cardiaque. Enfin bon, le processus est plus complexe, mais j'espère que vous avez compris le principe…

— Et donc dans ce but vous recueillez le venin de cette araignée pour l'administrer à…

— Des petits rongeurs. Venez avec moi.

Escortés par l'étudiant, ils entrèrent dans un bâtiment qui était la copie conforme de celui qu'il avait visité avec Paule. À une exception près : les terrariums étaient beaucoup plus grands et remplis de rocailles. Derrière eux, il y en avait des rangées. Combien ? Deux cents ? Trois cents ?

L'étudiant sortit d'une boîte placée sous une table un rat blanc dont les moustaches frémissaient. Il ouvrit le terrarium et prestement le plaça au milieu puis pointa son index vers un petit tas de pierres d'où sortit une araignée noire et velue. Elle tourna autour de sa proie, qui recula jusqu'à être coincée dans le coin du terrarium. Là, elle se rua sur son adversaire. Il y eut pendant quelques secondes comme l'illusion d'une lutte, puis Guillaume crut voir les crochets du monstre s'enfoncer dans la tête du rat.

Cordier eut un sourire désagréable. Sa physionomie même avait changé.

— Il n'est pas mort. Juste paralysé par le venin. Il va être dégusté, petit morceau par petit morceau. Une créature plus évoluée se désolerait d'une mort inévitable mais si longue à venir. Dévoré vivant. Toutefois ce n'est qu'un rat et qu'est-ce qu'un rat sait de la mort ? Il la perçoit, certes, mais il ne perçoit pas ce qu'il perçoit.

L'étudiant souriait, lui aussi, découvrant une rangée de dents si petites que l'on pouvait penser qu'il n'avait que des canines.

— Pour cette araignée qui vient de triompher, poursuivit Cordier, ce terrarium est sans doute un infini et nous sommes les seuls à savoir qu'elle se trompe. Et elle ignore que nous le savons. Cependant, seriez-vous en mesure de le lui faire savoir, capitaine, de communiquer avec elle ?

Guillaume ne voyait absolument pas où le professeur voulait en venir.

— Non, j'en serais bien incapable.

Cordier tendit la main vers l'éphèbe, qui lui donna aussitôt un de ces maillets en bois que Guillaume avait vu utiliser dans les restaurants brestois pour casser des pinces de crabes. Sans crier gare, Cordier frappa d'un geste sec et parfaitement ajusté sa chère créature, la réduisant en bouillie.

— D'après vous, a-t-elle compris ce que je viens de lui dire ? demanda-t-il à Guillaume. Je pense que oui. Et maintenant que nous savons communiquer avec un être aussi éloigné de nous, imaginez quelqu'un qui en sache autant sur vous…

Le capitaine Lassire se dit qu'il en savait maintenant en tout cas davantage sur Christian Cordier, et cette nouvelle perception modifiait sensiblement l'image du scientifique sympathique et excentrique.

— Merci, professeur, de vous tenir à notre disposition, lui dit-il en prenant congé.

C'était une maigre riposte mais elle fit mouche.

— À votre disposition ? sursauta Cordier, qui redevint instantanément le professeur Tournesol. Vais-je devoir signer quelque chose ? Une déposition ?

— Pas pour le moment. Si cela est nécessaire, nous vous convoquerons.

Guillaume tourna les talons. Une fois dans sa voiture, son premier réflexe fut de téléphoner à son adjudant-chef pour lui transmettre les coordonnées de Noah afin de le ramener à la gendarmerie. Le second appel fut pour Paule.

— Tout va bien ? C'est Guillaume.

Elle rit.

— Ton numéro est enregistré, tu sais, dit-elle doucement.

— J'ai beaucoup de choses à te raconter…

— Pour ma part, j'en ai une seule mais elle est capitale… J'ai la certitude absolue que ce n'est pas Rose Forestier qui a écrit cette lettre d'adieu. J'avais raison. Il s'agit bien d'un meurtre.

# 13

Paule prenait son petit déjeuner en se remémorant les avancées de l'enquête.

La veille au soir, Guillaume lui avait raconté dans les moindres détails sa visite au professeur Cordier, mais aussi l'échec de l'adjudant-chef Gerber, quand il avait voulu cueillir Noah à son domicile, une chambre louée à la Villa Volubilis. L'homme avait quitté son nid, ne laissant dans la chambre qui lui était allouée qu'une paire de gants recouverts d'une fine cotte de mailles. Pareille à celles qui servaient dans le laboratoire du professeur Cordier à manipuler les monstrueuses bestioles. Un avis de recherche avait été lancé, ainsi qu'une demande de renseignements auprès de la police fédérale australienne, laquelle allait prendre son temps pour répondre, vu qu'elle s'imaginait être le FBI du Pacifique et que toute requête de ce type était ressentie comme une tentative de ternir son image.

De son côté, Paule avait expliqué les éléments qui l'avaient conduite à conclure que la lettre d'adieu n'avait pas été écrite par Rose Forestier mais bien par un faussaire qu'elle avait qualifié de « peu doué ».

La chartiste avait obligé Guillaume à se pencher et à scruter attentivement les textes en commençant par lui montrer les incohérences de la ponctuation, puis elle était passée à cette manière si particulière qu'avait la disparue d'écrire la lettre *e*. En effet, au premier abord, on aurait pu croire qu'il s'agissait d'une majuscule égarée au pays des minuscules.

« Regarde la différence entre le journal intime et la lettre, regarde bien attentivement », n'avait-elle cessé de répéter comme si cela sautait aux yeux.

Mais le gendarme, qui se fiait moins à ses yeux qu'à son instinct, avait beau avoir le nez sur les deux textes, passant de l'un à l'autre et retour, il ne voyait rien. Il ne s'agissait pour lui que de la même écriture, les lettres lui paraissaient semblables. À peine avait-il noté l'utilisation dans un cas d'un stylo à encre et dans l'autre d'un stylo-feutre.

Après quelques minutes d'un examen approfondi, il avait l'impression que les lettres dansaient. Il s'était tourné tel un élève désorienté vers celle qui avait endossé le rôle de maîtresse d'école.

Avec son stylo, Paule avait pointé dans la lettre d'adieu le haut de la lettre *e*. Et le capitaine avait aperçu un tremblement presque invisible donnant l'impression que l'auteur avait hésité avant de l'écrire…

« Tu remarqueras, avait continué Paule avec son ton de pédagogue, que ce tremblement se produit ici non pas une fois mais à chaque fois… Or, comment peut-on hésiter à chaque fois que l'on écrit la même voyelle ? »

En fait, lui avait-elle dit, le copiste qui avait produit cette lettre n'avait pas compris l'intention graphique de Rose Forestier. Il était pourtant clair que pour une raison qu'elle ignorait encore l'auteure avait souhaité se singulariser en écrivant son *e* comme un *epsilon* grec. Cela arrive parfois lors de l'adolescence, quand on cherche à se construire une personnalité. Certaines de ces mues sont conservées à l'âge adulte comme des lambeaux de vieille peau restés accrochés à la nouvelle.

Paule était passée ensuite aux différences syntaxiques entre les deux textes, mais Guillaume n'avait semblé retenir qu'un seul élément : la présence au milieu de la lettre de nombreux anglicismes totalement absents du journal intime. Ces derniers n'étaient pas de ces emprunts habituels à l'anglais ou à l'américain – à part la présence de l'adverbe « incidemment » par deux fois – mais des tournures propres à la langue de Shakespeare, dont il était douteux qu'elles proviennent d'une femme née, vivant et travaillant en France. *Depuis que je suis en charge de cette nouvelle affaire,* était-il ainsi écrit dans la lettre, *j'ai réalisé que j'avais contracté une grave maladie du sang…*

Guillaume n'avait pas remis en cause les conclusions de Paule, mais il n'arrivait pas à comprendre comment ces éléments avaient pu échapper à la police de Rouen.

Paule fut tirée de ses réflexions par quelques coups à la porte. Elle but la dernière gorgée de son café et regarda l'horloge Ikea fixée au mur jaune qui indiquait 8 heures.

Une femme courtaude au chignon gris apparut sur le pas de la porte avec un énorme panier de linge. Ses bras de lavandière étaient aussi épais que les cuisses de Paule. En haut du front, elle affichait deux rangées d'acrochordons de belle taille.

— Bonjour, c'est vous, la nouvelle ?

Elle tendit le panier à Paule, qui n'esquissa aucun geste. Elle se demanda comment il fallait prendre cela, mais elle préféra se concentrer sur sa tartine beurrée, qu'elle avala en deux bouchées.

La femme alla déposer le linge sur la table du salon en repoussant d'un geste large la tablette de Paule et les feuilles sur lesquelles elle avait travaillé et commença à empiler méthodiquement chemises blanches, caleçons, draps et serviettes. Elle était chez elle et, du coup, Paule apparaissait comme une intruse.

Intimidée, Paule saisit les draps et demanda où il fallait les ranger.

— Derrière la porte de la buanderie… Et faites attention à ne pas les tacher en mettant du beurre dessus ! répondit la femme d'un ton rogue.

Elle jugeait sans doute qu'habitant dans la maison la « nouvelle » avait dû en épouser tous les us et coutumes.

Amusée après avoir été irritée, Paule obéit et revint prendre de nouveaux ordres, ce qui eut pour effet de détendre celle qui se voyait comme la légitime maîtresse de maison.

— Je me nomme Paule Nirsen…

— Je sais comment vous vous nommez, grommela-t-elle. Moi, c'est Lydie, j'ai travaillé quand j'étais jeune chez votre grand-mère, et je me suis même occupée de vous quand vous étiez enfant…

Paule s'en voulut d'avoir totalement évacué ce souvenir et répondit sur un ton qui se voulait guilleret :

— J'espère que j'étais sage comme une image…

— Oui et non, répondit la Normande sans se démonter en mettant des poings gros comme des têtes de nouveau-nés sur ses hanches. Tout le temps dans les livres ! En revanche, pour vous endormir, c'était une autre affaire. J'ai dû utiliser le petit truc qu'on emploie ici… dit-elle avec un clin d'œil.

— C'était quoi ? demanda Paule.

— Quelques gouttes de calva dans le lait chaud, ça suffit à calmer les mômes les plus récalcitrants.

Paule avait entendu parler de cette méthode, mais ses grands-parents s'étaient bien gardés de lui avouer qu'elle en avait bénéficié. Elle confia à la blanchisseuse qu'elle n'avait pas bu de calva depuis bien longtemps.

Lydie sortit de son panier à linge une petite bouteille échantillon dont le contenu devait lui servir de remontant.

— Tenez, c'est cadeau.

Paule la remercia et fit disparaître la fiole dans sa poche.

— Vous savez quand le capitaine Lassire revient ? demanda-t-elle, enhardie, j'aimerais qu'il me paie à l'avance ce mois-ci. J'ai eu des achats à faire pour Noël.

Paule s'empressa de louer l'organisation de Lydie, qui n'attendait pas le dernier moment pour s'occuper des cadeaux de Noël pour ses enfants. La blanchisseuse partit d'un rire qui ne fut interrompu que par une quinte de toux caverneuse.

— Ils sont grands, maintenant, je n'ai plus besoin de leur faire des cadeaux. Ils ont une belle situation. L'aîné et le cadet sont dockers au Havre et les deux autres travaillent au syndicat d'initiative. Il y a trois semaines, ils se sont tous acheté une Tesla, la Model 3, qu'ils ont customisée. Chacun l'a fait selon ses goûts car ils ont bon goût, mes petits. En revanche, quand il s'agit de leur mère, ils ont des oursins dans les poches. Non, le cadeau est pour moi. Je me suis offert un grand coffret de Bénédictine. Avec le code promo, les frais de livraison me sont offerts !

Sur ce, Lydie tourna les talons et prit congé sans fermer la porte. Elle croisa l'adjudant-chef Gerber et le salua d'un grognement presque animal.

— Décidément, nous nous croisons ! lui lança le gendarme, qui s'attira un regard noir comme s'il avait enfreint un secret.

Cela ne sembla guère émouvoir l'adjudant-chef, qui se tourna vers Paule.

— Bonjour, madame Nirsen, le capitaine Lassire vous a laissé plusieurs messages pour que vous le retrouviez à 10 heures pétantes allée des Tamaris devant la Villa Volubilis.

Paule regarda son portable où s'affichaient, en effet, une dizaine de messages. Elle se dit qu'il fallait qu'elle arrête de le mettre en mode avion pour le recharger.

— Vous étiez trop occupée à papoter avec Marcelle, sans doute.

— Marcelle ? Vous parlez de la blanchisseuse ? Je croyais qu'elle s'appelait Lydie.

— Oui. Marcelle ou Lydie, c'est pareil. Elle ne supportait pas son prénom alors elle a voulu s'en prendre un plus chic. À force de côtoyer des rupins, elle s'est donné un genre. Vous voulez que je vous accompagne ?

— Merci, adjudant-chef, je sais où se trouve l'allée des Tamaris.

# 14

La villa des Œillets, le chalet des Roses, le manoir des Pins noirs… Paule s'était toujours amusée des noms donnés aux villas à Étretat. Leurs propriétaires éprouvaient le plus souvent le besoin d'utiliser non pas des images maritimes ou des mots du littoral mais des noms de plantes qui, le plus souvent, ne poussaient pas à proximité de la Côte d'Albâtre. C'était comme s'ils avaient cherché à s'enfermer dans une bulle et à garder une distance par rapport à un lieu qu'ils jugeaient venteux, gris, pluvieux et, pour finir, hostile. Le nom « Volubilis » était comique. Aucune plante de ce type n'était faite pour pousser sur le sol cauchois, et dans le langage des fleurs il signifiait une liaison facile et sans conséquence. Était-ce là une allusion voulue aux mœurs des estivants de la Belle Époque qui venaient discrètement vivre dans la station leurs aventures amoureuses ?

Paule connaissait bien l'allée des Tamaris, qui délimitait le coteau constituant le flanc nord de la cuvette balnéaire. Cachées par des jardins et nichées sur les hauteurs se trouvaient là les demeures élevées par les premiers estivants qui à la longue avaient fini par se prendre pour une sorte de noblesse locale. Ils en avaient développé une sociabilité qui prenait grand soin de se démarquer de la ville dite basse, où se blottissaient les maisons de pêcheurs en briques et cailloux, enfoncées dans le sol. Ces habitations étaient les premières à être inondées quand la mer passait par-dessus la digue, ce qui se répétait depuis une dizaine d'années à un rythme soutenu.

Paule se rappela la vidéo spectaculaire réalisée, quelques années plus tôt, par l'université de Caen ou de Rouen, qui montrait un Étretat en partie noyé sous les eaux à l'horizon de 2100 en raison du changement climatique. L'image saisissante de flots noirs s'élevant jusqu'au premier étage des petites maisons avait provoqué la colère des habitants plutôt que de l'inquiétude.

Des nuages bien sombres et épais surplombaient Étretat, l'orage menaçait. Paule remonta la rue Notre-Dame en direction du centre-ville. Elle se retourna plusieurs fois car elle avait la désagréable impression d'être suivie. Pourtant il n'y avait derrière elle que des couples avec des enfants qui braillaient pour avoir une glace ou, plus simplement, s'asseoir dans la poussette à la place de la petite sœur. Loin de l'agacer, ces cris lui poignardaient le cœur.

Elle changea de trottoir et passait devant les allées privées lorsqu'une masse noire la propulsa dans l'une d'entre elles. L'endroit était si étroit qu'il était impossible d'y entrer à deux de front. En quelques secondes, Paule se retrouva coincée au fond de l'allée sombre. Elle connaissait ce type de situation, quand l'entraîneur de boxe l'acculait dans un coin du ring. Dans ce cas, il fallait se laisser glisser, ce qu'elle fit en rasant le mur et s'écorchant les phalanges sur le silex.

Il fallait frapper la première. Elle lança sa jambe dans ce qui aurait dû ressembler à un fouetté bas et parvint du tranchant du pied à frapper la cuisse de son agresseur, qui recula assez pour qu'elle voie à qui elle avait affaire. En revanche, lui n'avait pas compris, comptant sans doute sur sa force brute. L'homme était jeune et de carrure imposante. Un molosse à poil ras sûr d'avoir le dessus. Aussi ne s'attarda-t-il pas sur la drôle de danse qu'avait entamée Paule, sautillant d'un pied sur l'autre. Il s'approcha et avec un mauvais sourire sortit de sa veste une seringue dont il enleva l'embout.

Tout en continuant son jeu de jambes, Paule sortit de sa poche la petite bouteille de calva, la décapsula et en projeta le contenu au visage de son agresseur, qui reçut quelques gouttes dans l'œil.

— Sale pute ! hurla-t-il, la bave aux lèvres. Ça brû…

Le chassé frontal de Paule le cueillit en pleine poitrine, au niveau du cœur. Le truand ouvrit grand la bouche, comme s'il cherchait désespérément de l'air. Il fléchit. Au moment où il posait une main à terre en appui, le genou droit de Paule vint le percuter en pleine figure, réduisant son nez en une pulpe sanglante et le projetant sur le dos, les quatre fers en l'air. « La boxe française c'est bien, mais face à un agresseur, dans un combat de rue, un peu de boxe thaïe ça a du bon aussi », lui serinait son entraîneur.

Paule ne demanda pas son reste et passa par-dessus l'homme, lui marchant carrément dessus. Elle sortit de l'allée en trombe pour replonger parmi les estivants et courut quelques instants avant de se mettre à l'abri sous une porte cochère. Elle observa l'allée transformée en coupe-gorge pour voir si son agresseur la pourchassait, mais il ne réapparut pas. Soit il était étendu pour le compte, soit il était reparti par les courettes intérieures des maisons.

Paule retrouvait son souffle. Au moment où elle s'étonnait de n'avoir ressenti aucune peur, ses muscles se relâchèrent et son corps se mit à trembler. Ses cuisses puis ses bras. Elle s'appuya contre un muret et réfléchit.

N'était-il pas préférable d'attendre avant de faire part à Guillaume de son agression ? Elle n'était pas pressée de le voir jouer son rôle de grand frère protecteur. Et surtout elle n'avait aucune envie d'apparaître comme un boulet dans cette enquête.

## 15

C'est en arborant un large sourire que Paule rejoignit le capitaine, qui l'attendait à quelques mètres du portail de la Villa Volubilis, sur lequel veillaient de part et d'autre des lions-gardiens chinois dans une céramique qui imitait le jade.

— Tu te souviens, lui demanda Guillaume, quand nous visitions en douce ces maisons désertées par leurs propriétaires ?

Elle s'en souvenait très bien. Ces après-midi où, enfants, ils entraient par effraction dans de grandes maisons poussiéreuses aux multiples cheminées et aux volets rouillés par l'air marin qu'ils imaginaient peuplées de chauves-souris et de créatures de la nuit. C'était un des rares moments où Paule acceptait de se joindre à la petite bande de Guillaume, qui se prenait pour le Club des Cinq. Ses membres s'amusaient à fouiller partout, des caves aux greniers. Un bout de journal, un cadenas sans clef, un morceau de corde marine, le bras d'une poupée devenaient autant de précieux indices…

Ils inventaient des histoires mystérieuses et délirantes de complots censés relier ces maisons les unes aux autres. Leurs expéditions se terminaient toujours par une course-poursuite avec le garde champêtre, Noël Dupeyroux.

Guillaume leva les yeux au ciel.

— Je préfère oublier ces violations de la propriété privée mais c'est vrai que nous étions arrivés à nous persuader qu'une entité secrète, tapie dans l'ombre, gouvernait la ville et qu'elle dictait ses lois aux notables…

— Et maintenant, tu as trouvé le job qui t'autorise à continuer le jeu, lui dit Paule en se moquant.

— C'est un peu ça, oui. Je ne fouille plus dans les demeures mais dans la vie des gens, avec parfois quelques surprises, on apprend vite que la réalité est beaucoup plus riche que la fiction.

Avant d'entrer, Guillaume lui expliqua que la villa avait été achetée puis en grande partie reconstruite par un riche armateur et artiste peintre à ses heures, Gérard d'Aubray, grand ami du journaliste Alphonse Karr. Ce dernier avait eu cette phrase célèbre qui allait faire basculer le village de pêcheurs dans une tout autre dimension : « Si j'avais à montrer pour la première fois la mer à un ami, c'est Étretat que je choisirais… »

À partir de ce jugement, le monde et le demi-monde, les puissants et leurs cocottes, tous avaient fondu sur la station balnéaire tel un essaim de guêpes.

L'actuelle propriétaire, à laquelle ils allaient rendre visite, s'appelait Marie-Claude Bonnabe. Elle était l'arrière-petite-fille de l'aristocrate armateur et veuve de Lucien Bonnabe, célèbre marchand d'art.

— Mon directeur de recherches a travaillé pour un Lucien Bonnabe sur des mosaïques provenant de Volubilis et représentant le chagrin d'Hercule après l'enlèvement du jeune Hylas par des nymphes. Cela doit être le même Bonnabe, ce qui expliquerait le nom curieux et désuet de la propriété. Il m'en avait parlé comme d'un brillant esthète amateur de starlettes qu'il allait repêcher après la clôture du festival de Cannes…

Guillaume, qui avait pris connaissance le matin même du dossier établi par les services de la gendarmerie, en traça un portrait nettement moins élogieux. Bonnabe était un commerçant retors qui avait défrayé la chronique judiciaire.

Jusqu'à sa mort, il avait vécu en Suisse, laissant sa femme respirer le grand air marin. Dans le très petit milieu des marchands d'art, Bonnabe s'était fait un nom en créant un port franc dans la paisible cité médiévale de Lucerne. Soit de gigantesques entrepôts destinés à accueillir toutes sortes d'œuvres d'art, dont certaines suspectées d'être issues de vols ou de fouilles illicites. Sans pouvoir en apporter la preuve, le fisc suisse pensait que leurs propriétaires les entreposaient là, à l'abri des regards, avant de les remettre en circulation quelques années plus tard.

Lucien Bonnabe était aussi connu pour des activités encore plus lucratives. Il vendait à des oligarques russes des tableaux de maîtres. Ces acheteurs qui faisaient trembler les milieux économiques moscovites et qui brisaient les rotules de leurs opposants se révélaient de grands sensibles quand il s'agissait d'art ou de culture…

Contrairement à bon nombre de leurs homologues américains, les milliardaires russes avaient des pudeurs de violette au moment de discuter la valeur marchande des œuvres qu'ils voulaient se procurer. Béotiens mais respectueux. Lucien Bonnabe s'était engouffré dans cette faille et avait su gagner leur confiance en s'immisçant dans leurs intimités. Il avait mis au point un stratagème assez malin. Il achetait des œuvres susceptibles de répondre aux besoins de ses clients… qui étaient souvent assez sommaires. Ceux-ci voulaient « de l'antique » à même de s'insérer dans une alcôve de deux mètres sur quatre ou pouvant être suspendu au-dessus d'une cheminée en épousant la dimension exacte du foyer… Bonnabe leur vendait donc du Quattrocento ou de l'orientalisme au mètre. Tout d'abord, il commençait par acheter l'œuvre. Après quoi, en présentant des mails et en soudoyant des experts qui vantaient le caractère unique de l'objet, il faisait croire à ses clients qu'il négociait avec l'ancien vendeur le tableau au meilleur prix alors qu'il était déjà en sa possession. Et il n'était pas rare qu'il accompagne ses transactions d'une ou deux putes.

Dans chaque transaction, Bonnabe prenait des marges considérables. C'était bien simple, il avait fini par ne plus toucher terre, jusqu'au jour où un des oligarques escroqués avait rencontré un des vendeurs fictifs dans un cocktail… Il en avait brisé le verre qu'il tenait dans sa main et n'avait pas été long à ordonner à Bonnabe de lui rembourser la somme empochée sans oublier les intérêts… Ce que ce dernier avait refusé, tant il s'imaginait intouchable.

— J'imagine que cela s'est mal fini… hasarda Paule.

Guillaume écarta les bras avec fatalisme. La bataille avait commencé entre les avocats. Les plus grands ténors helvètes du barreau et les meilleurs experts juridiques liés au marché de l'art furent enrôlés, mais on ne put jamais connaître l'issue du procès. Lucien Bonnabe fut aperçu pour la dernière fois sur le célèbre Kappelbrücke, le pont en bois de Lucerne datant de 1333… et depuis rien, envolé… ou noyé, une paire de bottes en ciment aux pieds, quelque part au fond du lac.

— À moins, ironisa Guillaume en guise de conclusion, qu'il ne soit en train de nager avec les raies manta sur une plage australienne paradisiaque… C'était en mai 1996. Autant dire que Marie-Claude Bonnabe n'a jamais revu son mari. Comme le veut la loi, elle est devenue officiellement veuve, vingt ans après…

— Tu l'as déjà rencontrée ?

— Je n'en ai jamais eu l'occasion, mais on lui prête une certaine influence dans le petit milieu des propriétaires de demeures étretataises. Les estivants, ainsi qu'ils se nomment, pour se différencier des touristes…

Paule et Guillaume franchirent le portail, puis traversèrent un parking assez vaste pour accueillir une dizaine de véhicules avant de monter vers le jardin en terrasse, savourant l'ombre de grands pins que le vent de l'océan n'était pas parvenu à incliner. Le chemin tourna avant de déboucher sur l'entrée de la demeure, digne d'un film de Visconti.

La Villa Volubilis aurait pu être à elle seule l'abrégé de toutes les fantaisies architecturales néogothiques que l'on pouvait rencontrer en ce bord de mer. Les balcons, les arcs-boutants et les terrasses en bois ouvragé des étages rivalisaient avec les tourelles crépies dressées aux quatre coins de l'édifice. Si la brique était bien présente dans le corps central du bâtiment, elle était recouverte de lierre. Et pourtant – était-ce le souvenir d'une époque révolue ? – il se dégageait de cet ensemble disparate, mi-chalet, mi-manoir, un charme majestueux, presque intimidant.

Guillaume tira la cloche, qui résonna dans toute la maison. Quelle ne fut pas leur surprise quand ce fut Marcelle alias Lydie, vêtue d'une jupe noire et d'un tablier de dentelle, qui vint leur ouvrir la porte à double battant. Celle-ci fit comme si elle ne les connaissait pas. Elle avait endossé un autre rôle. Non pas celui de la blanchisseuse acariâtre et âpre au gain mais celle d'une des domestiques stylées de Downton Abbey.

— Madame vous attend au petit salon, annonça-t-elle d'une voix flûtée.

Elle prononça le mot « Madame » comme si elle suçotait une friandise.

Ils parcoururent un interminable couloir. Au mur étaient accrochées plusieurs peintures à l'huile de l'artiste orientaliste Charles Landelle, représentant des jardins de villas étretataises. Les tableaux, d'une luminosité soutenue, n'étaient pas dénués d'un certain charme.

Mais où l'artiste est-il donc allé chercher cette clarté ? se demanda Paule pour se reprocher, aussitôt, son acidité envers sa ville.

Lydie les fit entrer dans un petit salon au plafond cathédrale. L'ameublement était recherché sans être ostentatoire. Dans une dominante de teintes pastel, il mêlait avec goût les meubles en osier que l'on trouvait traditionnellement dans les vastes demeures balnéaires et ceux de style gustavien ancien qui décoraient les maisons de campagne scandinaves.

En raison des lourdes tentures en velours vert, l'espace était baigné dans une lumière tamisée alors qu'il n'était pas midi.

La femme qui trônait au centre de la pièce était assise dans un canapé couvert de plaids, de coussins et de châles. Lorsqu'elle se leva, Paule fut étonnée de constater qu'elle la dépassait d'une bonne tête. De par sa stature, elle donnait l'impression d'avoir été membre d'une équipe de nageuses d'Allemagne de l'Est. Sa peau arborait un bronzage soigneusement entretenu sans doute depuis son dernier séjour en République dominicaine. C'était ce contraste qui frappa les deux visiteurs. À cela il fallait ajouter que ses yeux immenses comme ceux de portraits du Fayoum juraient avec ses lèvres minces comme les bords d'une plaie. Elle sourit à ses invités avec une distinction fatiguée. Elle ne portait pas de bijoux et ses vêtements semblaient modestes mais elle exsudait le contentement et l'estime de soi.

— Merci de nous recevoir, chère madame, et pardonnez-nous de venir ainsi interrompre vos activités.

En prononçant ces mots d'entrée de jeu, Guillaume donna l'impression à Paule qu'il claquait mentalement les talons.

— Vous ne me dérangez nullement, c'est gentil de venir rendre visite à une vieille dame, répondit-elle d'une belle voix rauque. Depuis que mon mari m'a quittée, si vous saviez combien je m'ennuie ici, soupira-t-elle, c'est ce qui m'a conduite à faire des chambres d'hôtes pour avoir un peu de compagnie. Quelle tragédie que nos vies…

Guillaume présenta Paule et évoqua son parcours de chartiste en soulignant qu'un de ses mentors avait bien connu Lucien Bonnabe, mais cela n'alluma pas la moindre étincelle d'intérêt dans le regard de la veuve.

Avec un livre de poésie dont elle se servait comme d'un éventail, elle montra les fauteuils destinés aux invités.

Paule pensa qu'il y avait beaucoup de femmes de cette sorte le long de la côte, semblables à ces étoiles de mer rejetées trop loin sur le rivage pour pouvoir rejoindre la mer et qui finissaient par se dessécher loin de leur élément naturel. Bon nombre de ces vieilles dames étaient abandonnées par des enfants oublieux ou partis faire fortune à l'étranger. Elle se rappelait qu'autrefois sa grand-mère l'emmenait rendre visite sur la falaise près de Bénouville à une ancienne comédienne vivant dans une maison ouverte à tous les vents et peuplée de chats. Chez elle, il y avait au mur des poèmes de Maupassant hérités de sa mère, qui avait été une des dernières maîtresses de l'écrivain. La dame de Bénouville était inépuisable en anecdotes sur le Bel Ami. Elle le dépeignait dans son dernier asile tout occupé à tailler des petits morceaux de bois et à les planter dans la terre en disant « Plus tard, cela fera des petits Maupassant »...

La dame en face d'eux était d'une tout autre espèce que la vieille comédienne. D'instinct, Paule la rattacha plutôt à ces femmes d'un âge certain mais néanmoins robustes qui prenaient un malin plaisir à ignorer les files d'attente, à pincer les joues des enfants, à donner des pièces jaunes en guise de pourboire et à refuser le tri des déchets, mais qui n'hésitaient pas à dénoncer leurs voisins s'ils en usaient de même.

Guillaume avait sorti son carnet et un stylo avec une solennité appuyée. Le capitaine, avant d'interroger celle qui avait été la logeuse du mystérieux Noah, commença par la rassurer. Il ne s'agissait que d'une enquête de routine. Le jeune homme en question ne s'était pas présenté à son travail.

— Chère madame, connaissiez-vous la personne qui employait votre locataire ?

— Bien sûr ! Sinon je ne l'aurais jamais accueilli chez moi. C'était la meilleure des recommandations. Même si je sors peu, j'ai lu plusieurs fois dans la presse des comptes rendus sur les travaux du professeur Cordier. Assurément, un grand scientifique ! Bien que je déteste les araignées. En voyage dans le Pacifique avec mon défunt mari, j'en ai trouvé une un matin dans ma chaussure. Rien que d'y penser, j'en ai encore la chair de poule. Regardez.

Et elle tendit son bras en retroussant la manche de son chemisier, laissant apparaître une cartographie de son large poignet où les fleuves étaient ses veines bleutées.

— L'homme qui se fait appeler Noah avait-il de la famille ? Ou lui connaissiez-vous des amis ?

— Si c'était le cas, ils ne s'invitaient jamais dans ses conversations.

— Avez-vous un détail qui nous permettrait de retrouver l'un de ses proches ? Vous aurait-il parlé de ses projets d'avenir ?

— Pas davantage. Comment aurais-je su quoi que ce soit de ses projets ? Lorsque nous nous croisions, il me parlait uniquement de l'objet de ses études. Et je préférais ne pas l'écouter.

— Il habitait pourtant sous votre toit, ne put s'empêcher d'intervenir Paule, aussitôt fusillée du regard à la fois par Guillaume et par la propriétaire de la Villa Volubilis.

— Et alors, est-ce que je dois réclamer à chaque personne que j'héberge entre ses murs un arbre généalogique ou son plan de carrière ?

Paule n'insista pas. Sous couvert de respect de l'intimité de ceux qui logeaient chez elle, il était aisé de comprendre que la seule chose qui intéressait apparemment Mme Bonnabe était la solvabilité de ses locataires et sûrement pas d'entretenir avec eux des conversations, et encore moins le début d'une relation amicale.

— A-t-il dit quelque chose qui vous aurait frappée, ou avez-vous noté dans son comportement quelque chose qui vous aurait alertée ? poursuivit Guillaume pour la forme.

— Il était si sérieux et bien élevé ! Mais tout cela n'était que de l'apparence puisque vous le recherchez aujourd'hui et qu'il me doit une semaine de loyer. On ne peut plus faire confiance à quiconque, de nos jours ! Je suis désolée, inspecteur, de ne pas pouvoir vous aider.

— Vous pouvez m'appeler « capitaine », lâcha Guillaume.

— Pardonnez-moi, c'est nouveau pour moi de m'occuper de la police. C'était mon mari qui s'en chargeait, jadis, quand il y avait un problème…

— Vous en avez eu ? ne put s'empêcher de demander Paule, s'attirant de nouveaux regards noirs.

— Non, non. Je disais cela pour expliquer que je m'y perds dans les grades des forces de l'ordre. N'appelle-t-on pas désormais un commissaire « commandant » ? Est-ce que tout ce petit monde a fini par devenir militaire ? Les mots changent pour avoir le plaisir de nous dérouter un peu plus.

Après ce constat, Marie-Claude Bonnabe enchaîna par un festival de griefs et de lieux communs d'où il ressortait que l'Étretat d'autrefois s'était évanoui et qu'elle avait fini par renoncer à sa promenade quotidienne sur le Perrey, pourtant recommandée par son médecin, le docteur Baroux. Elle détestait y croiser ces nouveaux arrivants qui heurtaient son sens artistique en se bâfrant de kebab-frites, mais elle détestait davantage encore y rencontrer les gens du cru qui avaient parfois l'outrecuidance d'occuper son banc en grès rose. Ce banc que son aïeul avait offert à la municipalité.

Ces propos renvoyèrent une nouvelle fois Paule vers Maupassant, qui avait écrit en son temps dans *Le Gaulois* une chronique dressant le portrait d'une veuve de grand notable qui aimait inlassablement évoquer un Étretat idéal fait de marbre et de porphyre et qui paraissait dégoûtée de tout. *Madame conserve dans sa retraite cette austère majesté qui n'appartient qu'aux souveraines déchues*, écrivait-il. Et c'était bien là le sentiment de Paule en écoutant et en observant Marie-Claude Bonnabe, laquelle conclut son long discours par une sentence définitive :

— Vous savez, capitaine, je ne crois pas qu'il faille de tout pour faire un monde. C'est ce que ce cher Lucien aimait à rappeler.

Paule pensa que cette visite ne leur avait rien apporté. Elle était agacée qu'en dépit de ses prétendues manières Marie-Claude Bonnabe n'ait même pas songé à leur proposer une boisson, ne serait-ce qu'un verre d'eau.

Elle s'apprêtait à faire un signe discret à Guillaume pour lui suggérer qu'il ne servait à rien de s'éterniser davantage quand elle vit ce dernier sortir précipitamment de sa poche son portable de service qui vibrait. Il regarda Paule après avoir lu le message et se tourna vers Marie-Claude Bonnabe pour prendre congé.

Ce ne fut qu'une fois franchi le portail que Guillaume lança à Paule :

— Dépêchons-nous ! Un nouveau corps vient d'être trouvé au pied de la falaise par la police municipale…

# 16

Le corps en question avait été trouvé par un couple de promeneurs sur la plage de Jambourg, située de l'autre côté de l'arche face à l'Aiguille creuse.

— Nous n'avons pas le temps de monter puis de redescendre de la falaise, encore moins de prendre le zodiac, c'est marée basse. Nous allons passer par le Trou à l'Homme, dit Guillaume.

Le Trou à l'Homme était le nom d'une grotte creusée sous la célèbre falaise d'Aval. Elle avait été surnommée ainsi parce qu'un matelot suédois y avait trouvé refuge une nuit après le naufrage de son voilier. Au cours du XIX^e^ siècle, un maire avait eu l'idée de l'ouvrir afin de creuser un tunnel menant à l'autre côté de la falaise. Depuis, le nom sonnait comme une malédiction pour les sauveteurs qui, chaque été, se voyaient obligés de venir secourir des touristes pris au piège dans la cavité par une mer déchaînée.

Ils passèrent par l'ancien parc à huîtres, enjambant les flaques d'eau de mer et prenant garde de ne pas glisser sur les algues. Les rochers couverts de goémons ressemblaient à des crânes affublés de perruques brunes. Guillaume et Paule n'eurent aucun mal à se hisser jusqu'à la grotte. Ils empruntèrent le long boyau souterrain qui sentait le varech avec pour seul éclairage la lampe de poche de l'iPhone.

Très vite, le bruit des vagues s'estompa et fut remplacé par celui des gouttes d'eau tombant du plafond avec un son mat et sinistre. Courbée pour ne pas se cogner la tête, Paule trébucha plusieurs fois mais retrouva chaque fois son équilibre in extremis. Elle hésitait à s'appuyer contre la paroi suintante de la falaise, de crainte de toucher une de ces créatures spongieuses et incertaines qui l'avaient surprise l'autre nuit dans le bunker.

Adolescente, elle avait emprunté le chemin des dizaines de fois en poussant des cris et en jouant à se faire peur, mais aujourd'hui, sans doute en raison de ce qu'ils allaient trouver sur la plage de l'autre côté, une angoisse nouvelle et croissante l'étreignait. Et si un éboulement soudain de la falaise les enterrait ? se demandait-elle. Heureusement, Guillaume tenait la cadence et marchait sans se retourner en essayant tant bien que mal d'éclairer le sol. Il se contentait de lancer régulièrement un lapidaire « Tout va bien, Paule ? ». Ce à quoi elle répondait invariablement, pour dédramatiser, un non moins tonitruant « *Sir, yes, sir !* ».

Guillaume pressa davantage le pas lorsque la lumière apparut devant eux. De son expérience passée, Paule savait que c'était précisément au moment de sortir de la grotte qu'il fallait faire attention, si on ne voulait pas se fracasser le front contre un des silex qui hérissaient le plafond de calcaire.

Enfin, ils débouchèrent sur la plage de galets où semblait les attendre un petit attroupement.

Le ciel s'était davantage couvert. Paule sentait la brise du large. Elle avait froid.

— Qu'est-ce qu'ils foutent tous là ? Ce n'est pas une attraction, murmura Guillaume.

Un large périmètre de sécurité avait été érigé par les garde-côtes et des sapeurs-pompiers autour du cadavre recouvert d'une housse noire. Mais cela n'arrêtait pas les goélands argentés, qui s'approchaient du corps avec insolence en battant des ailes et en poussant des cris stridents.

Paule se demanda pourquoi personne ne pensait à les chasser mais elle connaissait déjà la réponse. Ils étaient les rois d'Étretat et nul ne se hasardait à les détrôner même quand ils se comportaient en charognards.

En voyant le spectacle, il lui revint à l'esprit la fois où, alors qu'elle était gamine, elle avait embarqué sur un petit bateau de pêche, une de ces coques de noix qui bien souvent ne ramenaient que du maquereau. Les oiseaux n'avaient pas cessé de tourner autour de la frêle embarcation. Agacé, un des pêcheurs, qui s'appelait Job, avait fait le geste d'en écarter un qui s'approchait de trop près. Un autre goéland avait foncé sur lui tel un kamikaze japonais et avec son bec lui avait percé sa botte en caoutchouc et son bleu de travail pour lui entailler le mollet. Job pissant le sang, il avait fallu revenir précipitamment sur le rivage tandis que le fond du bateau se teintait de rouge.

Il n'y avait plus de ventes de poissons à la criée depuis longtemps à Étretat. Les enfants ne jouaient plus à se faire peur en mettant leurs doigts boudinés dans les mâchoires des congres. Il n'y avait plus de pêcheurs poussant leurs barques sur les galets. Certains restaient près des anciennes caloges pour être pris en photo par les touristes. Mais le goéland argenté, lui, continuait de planer dans le ciel et de se poser où il voulait sur les bords des falaises, sur les cheminées des maisons, sur les tables des restaurants ou sur les cadavres échoués sur la plage.

Un des policiers municipaux s'approcha de Guillaume et de Paule.

— Merci d'être venu aussi vite, mon capitaine. Je n'aime pas cet endroit. Je suis garde-côte mais je trouve que cette plage où l'on venait autrefois pique-niquer est devenue sinistre. Les collègues qui m'accompagnent ne sont pas plus rassurés que moi. L'hiver, il règne ici quelque chose qui s'apparente à une peur ancestrale…

Ils sont un peu chochottes, les garde-côtes, cette année, pensa Paule.

Le pompier qui avait enlevé la housse noire prit un galet, ajusta son tir et atteignit en pleine poitrine le goéland le plus hardi, qui s'envola en poussant un cri de rage plus humain qu'animal. Les autres oiseaux le suivirent aussitôt.

En s'approchant, le capitaine Lassire vit qu'un homme prenait des photos du corps.

— Qu'est-ce que vous êtes en train de faire ? cria Guillaume. Vous vous croyez où ? Je vais vous demander de...

— C'est nous qui avons découvert le suicidé du haut de la falaise, et c'est nous qui avons prévenu la police municipale, s'insurgea celui qui devait être l'ami du photographe, un type petit, très petit, même, le teint terreux, les cheveux noirs poissés de laque et si mal coupés qu'on eût dit une aile de corbeau.

Le gnome avait une moustache en forme de balai-brosse. Il tendit une main aux ongles rongés.

— Jean-Michel Baudet. C'est moi, capitaine, qui tiens le blog Normandy sur AlterMedia, et Jérôme Sénécal est mon photographe, accrédité à la mairie du Havre.

Guillaume se pencha sur celui qui avait eu l'audace de l'interrompre et le foudroya du regard sans daigner lui saisir la main.

— Si je vous comprends bien, répondit-il sur un ton glacial, le fait que vous ayez trouvé ce corps en vous promenant vous autoriserait à faire les pitres en volant le droit à l'image de ce malheureux... C'est bien ça ?

Son interlocuteur plissa le front comme quelqu'un qui va dire quelque chose d'important. Apparemment, s'il connaissait le mot « compassion », il en ignorait le sens.

— Et qu'est-ce que vous faites du droit à l'info ? contra ledit Baudet. C'est le deuxième mort en trois jours. Je me doute que vous allez me dire qu'à Étretat le suicide frappe toujours deux fois, mais vous allez bien me fournir un détail qui va pimenter un peu tout ça, non ?

Il marqua une pause pour se moucher dans un vide-greniers à carreaux rouges et blancs délicatement sorti d'une de ses poches. Puis, indifférent à l'hostilité de Guillaume, il entreprit de dérouler son parcours professionnel, qui pouvait se résumer par trente ans de services dans la même feuille de chou, *Mer et Navires*. Un jour, à l'en croire, il avait décidé qu'il était absurde d'enfermer un journaliste de sa trempe dans un bureau. Traduction : le journal qui l'employait s'était rendu compte que sa principale activité éditoriale était la rédaction de ses notes de frais. Et c'est là qu'il s'était découvert (les mots étaient de lui), « l'âme d'un influenceur ».

Pendant cet étalage, le médecin légiste s'affairait autour du cadavre, un homme d'un certain âge à en juger non pas par ses traits déformés mais par ses cheveux blancs. Il portait une lavallière et un gilet. L'homme de l'art agissait avec des trésors de précaution, mais en touchant le crâne il produisit un effet mécanique obscène qui fit claquer la mâchoire du vieil homme comme si celui-ci cherchait à mordre par-delà la mort. Le bruit résonna sur la plage.

Paule, qui observait la scène de loin, ne put s'empêcher de pousser un cri, moins de surprise que d'angoisse. Elle venait de s'imaginer à la place du suicidé.

Baudet s'approcha sournoisement d'elle.

— Dois-je comprendre que vous connaissiez cette personne ?

Paule le regarda en s'efforçant de rendre ses yeux clairs les plus niais possible.

— Non, pas du tout, pourquoi ?

— Je ne sais pas, siffla l'autre, vous paraissez particulièrement affectée…

— Par votre comportement, uniquement, laissa échapper Paule.

Son tempérament l'avait empêchée de se tenir tranquille plus de dix secondes.

Le blogueur tenta de lui poser la main sur l'épaule, genre « Calmez-vous, jeune fille », mais elle s'écarta comme si elle revivait l'agression physique dont elle avait été victime.

— Un conseil : ne vous avisez pas de me toucher. Ne vous approchez pas de moi. Même si je détenais la rognure d'un renseignement, vous n'auriez aucune information venant de moi, vous me faites tout simplement vomir.

Guillaume accourut pour s'interposer et se planta devant l'homme. Et d'une voix furibonde :

— Tirez-vous !

— Je vous demande pardon ?

— Tirez-vous. Ne vous avisez pas de remettre un pied sur cette plage, sinon je vous fous en garde à vue pour entrave à l'exercice de la justice. Vous serez prévenu en temps utile de l'identité de la victime. Ou pas. Et je pense que votre collègue a pris suffisamment de photos du cadavre !

— C'est bon pour moi ! cria le photographe.

Paule vit les poings de Guillaume se serrer si fort que ses phalanges devinrent blanches.

Les deux hommes s'éloignèrent sans demander leur reste et les trois badauds qui tentaient une approche tournèrent eux aussi les talons. Les gendarmes purent reprendre leur travail, indifférents à la petite pluie fine et glacée qui tombait.

Guillaume recula, donnant l'impression qu'il ne voulait pas les gêner.

Au retour, la mer était agitée, et le zodiac des garde-côtes dut s'y prendre à plusieurs fois avant d'accoster sur le rivage. Il fallut attendre avec patience la bonne vague. À peine eut-il touché les galets que deux gendarmes en sautèrent et empoignèrent la corde pour la lier aux filins. Ils firent un signe et le bateau fut hissé par petites secousses. Guillaume, qui avait déjà sauté en dehors de l'embarcation, tendit la main à Paule, qui fit semblant de ne pas la voir et passa de la carène à la terre ferme comme si le boudin était un cheval-d'arçons.

— Et si on allait se prendre un café ? lui demanda Guillaume.

Paule acquiesça et ils remontèrent la plage, penchés en avant en raison des galets dans lesquels leurs pieds s'enfonçaient. Arrivés sur la digue, ils obliquèrent vers les ruelles qui longeaient le casino. Quelques habitants, les croisant, saluèrent le capitaine de gendarmerie avec familiarité en portant deux doigts à leur casquette.

En dépit de son nom, Être ou Étretat, le bistrot où ils trouvèrent refuge était un des derniers de la station balnéaire à ne pas avoir été transformés en pizzeria ou en bar à frites.

Ils s'assirent à une table si grasse et collante qu'elle devait faire le bonheur des joueurs de dominos.

— Qu'as-tu voulu dire par « je doute que cela soit un suicide » ? attaqua Paule. Cela n'arrive jamais, des suicides en chaîne ?

— C'est rare mais c'est déjà arrivé, oui, reconnut Guillaume. L'autopsie nous en dira plus…

Un serveur sans âge finit par s'approcher d'eux.

— Bonjour, capitaine, je vous sers quoi ?

— Je ne sais pas, répondit Guillaume, à cette heure-ci vous me proposez quoi ?

— Ben, un café arrosé.

— Va pour le café arrosé. On en a bien besoin.

Le serveur revint avec deux cafés dans des tasses Arcopal. Il attrapa une bouteille de calvados sur une étagère où se trouvait également une sculpture en bois représentant un Normand coiffé d'un bonnet à rayures rouges et blanches, assis sur une cuvette de toilette avec au-dessus de lui une fort poétique légende, *Bien faire et laissez dire.*

Le serveur versa deux rasades généreuses dans les tasses.

Paule pouffa de rire et devant l'air perplexe de Guillaume lui raconta la confidence de Lydie, son cadeau, et de quelle manière le breuvage l'avait sauvée d'une mauvaise passe.

Sa réaction ne fut pas tout à fait celle qu'elle attendait avec un brin de naïveté, la réponse de Guillaume n'eut rien de jovial :

— Paule, nous étions convenus de former une équipe. Je me trompe ou non ? Pourquoi as-tu attendu autant de temps avant de me parler de cette agression ?

— Je ne voulais pas... commença-t-elle, en se tortillant sur son siège.

— Tu ne voulais pas quoi ? Me déranger ? Me troubler ? Tu plaisantes ou quoi ? Alors moi, je suis censé tout te dire, même ce que je devrais taire sous peine de commettre une faute professionnelle, et pas toi ? Tu as vu jouer ça où ?

Paule se surprit à penser que Guillaume était bien plus sexy quand il était en colère. La raison en était simple : son visage quittait son masque marmoréen et s'animait. Ce qu'il donnait à voir n'était pas effrayant mais puissant.

— Je veux que tu ne tentes plus rien sans m'en avertir. Je me suis bien fait comprendre ?

— Je ne suis plus une gamine !

Quelques consommateurs avaient arrêté de parler et les observaient. Guillaume baissa la voix, mais il avait du mal à contenir sa colère. Ne comprenait-elle pas qu'il avait besoin d'elle ? Et pas pour tenter d'exercer sur elle on ne sait quel ascendant. Cela faisait un bon moment qu'il y avait renoncé, elle avait un tel foutu caractère... Il avait besoin qu'elle ne lui cache rien parce qu'un crime ne se résolvait pas tant que l'on n'avait pas cerné le contexte dans lequel il avait été commis. Chaque crime avait son écosystème, intervenait dans une communauté d'individus aux prises avec leur environnement. C'était généralement l'erreur de l'assassin, il croyait qu'en tuant une personne il supprimait juste une existence et qu'il lui suffisait d'effacer les traces de son acte pour que la vie autour reprenne. C'était parfaitement débile, parce que son crime remettait nécessairement en cause tout un dense réseau de dépendances, d'échanges, d'informations, et que, tôt ou tard, celles-ci réapparaîtraient pour peu que l'on dresse avec précision la carte de cet écosystème. C'est pourquoi rien, même le plus petit élément, ne devait être laissé de côté. Y compris quand il s'agissait d'une agression comme celle dont elle avait été victime.

— Il faut tout se dire. D'ailleurs, on va commencer dès maintenant, raconte-moi tout depuis ton arrivée.

Et Paule retraça dans les plus infimes détails ce qui lui était arrivé depuis qu'elle était descendue du train à la gare de Bréauté-Beuzeville. Le taxi, son installation à l'hôtel des Deux Falaises, sa tentative avortée de mettre fin à ses jours, sa course effrénée dans le noir et sa nuit passée à l'hôtel, sa visite à la gendarmerie, la fouille méticuleuse de sa chambre et l'araignée monstrueuse que l'on avait placée sur l'écran de sa tablette… Guillaume l'arrêta net dans sa narration.

— Et si nous commencions par une courte visite à ton hôtel ? Je trouve étrange qu'un hôtelier laisse un inconnu se rendre aux toilettes dans son établissement même s'il s'est présenté comme un ami d'un client, encore plus d'une cliente. Le Cauchois est de nature méfiant.

— Tu n'exagères pas un peu, là ?

— J'ai envie d'entendre moi-même sa description des faits et, surtout, de tes deux… amis.

Quand ils arrivèrent à l'hôtel des Deux Falaises, Paule reconnut le patron de l'établissement, qui lui avait donné sa chambre lors de son arrivée. La présence du capitaine rendit le Normand plutôt loquace. Non, l'employé adepte des jeux sur smartphone n'était pas dans la place. Il s'appelait Germain et était étudiant. Un de plus, pensa Paule, qui n'avait jamais envisagé qu'Étretat puisse un jour se transformer en ville universitaire…

Germain aurait dû prendre son service ce matin-là, mais il n'était pas venu et n'avait prévenu personne alors qu'il habitait à deux rues d'ici.

— Il habite Étretat ? Savez-vous où ?

— Où voulez-vous qu'il loge ! Villa Volubilis, comme la plupart des jeunes dans son cas, répondit l'hôtelier. Quand je pense qu'une bâtisse de la classe de celle-ci est maintenant un Airbnb pour jeunes crasseux, avouez que cela fait mal au cœur, non ? Et pourtant la vicomtesse d'Aubray est à l'abri du besoin !

## 17

Ils sortirent de l'hôtel un peu abasourdis. Les pistes qu'ils avaient suivies jusqu'à présent les conduisaient tout droit à la Villa Volubilis, et pourtant la conversation qu'ils avaient eue le matin même avec la propriétaire avait été d'une consternante banalité.

— Je crois que nous allons rendre une nouvelle visite à la vicomtesse, murmura Guillaume entre ses dents.

À la villa, Lydie, à genoux dans les plates-bandes, enduisait de beurre des petits pièges avec des trésors de précaution.

Elle les avait sûrement entendus mais elle ne s'interrompit pas.

— Gâcher ainsi du bon beurre d'arachide, si c'est pas malheureux ! Saleté de bêtes, grommelait-elle.

— Vous partez à la chasse, Lydie ? s'amusa Guillaume.

— C'est le meilleur moyen d'appâter les musaraignes. Elles pullulent, en hiver.

Il se campa devant elle. Elle consentit enfin à se relever et essuya ses larges mains sur son tablier avant d'écraser les grosses gouttes de sueur qui slalomaient entre ses acrochordons.

— Si vous voulez vous entretenir avec la vicomtesse, Madame est sortie faire quelques courses.

— Nous n'avons pas besoin d'elle, j'ai juste une ou deux questions. Est-ce que vous hébergez un étudiant dénommé Germain ?

— Il est parti hier soir.

— Pour quelle raison ?

Lydie haussa ses larges épaules.

— Est-ce que je sais, moi ? Les jeunes, ça va, ça vient. Un jour ici, un jour ailleurs. Ils ont la bougeotte. Normal, ils savent pas trop ce qu'ils veulent faire.

— Il a pris quel moyen de locomotion ? lui demanda Paule.

Lydie fronça les sourcils.

— Il est parti comment ? soupira Guillaume.

— Oh… Madame m'a dit qu'il était parti en… baba car… ou un truc de ce genre où l'on n'est pas à l'abri des mauvaises rencontres.

Elle venait d'apercevoir une petite boule de poils soyeux d'un gris brunâtre tirant sur le roux qui se débattait dans un des pièges tendus. Lydie attrapa une fourche à rosier qui reposait contre le mur et d'un geste sûr planta les deux dents dans la tête du mammifère au museau pointu qui poussa un couinement aigu. Elle saisit avec ses gants la queue rose et jeta l'animal dans un sac-poubelle. Lydie vit la tête que faisait Paule.

— Une fois mort, ça sert à rien. Les chats les tuent, mais ils n'aiment pas leur viande à cause de l'odeur. Ils les vomissent tout de suite après les avoir ingurgitées. C'est malin, un chat.

Guillaume coupa court à la conversation et demanda à voir la chambre de Germain. Lydia accepta à condition qu'il jette juste un coup d'œil. La vicomtesse n'avait aucune envie de voir une personne étrangère fureter partout dans la maison.

— Et sans mandat en plus…

La domestique fit un clin d'œil appuyé et gravit les quelques marches du perron, s'imposant en éclaireur. La chambre se trouvait dans l'aile gauche de la villa, au bout d'un long couloir étroit aux carreaux octogonaux et bouchons noirs. La porte était nettement moins luxueuse avec sa serrure bon marché. Lydie l'ouvrit et ne bougea pas d'un pouce.

La pièce était petite mais claire car agrémentée de larges fenêtres. Pour Paule, elle tranchait avec l'aspect si sombre de la maison vue de l'extérieur. Le mobilier était sommaire. Il était composé d'un lit à barreaux à une place et d'une imitation d'armoire normande dont les battants étaient ouverts. Par terre dans un coin reposaient un broc de toilette ébréché et une bassine reliés par un fil de soie, vestige d'une araignée de passage. Pas de décoration sur les murs mais il y avait encore quelques punaises au-dessus du lit et, coincé sous l'une d'elles, un petit morceau de papier.

L'étudiant avait arraché une photo ou un article avant de partir. Son départ avait été décidé dans l'urgence. Pourquoi ? Que craignait-il ? Guillaume jeta un coup d'œil sous le lit mais se garda bien de toucher au matelas de peur de laisser ses empreintes.

— Vous allez au concert ce soir ? demanda de but en blanc Lydie.

Le capitaine ne s'attendait pas à une telle question venant de la part de sa femme de ménage, dont la conversation se limitait d'habitude aux nuisibles hantant les jardins et les maisons. À part ses quatre fils, il n'avait pas l'impression que Lydie ait une vie sociale. Il chassa très vite de sa tête le préjugé.

— Il y a un concert ce soir à Étretat ?

— De la musique de jeunes, mais tout le monde y sera car c'est organisé pour les Amis des bêtes étretataises.

— Qui joue ?

— Pete Doherty et son groupe.

Lydie se rengorgeait en pensant qu'elle lui avait appris quelque chose.

— Pourquoi pas, répondit Guillaume en se tournant vers Paule, qui approuva.

Le chanteur rock britannique vivait depuis plusieurs années dans la station balnéaire, où il avait épousé sa compagne. Au début, Doherty était la bête noire des gendarmes, qui avaient craint de voir débarquer des dealers en raison de son addiction passée à la drogue. Puis il avait fallu surveiller ses fans, dont certains n'avaient apparemment pas fait vœu d'abstinence… Le moindre mouvement du chanteur était épié et pouvait nécessiter une intervention préventive. Mais – était-ce l'inspiration des lieux ? – Doherty était vraiment « clean » et l'était resté. Plusieurs fois, Guillaume avait croisé la star promenant ses deux chiens sur le chemin des douaniers. Une star qui avait fait un concert pour réparer le toit de l'église. Il trouvait Doherty sympathique et se souvenait de la sortie de son dernier album, *The Fantasy Life of Poetry & Crime*. Il se surprenait souvent à fredonner le refrain du morceau éponyme.

Après avoir remercié Lydie, qui retourna à sa chasse à la musaraigne, ils sortirent de la villa en s'interrogeant sur le sort qui s'acharnait sur les hôtes de la Villa Volubilis.

— Noah et maintenant le réceptionniste, cela me rappelle ce nanar qui raconte l'histoire d'une maison bien vivante et qui mange ses habitants, ironisa Paule.

— C'est vrai. Ados, nous aimions bien regarder des films d'horreur. *Cannibal Holocaust*, *Ring*, *Massacre à la tronçonneuse*… Ça m'a passé. Il y a suffisamment de raisons d'avoir peur dans la vraie vie.

Ils remontèrent la rue Notre-Dame, bloquée par un embouteillage impressionnant. Le 11 Novembre était passé, on était en pleine semaine, les jours raccourcissaient, mais il avait suffi que le soleil soit au rendez-vous pour que le monde afflue à nouveau.

Les klaxons se répondaient avec rage sans que les véhicules bougent d'un millimètre. Les visiteurs se moquaient bien du bruit et des panneaux d'interdiction dressés par la police municipale. Les plus audacieux écartaient les barrières, forçaient le passage et finissaient par tourner en rond dans les rues étroites du bourg. Pour trouver une hypothétique place de stationnement, ils étaient prêts à braver le diable en personne. Ce dernier prit l'apparence de Guillaume, qui se dirigea vers une famille garée devant l'entrée d'une maison et empêchant ses propriétaires de sortir leur voiture.

Il se pencha et frappa doucement à la vitre du conducteur. Ce dernier avec sa coupe mulet présentait une belle tête de vainqueur. Il baissa sa vitre et regarda le capitaine d'un air bovin.

— Quoi ? Qu'est-ce qu'il y a encore ? aboya-t-il, à sa décharge autant pour agresser l'intrus que pour couvrir les cris des deux mouflets qui hurlaient à l'arrière qu'ils voulaient des « glaces italiennes ».

— Gendarmerie nationale. Vous gênez, avec votre véhicule.

— Et alors ? C'est ma faute, si on peut pas se garer dans votre patelin ?

— Veuillez sortir de votre véhicule, je vous prie.

— Attendez, si c'est que ça, on peut s'arranger…

Il fouilla dans son baise-en-ville et en tira un billet de cinquante euros.

Là, contre toute attente, Guillaume partit d'un grand éclat de rire, un de ces rires féroces où il dévoilait une dentition à la Ben Affleck.

— Je vois.

Il se tourna en sortant son téléphone.

— Salut, Antoine, c'est Guillaume… Tu peux venir sur la place de la mairie ?… J'ai un spécimen qui devrait vous intéresser et vous occuper un moment…

— Qu'est-ce que je fais, alors, moi ? demanda le spécimen, sur un ton qui était passé de l'agressivité à l'humilité.

Guillaume ne répondit pas et s'appuya nonchalamment contre la voiture.

Trois membres de la police municipale arrivaient au pas de course. L'un d'eux, un géant, s'approcha du conducteur. C'était Antoine.

— Nous allons vous demander de nous présenter votre carte d'identité, dit-il au conducteur, votre permis de conduire, et l'assurance bien sûr, puis de sortir lentement de votre véhicule.

Étonnamment, ce ne fut pas le conducteur mais une femme qui sortit comme un diable de la voiture en gueulant :

— Ne touchez pas à mon Ryan !

Elle entreprit de faire le tour de la voiture pour se lancer à l'assaut des représentants de l'autorité, glissa sur un paquet de frites écrasées. Elle tenta un rétablissement dans un mouvement de twist audacieux mais s'affala, face contre terre, avec le bruit mat du plat de côtes que le boucher jette sur son étal avant de s'y attaquer. Elle se releva tant bien que mal, stupéfaite, la bouche en sang. Deux dents avaient disparu dans sa chute. Elle se regarda dans la vitre du véhicule, poussa un cri strident.

— Féri, regarde, lança-t-elle à son héros, ve fuis défigurée !

L'amusement pétillait sur le visage de Paule, qui n'était pas toujours charitable. Elle dut prendre sur elle pour ne pas éclater de rire. Le policier municipal à la carrure de catcheur proposa d'accompagner la femme blessée jusqu'à la pharmacie.

Elle le regarda de haut en bas. Apparemment satisfaite, elle tendit le bras en minaudant.

Les touristes étaient entre de bonnes mains. Guillaume appela alors l'adjudant-chef Gerber pour lui demander de lancer plusieurs recherches. Les premières visaient Germain. Il fallait donner son signalement dans les autres gendarmeries, contacter les sites de covoiturage afin de savoir si des véhicules étaient passés la veille au soir par Étretat et relever les noms des conducteurs. Ensuite, Guillaume voulait la biographie complète de Marie-Claude Bonnabe, alias la vicomtesse d'Aubray.

Au ton de l'échange, Paule comprit que le subordonné de Guillaume faisait de la résistance. Sans doute avait-il du mal à comprendre les raisons d'une telle demande alors qu'un suicidé venait d'être découvert à l'ombre des géants de craie. À sa décharge, il n'avait pas toutes les cartes en main puisqu'il manquait dans son puzzle la pièce principale, à savoir le rôle tenu par Paule dans cette histoire.

— Nous allons arrêter d'avancer en terre inconnue, dit Guillaume à Paule. J'ai la désagréable sensation que l'on se fait balader depuis le début.

Guillaume sentait qu'il était arrivé à ce fameux stade qui est un mets de choix pour l'assassin. Ce moment suspendu où celui-ci est parvenu à convaincre les enquêteurs qu'il y a bien un prédateur en chasse. Ce moment où il renifle leur peur. Ce moment où il se sent redouté, pris en compte, et où toute contestation de sa maîtrise peut le conduire à commettre une nouvelle vague de crimes encore plus violents que les précédents.

— Que veux-tu faire ? lui demanda Paule.

— Juste marcher pendant que Gerber se débat avec le fax. Dans ces cas-là, il est préférable de ne pas être dans les parages. Je veux faire quelques pas, et que tu m'accompagnes. À moins qu'après cette journée éprouvante tu ne préfères te reposer et rentrer…

Guillaume s'arrêta pile avant de dire « à la maison ». Paule secoua énergiquement la tête. Elle ne tenait pas à rentrer après tout ce qu'elle venait de vivre. Il fallait que son esprit s'évade. Elle n'avait aucune envie de se retrouver seule. Qui sait si les angoisses qu'elle était parvenue à lester avec le seul poids de sa volonté et la bienveillance permanente de Guillaume n'allaient pas remonter à la surface ?

Elle haussa les épaules, comme si déjà elle se débarrassait à nouveau de son fardeau, et le suivit.

# 18

Ils errèrent un quart d'heure autour du casino avant de se décider à y entrer. L'établissement d'autrefois, avec sa salle de spectacle et de bal au parquet en teck et en chêne et ses colonnades blanches, avait été remplacé par un bâtiment trapu sous son toit de ranch, qui abritait également un restaurant pour vacanciers aux murs rouge vif avec vue sur la digue.

La salle de jeux était un confetti de Las Vegas. Quelques petites vieilles y poussaient de petits cris de plaisir. Tenant leur cabas dans leurs serres, elles s'étaient regroupées autour de machines à sous de taille modeste. Elles s'épiaient. Dès que l'une d'elles faisait tomber quelques jetons, elles se précipitaient vers l'heureuse élue. Sans doute des pensionnées ou veuves de la marine marchande. Ridées comme des pommes à cidre, elles n'osaient pas se mesurer aux deux jeux Sons of Anarchy et Game of Thrones qui trônaient au milieu de la salle et mesuraient chacun plus de trois mètres de hauteur et deux mètres de largeur. Les deux monstres rugissaient dès qu'on les approchait à moins de deux pas. Ceci aurait dû plaire à une clientèle jeune. Le problème était qu'aucun jeune n'aurait eu la possibilité de venir dépenser ici le moindre euro. Avant même qu'ils aient pu y poser un orteil, les hôteliers et les restaurateurs leur avaient déjà vidé les poches.

Paule opta pour la machine Game of Thrones. Aussitôt retentit la bande-son de la série pour que l'immersion soit totale.

Elle appuya. Comme s'ils n'attendaient qu'elle, les cinq rouleaux s'alignèrent sur *Jon Snow*. Les pièces commencèrent à tomber, une à une, dans une sébile métallique qui amplifiait le bruit dans la salle. Tous les regards se tournèrent vers elle, d'autant que la machine ne semblait pas vouloir s'arrêter de cracher. La jeune femme dut attendre un moment avant de pouvoir récupérer les pièces, qu'elle décida de rejouer immédiatement. Un bonus *Trône de fer*, dont elle ignorait la signification, venait d'apparaître.

Les autres joueuses avaient les yeux qui leur sortaient de la tête. Paule réappuya avec la mine boudeuse d'un enfant gâté et là, ce fut un véritable torrent de pièces qui se déversa durant un temps qui lui parut interminable. Elle restait assise médusée, incapable d'esquisser le moindre geste.

Pour la deuxième fois de la journée, elle entendit dans son dos Guillaume partir d'un grand éclat de rire.

Les membres du personnel se précipitèrent à sa rencontre afin de l'aider avec de grands cabas frappés du sigle du casino et d'une devise, *Nous réinventons le loisir*. On aurait dit que Paule venait de dévaliser une banque. Les deux amis suivirent les employés, qui avaient été rejoints par deux croupiers.

Une fois dans les bureaux, Paule demanda le montant de la somme qu'elle avait gagnée. Le directeur du casino s'avança très solennellement et parvint à capturer sa main, qu'il refusa de lâcher.

— Très chère madame, vous venez de remporter le Megapot. En misant deux euros, vous en remportez très exactement huit cent cinquante-six mille quarante-trois... C'est la première fois sur la Côte d'Albâtre que nous enregistrons un tel gain. Ce jackpot n'était pas tombé depuis plus de dix ans dans un de nos casinos. Bravo !

Paule ne comprenait toujours pas ce qui lui arrivait. Tout lui semblait irréel. Elle se tourna vers Guillaume comme s'il était un des coauteurs de la mauvaise blague qu'on lui faisait. Mais ce dernier écarta les bras pour montrer qu'il fallait bien qu'elle accepte son sort.

Un croupier s'approcha d'elle afin de lui réclamer une longue suite de paraphes qu'elle termina par sa signature qui l'avait si souvent fait remarquer dans le passé car elle relevait plus de la calligraphie médiévale que d'un simple gribouillage autour de ses initiales.

Après avoir envoyé au casino son relevé d'identité bancaire, l'heureuse gagnante demanda à rester anonyme. Son souhait fut répété, à plusieurs reprises, par Guillaume.

— Ce sera comme vous le désirez, assura le directeur, une main sur le cœur. En revanche, nous allons proposer du champagne à la salle, comme le veut la tradition !

Paule y trempa juste les lèvres. La tête lui tournait trop. Et c'est au bras de Guillaume qu'elle sortit du casino.

— Et maintenant, tu vas faire quoi ? s'enquit Guillaume. J'imagine qu'après un tel coup de théâtre tout devrait te sembler différent… Te connaissant, je ne sais pas si tu vas choisir de faire le tour du monde en catamaran ou prendre une année sabbatique pour te plonger dans les Archives nationales d'outre-mer à Aix-en-Provence… Tu rentres quand à Paris ?

Paule se planta devant lui.

— Je n'ai aucune intention de repartir.

— Et pourquoi donc ?

Il lut dans son regard la crainte de se retrouver à nouveau face à elle-même.

— Ce que j'ai vu l'autre nuit au bord de la falaise, sans parler de cette fausse lettre d'adieu, ça m'a donné l'obligation de m'impliquer dans cette affaire. Je me sens une dette envers Rose. Je suis allée jusqu'à rêver d'elle. Je ne peux pas la laisser tomber…

Elle se redressait de toute sa taille. La paume de Guillaume se posa sur son cou et son pouce caressa sa joue.

— Pardonne-moi, dit-il d'une voix douce. Je n'ai aucune envie que tu te mettes ainsi en danger.

Le danger ? Avait-il oublié ce qu'elle s'apprêtait à faire en venant à Étretat ? Il voulait la protéger de quoi, de la déception de vivre ? Elle voulait rester, elle voulait participer, se battre et vivre.

Paule lui répéta qu'elle pouvait encore l'aider. Elle lui rappela que les chartistes agissaient comme des enquêteurs, qu'ils ne faisaient rien d'autre que chercher comment s'articulent les rouages. Quand on commençait à chercher, on ne pouvait plus s'arrêter. Et parmi tous ces rouages c'était bien le comportement humain qui demeurait le mécanisme le plus fascinant de tous…

L'idée qu'un assassin ne puisse agir que de manière irrationnelle l'avait toujours interpellée et elle le dit à Guillaume. Elle pensait qu'il était confortable de croire qu'il fallait être un fou, un dérangé mental ou un être de déraison, quel que soit le nom dont on l'affuble, pour tuer son prochain sans être en situation d'autodéfense. Elle était persuadée que même le pire des assassins pouvait suivre un chemin logique. Bien sûr, ce n'était pas le chemin qu'empruntait le reste de l'humanité, mais c'était sa logique et il s'y tenait.

Décidément, Paule avait bien l'âme d'un flic et même d'un plutôt bon flic. Guillaume se dit qu'il ressentait quelque chose lorsqu'elle était à ses côtés, quelque chose qui était bien davantage que l'excitation adolescente du risque et du défi. Cela aurait dû le conduire à veiller à ce que Paule reparte par le premier train, mais il avait la conviction qu'il fallait aller jusqu'au bout, ne serait-ce que pour refermer ce passé qui continuait de peser sur eux.

— Que veux-tu faire, maintenant ? soupira-t-il.

— D'abord réserver une table pour ce soir dans un très bon restaurant afin de fêter ça. Ensuite, entrer dans l'agence immobilière devant laquelle nous venons juste de passer…

— Tu veux acheter une maison ici ? Tu es sérieuse ?

— Et pourquoi pas ? dit-elle sur un ton bravache. Qui te dit que je n'ai pas réussi à évacuer les fantômes de mon passé ? Et qui te dit que nous allons conclure cette enquête en quelques jours ? Qui te dit que cette affaire ne remonte pas si loin dans le temps qu'il faudra peut-être des mois voire des années pour la résoudre ?

# 19

Quand ils arrivèrent à la gendarmerie, Paule comprit très vite que les hommes de la brigade n'étaient pas d'humeur à discuter le bout de gras avec elle.

La compagnie faisait ce que les Cauchois savent faire le mieux : être des taiseux. Ces grands gaillards se comportaient comme des ados attardés et mettaient le plus grand soin à lui tourner le dos, tous prétendument occupés à classer des documents sur une grande table en verre où ne restait plus le moindre centimètre carré de libre. Sans doute la tenaient-ils aussi pour responsable des recherches qui avaient été lancées et voulaient-ils lui montrer le côté absurde d'une telle demande, qui leur semblait si éloignée de leur domaine de compétence.

La majorité d'entre eux devaient la prendre pour la maîtresse de leur capitaine et craignaient de la voir mettre en péril l'unité d'un groupe jusque-là uniquement composé de Cauchois.

Dans le reflet d'une vitre, la jeune femme surprit l'un d'eux, qui répondait au nom de Lucas, en train de lui reluquer les fesses avec une intense lubricité. Ses cheveux étaient raides et jaunes comme un toit de chaume. Il fut rappelé à l'ordre d'un froncement de sourcils par l'adjudant-chef Gerber.

Ce fut Gerber qui tira la première salve :

— Dites-moi, mon capitaine, avec tout le respect que je vous dois…

Généralement quand sa phrase commençait ainsi cela signifiait qu'il allait remettre en question le bien-fondé d'une décision de son supérieur sans y mettre trop les formes.

— On est enterrés sous la paperasserie, mais c'est aujourd'hui la Saint-Ernouf, et accessoirement le jour de mon anniversaire…

Après trois ans de cohabitation, Guillaume n'arrivait toujours pas à appeler son subordonné par son prénom, Ernouf. Cet ancien nom de baptême avait été déterré par le père de Gerber, un historien ayant participé, à la fin des années soixante, à la fondation du Mouvement normand. Gerber était du mois de novembre ? Guillaume l'ignorait. Il n'avait jamais imaginé qu'une personne de son équipe pût appartenir à cette humanité qui avait des anniversaires et qui, en plus, se mettait en tête de les fêter. Durant ces trois années, il ne se souvenait pas d'avoir assisté à un seul pot à cette occasion. Peut-être que le moment était venu d'y songer.

— Nous avons toujours au frais une bonne bouteille de pommeau Maison du Père Maquerel que nous a apportée Lydie, hasarda Lucas, celui qui avait maté le postérieur avantageusement moulé de Paule.

— Eh bien, qu'attendez-vous pour la sortir et l'ouvrir ? s'exclama Guillaume d'un ton faussement enjoué.

Comme la météo étretataise, l'atmosphère dans les locaux de la gendarmerie vira dans la seconde. Un gendarme sortit la bouteille et la déboucha. Un autre alla chercher un carton, y empila les dossiers étalés sur la table sans trop se préoccuper de leur classement puis le laissa tomber lourdement sur le sol. En quelques secondes, huit verres à pied en plastique apparurent à côté d'une vieille coupelle remplie de chips smocky barbecue. La petite fête pouvait commencer. Un verre fut tendu à Paule. C'était un geste d'apaisement et elle l'accepta volontiers en levant son verre en direction de l'adjudant-chef, qui lui rendit la pareille avec un clin d'œil appuyé. Pendant une longue minute, on entendit des claquements de langues. Ils donnaient tous l'impression de déguster un nectar de douze ans d'âge. Paule buvait à petites gorgées en rejetant la tête en arrière comme le font les oiseaux.

« *Haaaappy birthday to yoooouuuu…* »

La petite troupe entonna par quatre fois la phrase rituelle. Une larme perla du côté de l'œil gauche de l'adjudant-chef qu'il fit disparaître du revers de sa manche. Gerber soupira très démonstrativement, comme toujours quand il voulait se donner une contenance, et pour faire diversion il jugea habile d'évoquer les enquêtes en cours. Il parla du vol à l'étalage chez un primeur de Gonneville-la-Mallet, puis de la mutilation d'un cheval au Tilleul, et enfin du suicidé retrouvé sur la plage de Jambourg et dont ils venaient d'apprendre l'identité…

Le capitaine eut un hoquet.

— Et vous ne me le dites que maintenant ?

Gerber bafouilla qu'il ne le savait que depuis une demi-heure, ajoutant :

— Vous étiez mobilisé par une altercation sur la voie publique. Même que vous avez dû demander la police municipale en renfort. Il y a eu, je crois, une blessée léger…

Après tout, continua l'adjudant-chef, les morts pouvaient bien attendre. C'était du froid, non ? Surtout ceux qui choisissent de pourrir la vie des autres en mettant fin à la leur de cette manière. Il en parlait peu, mais il lui arrivait, ainsi qu'à toute la compagnie, d'en avoir par-dessus le képi de ces bouillies et de ces chairs en décomposition. Pas plus tard que tout à l'heure, ils avaient compté le nombre de suicidés qu'ils avaient ramassés ou repêchés en bas de la falaise depuis le mois de juin, et ils étaient arrivés à dix. Dix ! Ils ne se reposaient donc jamais, ces gens-là ?

Les autres gendarmes, gênés par la sortie de Gerber, guettaient du coin de l'œil la réaction de leur capitaine.

Guillaume le foudroya du regard. Soit il était vraiment un crétin de la plus belle eau, soit il se foutait vraiment de sa gueule en faisant semblant d'être un crétin.

— OK. Maintenant que tu nous as fait part de ta vision du monde, serais-tu assez aimable pour nous donner le nom du suicidé ?

— Du beau monde, répondit Gerber, Hippolyte Bracot, le petit-fils d'Edmond.

Le capitaine sursauta. Il connaissait cette famille protestante, discrète mais influente, qui avait commencé sa saga en investissant dans l'industrie agroalimentaire à la fin du XIX<sup>e</sup> siècle. De l'agriculture, ses membres étaient passés à la culture. Ils avaient financé le monde de l'édition et aidé la NRF, accueillant toute la petite bande qui voletait autour de Gide et qui venait en voisine au château de Beaurepaire. Cette demeure achetée à un hobereau ruiné était connue pour n'avoir pas été construite en briques, ce qui était rare dans la région, mais en pierres blanches.

À partir des années cinquante, les Bracot s'étaient tournés vers le cinéma, toujours avec le même sens des bonnes affaires, qu'ils reniflaient tels des chiens truffiers.

Les nouvelles générations avaient continué à faire fortune en produisant des films grand public puis des séries télévisées tout en subventionnant des films d'auteur encensés par *Le Masque et la Plume* comme le fameux *La Comtesse de Cagliostro*. L'œuvre, très librement inspirée d'une aventure d'Arsène Lupin, avait été tournée en partie dans la région. L'actrice trans qui jouait le rôle principal avait reçu le César du meilleur espoir féminin. Les Bracot ne possédaient pas que Beaurepaire, ils étaient les propriétaires de plusieurs demeures à Étretat et dans les environs. La mort d'Hippolyte Bracot était la perspective d'une cascade d'emmerdements. Les supérieurs, la presse et, surtout, les curieux allaient affluer.

— Comment a-t-on découvert l'identité du corps ?

— Une voiture laissée dans le chemin des Haules, derrière le tennis. Le véhicule nous a été signalé car il empêchait l'accès à une voie privée. Sur place, avec le gendarme Chambon, ici présent, nous avons trouvé une lettre derrière le pare-soleil sur laquelle il était écrit « En guise d'adieu ». On a fait tout de suite le lien. On sait tous ici que c'est une tradition que ces malheureux laissent un mot pour justifier leurs actes et consoler ceux qui restent.

— La famille a été prévenue ? s'enquit le capitaine en prenant la lettre rangée sous un plastique que lui tendait Gerber.

— Au début, nous vous avons attendu. Un suicide, c'est toujours plus délicat qu'un accident ou qu'un meurtre, murmura l'adjudant-chef. Et puis, c'est mon anniversaire. On a pensé que c'était davantage de votre ressort, mais comme vous ne donniez pas signe de vie, j'ai pensé qu'il me fallait me dévouer. J'ai appelé sa seconde épouse, à Courchevel. Elle était bouleversée et sera demain matin à Beaurepaire.

Guillaume fit signe à Paule d'approcher plus près et de rompre le cercle des gendarmes. Il lui passa la lettre de Bracot.

— Maintenant, à toi de jouer pour authentifier cette lettre. Il te faudra, sans doute, d'autres textes manuscrits de cette personne.

Ce fut, cette fois, au tour de Gerber de la regarder avec incrédulité.

— Pourquoi d'autres écrits ? C'est quoi, l'intérêt ? demanda-t-il.

Guillaume posa sa main sur le poignet de Paule. Une poigne douce mais ferme.

— Laissez tomber, fit-il d'un ton très calme, elle sait ce qu'elle a à faire et je ne compte pas discuter là-dessus.

Le ton employé par le capitaine était tranchant.

Une nouvelle fois, l'atmosphère générale changea et vira à l'orage. Guillaume sentit qu'il fallait vider l'abcès au plus vite. Le tour pris par les événements intimait la nécessité de jouer désormais collectif.

— Puis-je avoir votre attention ?

Les gendarmes se turent tous et le regardèrent.

— Merci. Pour tout vous dire, j'attendais d'avoir des éléments supplémentaires pour vous faire part de mes doutes sur les deux derniers suicides que nous avons relevés, mais, à ce stade, il me semble plus juste, au regard du travail que vous avez tous fourni, de partager avec vous ce que je sais sans préjuger des résultats de l'enquête. Mais avant, je voudrais passer la parole à Paule…

Il se tourna vers la jeune femme, aussitôt dévisagée par l'ensemble de la compagnie. Paule raconta avec des mots simples et forts sa terrible nuit en fixant un point invisible dans le mur situé derrière les gendarmes. Insensiblement, ces derniers reculèrent comme si le suicide était une maladie contagieuse. Ils n'osaient pas se regarder car chacun avait été, au moins une fois dans sa vie, en relation avec un parent proche ou lointain ayant cherché à mettre fin à ses jours, quand il ne s'agissait pas d'un collègue. Le mois précédent, deux gendarmes s'étaient suicidés. L'un à Gien avec son arme de service et l'autre à Montpellier en s'immolant par le feu.

Guillaume reprit la parole et évoqua l'araignée sur la tablette de Paule, le suicide de Rose, leur visite au professeur Christian Cordier, la mygale dans la boîte à gants, la certitude que la lettre de Rose était un faux, la disparition de Noah et de Germain, tous deux locataires de la Villa Volubilis, puis l'annonce du second suicide… Plus le capitaine tentait de réagencer les éléments entre eux pour faire apparaître le motif final du puzzle et plus Gerber écarquillait les yeux. Sa stupeur finit par troubler Guillaume.

— Oui, Gerber, qu'y a-t-il ?

— Rien, mon capitaine, dit-il en faisant des efforts pour se ressaisir. Je me demandais juste sur quoi portait notre enquête. Sur les deux derniers suicidés ? Sur cette histoire d'araignée ? Sur ces jeunes qui se sont évaporés ?

— Je suis sûr que dans ce que je viens de raconter, reprit patiemment Guillaume, il y a un élément qui ne t'aura pas échappé et qui fait le lien entre ces sujets apparemment disparates…

Le capitaine se tourna vers son amie et la présenta comme le magicien présente son assistante pour le tour de la femme coupée en deux :

— Je veux parler de Paule Nirsen, ici présente. Si vous me permettez cette image, c'est elle, notre fil d'Ariane.

Gerber le regardait d'un air buté. Il ignorait ce que venait faire cette dénommée Ariane dans une affaire déjà passablement tordue et pourquoi on lui avait demandé cette recherche sur Marie-Claude Bonnabe.

— Avez-vous vu la paperasse que nous avons reçue de nos services chargés de la fraude fiscale ? On dirait que la gendarmerie est devenue une annexe de Tracfin !

Et l'adjudant-chef d'agiter les bras en l'air pour montrer qu'ils étaient en train de se noyer sous les dossiers.

— J'ai du mal à croire que Mme la vicomtesse d'Aubray soit liée au terrorisme international, poursuivit-il sur le même ton en arborant cinquante nuances de rouge tant il paraissait sur le point d'exploser.

— Avez-vous au moins commencé à prendre connaissance des documents qu'on vous a envoyés ?

— Je m'en charge ! lança Paule. Après tout, déchiffrer, c'est mon métier. Et puis, c'est votre anniversaire, non ? ajouta-t-elle avec un clin d'œil qui se voulait de connivence vers Gerber.

Elle s'empara de trois dossiers comme s'ils étaient aussi légers qu'une plume, se mit dans un coin et commença à en feuilleter un sous l'œil amusé de Guillaume. Sa capacité de lecture rapide décuplée s'appuyant sur une mémoire visuelle exceptionnelle lui permit de rendre compte aux gendarmes en quelques minutes des sujets traités et de la problématique générale.

Depuis déjà quelques années, le fisc français s'intéressait à Marie-Claude Bonnabe. À qui appartenaient réellement les biens qu'elle prétendait détenir en France ? Un premier rapport avait révélé, il y a plus de vingt ans, l'opacité qui entourait les acquisitions faites par son défunt mari en Australie et qui avaient transité par la Nicosia Bank. Lucien Bonnabe avait profité de sa double nationalité franco-chypriote. Un second rapport, plus récent cette fois, évoquait l'achat d'entrepôts entre Le Havre et Étretat. Qui en était le propriétaire ? Les mêmes questions se posaient pour d'autres biens immobiliers et fonciers que Marie-Claude Bonnabe prétendait détenir, comme cette maison de trois cents mètres carrés, située villa Montmorency, une voie résidentielle fermée où se concentraient politiques et financiers, ou encore cette demeure luxueuse des Alpes-Maritimes sur les hauteurs de Théoule. Cette dernière avait été acquise par une société civile immobilière, baptisée Immoluxe Lucerne, ayant pour unique actionnaire une société de droit luxembourgeois répondant au nom d'Angel Ressources, elle-même détenue par une société holding également domiciliée au Grand-Duché. Un contrat de prêt consenti par une société offshore (Unicorne LTD) pour financer l'acquisition de la demeure avait été fourni et Marie-Claude Bonnabe s'était déclarée unique actionnaire de cette société-écran immatriculée aux îles Vierges britanniques… Ces pratiques n'étaient pas illégales et plutôt fréquentes, dans ces milieux qui avaient toujours un coup d'avance sur les administrations fiscales, mais Paule et Guillaume imaginaient mal la vicomtesse manipuler ces poupées russes.

— Pourquoi une personne jonglant avec des sociétés-écrans s'embêterait-elle à louer des chambres de sa demeure à des étudiants ? C'est un non-sens ! souligna Guillaume en se servant une tasse de café.

L'adjudant-chef Gerber, qui voulait montrer qu'il suivait, hasarda que Marie-Claude Bonnabe craignait peut-être la solitude.

— Cela arrive chez les personnes âgées, ajouta-t-il. En tout cas, les enquêtes de voisinage montrent qu'elle est très appréciée par ici. Avec l'argent qu'elle a, elle aide à la conservation de ces immenses villas sur les flancs de la falaise, attaquées par le vent, le sel et toutes sortes de champignons et de moisissures…

Les deux amis le regardèrent et eurent le même sourire.

— Je vais fumer dehors une cigarette, dit Guillaume.

— Je t'accompagne, murmura Paule. La nicotine me stimule toujours les neurones et m'aide à me concentrer.

— Parce que tu fumes rarement ! s'amusa Guillaume.

Il fouilla dans la poche de sa veste pour y prendre son paquet de cigarettes et ressortit tout de suite sa main. Il y avait au bout de ses doigts une matière blanche à la texture fibreuse. Il ôta précipitamment sa veste et la laissa choir sur le sol.

— Quelle mouche vous pique ! s'exclama Gerber.

— Il ne s'agit pas d'une mouche mais d'une araignée… rectifia Paule en écrasant du talon à plusieurs reprises la poche d'où avait jailli ce qui ressemblait à un cocon.

Un des gendarmes enfila un de ses gants de service et avec d'infinies précautions glissa une tige en fer dans la poche. Il s'attendait à sortir un corps chitineux à huit pattes mais n'en retira qu'un paquet de cigarettes complètement écrasé, avec sur les bords cette matière indéfinissable. Il recueillit la fine pellicule et la plaça sur une feuille.

— Il va falloir faire analyser cette matière. Si j'en crois la texture, je n'ai pas trop de doute, ajouta Guillaume. Mais surtout, nous devons trouver comment elle a atterri dans ma poche… Aucun de vous n'a cherché à me faire une plaisanterie ?

Au vu des regards que lui jetaient les gendarmes, le capitaine comprit qu'ils étaient aussi stupéfaits que lui de cette trouvaille inquiétante. Il nettoya sa main poisseuse avec du gel hydroalcoolique. La gendarmerie en avait un stock considérable.

# 20

Dehors, le soir commençait à tomber. Une partie des hommes de la brigade étaient rentrés chez eux. Il ne restait plus dans les locaux de la gendarmerie que Paule, Guillaume, l'adjudant-chef Gerber et le gendarme Lucas. Le capitaine sentit qu'il tenait là l'occasion de ressouder son équipe, en commençant par faire preuve de convivialité envers ses deux subordonnés.

— Puisque c'est votre anniversaire, Gerber, que diriez-vous si nous allions tous ensemble jeter un coup d'œil au concert de Peter Doherty ?

Il fit semblant de ne pas voir la déception sur le visage de Paule, qui avait prévu de fêter dignement son pactole tout frais dans un grand restaurant.

— Pourquoi pas ? répondit Gerber. C'est à dix minutes à pied mais il ne faudrait pas trop tarder, car ça commence à 19 heures et j'imagine qu'il y aura du monde.

C'était l'automne et pourtant il faisait bon. Une douceur presque printanière. La température variait ici sans logique. Ils passèrent devant l'ancienne gare puis l'église Notre-Dame avant d'apercevoir la salle des fêtes Adolphe-Boissaye, une grosse verrue architecturale entre deux villas. Gerber, qui avait assuré la conversation tout au long du chemin, avait fini par se taire.

Ils furent salués à l'entrée par une jeune punk aux lèvres percées et à la chevelure violette qui donna les billets à Guillaume avec la rapidité d'une convalescente anémique.

La salle était pleine à craquer et il y régnait une chaleur de baraque à frites.

Paule se dit que l'ambiance était bien différente de celle qui présidait aux spectacles donnés par les estivants. Depuis plus d'un siècle, ceux qui s'étaient baptisés « les Vieux Galets » organisaient une revue à la fin de l'été. Pour rien au monde les propriétaires des villas n'auraient manqué ce rendez-vous annuel dont la recette était versée à des œuvres sociales de la commune. Paule se dit que bientôt elle allait appartenir à ce précieux cénacle.

Elle était à peine assise avec les trois gendarmes que le rideau s'ouvrit, découvrant la scène, sur laquelle étaient disposés divers instruments de musique. Il y avait au fond un décor représentant la falaise d'Aval la nuit. L'agrandissement de la photo et la semi-obscurité dans laquelle était plongée la salle renforçaient l'impression d'irréalité. L'Aiguille creuse se détachait de l'image, telle une cagoule du Ku Klux Klan posée sur une flaque de sang séchée.

Doherty et ses musiciens se faisant attendre, la présidente des Amis des bêtes d'Étretat voulut en profiter pour parler de son association. Rondelette et souriante, elle saisit le micro. Un terrible effet Larsen emplit la salle. Aussitôt, un technicien s'approcha, tripota le micro quelques secondes et leva le pouce pour signifier que tout était réglé.

Soulagée, la présidente s'avança au bord de la scène.

— Merci, chers amis, d'être venus aussi nombreux ce soir. C'est pour nous un grand honneur d'avoir reçu le soutien de M. Doherty, qui, en venant s'installer à Étretat, a rejoint cette longue liste d'artistes tombés amoureux de notre petit coin de paradis. Il est, aujourd'hui, devenu étretatais. Il est vrai que notre ville a toujours eu le don de s'ouvrir à des mondes différents. Notre devise n'est-elle pas *Semper apertae sunt meae portae*, qui signifie « Mes portes sont toujours ouvertes »...

Elle fut interrompue par un craquement sinistre venant du plafond.

Tout à coup apparut une masse sombre, suspendue à un filin. On aurait dit une monstrueuse araignée. Durant quelques secondes, cette chose étrange qui donnait l'impression d'avoir huit pattes se balança de droite à gauche avant de s'écraser sur la scène dans un bruit mat.

Tétanisée, la présidente finit par expulser de son corps un long hurlement de terreur avant de s'évanouir.

Guillaume, suivi de Paule et des deux gendarmes, se précipita sur la scène. Il s'empara du micro et d'une voix forte et assurée qui donnait l'impression que la situation était sous contrôle lança :

— Mesdames, messieurs, capitaine Guillaume Lassire, de la gendarmerie nationale. Un incident technique nous contraint à interrompre le spectacle. Nous allons vous demander de bien vouloir quitter les lieux dans le plus grand calme. Je vous remercie de vous diriger tous vers la sortie…

L'adjudant-chef Gerber et le gendarme Lucas redescendirent de la scène et, écartant les bras, poussèrent vers la sortie avec le sourire des personnes qui tentaient de rester pour prendre des photos avec leur portable. Gerber se félicita intérieurement de n'avoir pas pris le temps de se changer. L'autorité de l'uniforme et quelques rappels à l'ordre suffirent pour que les derniers spectateurs quittent la salle en bon ordre. Dix minutes plus tard, il ne restait plus que la présidente de l'association revenue à elle et un technicien.

Après avoir enfilé des gants, Guillaume grimpa le long de l'échafaudage qui jouxtait la scène pour atteindre une petite manivelle. Il y parvint, l'actionna et le filin finit de se dérouler. Au moment de redescendre, il saisit un petit morceau de tissu sombre accroché au filin.

De son côté, Paule hésitait à s'approcher tout en se demandant si elle avait toute sa raison. Il y avait par terre un énorme sac de jute fermé aux deux extrémités par des cordes, avec quatre ouvertures de chaque côté d'où s'échappaient des membres humains.

Guillaume, qui l'avait rejointe, coupa les cordes sans hésitation. Les têtes de Noah et Germain apparurent, une à chaque bout du sac.

Un cauchemar, songea Paule. Forcément. Je vais me réveiller, mais putain, faites que ça arrive vite…

# 21

La brigade n'était pas encore au complet, mais la cellule d'aide et de soutien psychologique était déjà sur place, en la personne de la jeune fille aux cheveux violets qui vendait les billets à l'entrée de la salle. Forte de sa formation de psychothérapeute obtenue sur internet durant le confinement, elle traversa la salle désertée d'un pas assuré et vint s'agenouiller auprès du technicien qui, entre deux crises de larmes, hoquetait que sa réputation était détruite. Un mince filet de morve commençait à couler de sa narine gauche. La jeune femme lui tapa gentiment sur l'épaule puis se tourna vers la rondelette présidente des Amis des bêtes. Cette dernière, la bouche ouverte, tremblotante comme une gelée anglaise, continuait de fixer le plafond comme si elle s'attendait à voir chuter d'autres corps.

La punkette posa sur ses épaules un poncho et dut murmurer des paroles apaisantes à son oreille car au bout d'un moment la femme sembla se calmer.

La psy se releva alors et fit quelques pas vers le capitaine tout en regardant les deux corps contenus dans les sacs en toile de jute sans dissimuler une grimace de dégoût.

— Il faut vraiment être grave taré pour imaginer mettre en scène un truc pareil, dit-elle, avant d'ajouter, en désignant du menton le technicien et la présidente : Je vais les raccompagner. Ils n'habitent pas très loin…

Elle tendit à Guillaume sa carte où son nom et son adresse étaient entourés d'une guirlande qui mêlait fleurs de pavot, licornes et bulots.

— Avant que vous ne partiez, pouvez-vous me dire si vous avez remarqué quelque chose de suspect ? De votre poste, vous avez dû voir passer du monde puisqu'il n'y a, si je me souviens bien, aucune autre entrée dans ce bâtiment en dehors de la sortie de secours, et un membre de la police municipale est resté assis devant depuis le début de la soirée.

Elle secoua la tête.

— Non, je n'ai rien vu de suspect, mais je dois avouer que je suis arrivée en retard. Au moment où je partais, un débile a essayé de m'appeler plusieurs fois sur mon fixe. À chaque fois que je répondais, il raccrochait mais j'entendais son souffle. Et puis je ne retrouvais pas mon rat, qui s'était laissé enfermer dans le local où je mets ma périssoire. Heureusement, les fils de Lydie Vatinel, qui travaillent à l'office du tourisme, m'ont remplacée. Vous devriez leur demander si eux ont vu quelque chose de pas net… Je peux y aller, maintenant ?

— Merci, mademoiselle. Je vous demanderai de rester à notre disposition. Il est fort possible que vous soyez interrogée par d'autres enquêteurs dans les prochains jours.

En sortant, la jeune fille croisa cinq autres gendarmes.

Le reste de la brigade était arrivé et les hommes firent cercle autour de leur chef, qui commença par leur enjoindre de ne toucher à rien et d'éviter de s'asseoir sur les chaises.

En arpentant la scène, le capitaine résuma ce qui s'était passé ainsi que l'identité des deux victimes. Durant son monologue, il rappela à ses hommes, attentifs comme des écoliers, dans quelles circonstances Noah et Germain, tous deux locataires de la Villa Volubilis, s'étaient trouvés mêlés à l'enquête.

On était maintenant face à un double meurtre grotesque et macabre, et des dizaines de personnes avaient à coup sûr été traumatisées par ce qui venait de se produire sous leurs yeux. Démembrer des corps et en placer les morceaux tête-bêche pour en faire une araignée géante, tout cela puait la folie et le sadisme. En parallèle à cet acte, ils avaient sur les bras des « suicidés » qui étaient probablement des victimes d'assassinats.

— Je ne vois pas la logique entre ces deux types de crimes qui sont pourtant certainement liés, comme ce qui est arrivé à Paule nous le rappelle. Je ne comprends pas ce que les tueurs veulent nous dire. Je dis bien « les », car il est exclu qu'une seule personne soit l'auteure de ces actes.

Il s'arrêta quelques secondes pour jauger si son auditoire le suivait. Il se tourna vers Paule, qui lui fit un discret signe de tête, l'encourageant à poursuivre.

Guillaume souligna qu'ils n'avaient plus que quelques heures, peut-être une journée, au grand maximum, avant que le procureur leur enlève l'enquête. Peut-être même que la décision avait déjà été prise, puisqu'il avait alerté la gendarmerie du Havre et que celle-ci leur dépêchait un médecin légiste et une équipe d'experts. En attendant, ils allaient devoir faire face à la presse et c'était sans doute pour cette raison que les autorités supérieures allaient leur laisser un peu de répit. Aucun ponte, même le plus renommé, n'avait envie d'être jeté dans ce bain de murènes et de voir son nom et sa réputation piétinés en première page des journaux.

Un murmure d'approbation se propagea sous les képis. Chacun des gendarmes présents pouvait puiser dans ses souvenirs et ramener à la surface un moment de sa carrière où il avait été cloué au pilori à la suite d'un fait divers. Pour eux, il était évident que l'on hésitait beaucoup moins en général à caricaturer ou à ridiculiser un « cruchot » qu'un flic. Voilà pourquoi ils devaient se monter irréprochables.

Sans plus attendre, ils prirent toutes les photos nécessaires et partirent à la chasse aux empreintes. Guillaume donna à un de ses hommes le morceau de tissu qu'il avait prélevé en haut de l'échafaudage. En pleine lumière, il ressemblait à un morceau de caban. Il estimait qu'il fallait, sans attendre, profiter de leur supériorité numérique en récoltant le maximum d'informations.

— Voilà ce que nous allons faire : Gerber, j'aimerais que tu continues à fouiller le passé de Marie-Claude Bonnabe et que tu désignes deux hommes afin de sécuriser les lieux. Il ne faut ouvrir à personne, le maire compris. Personne à l'exception, bien sûr, des équipes du Havre, qui resteront ici le temps qu'il faudra.

— Et si la presse pointe le nez ? demanda l'adjudant-chef.

— Tu bottes en touche. Tu répètes en boucle que l'enquête suit son cours et que des experts sont déjà sur place. Simplicité et réactivité. On ne relate aucun sentiment, aucune impression. Les victimes sont en passe d'être identifiées. Point barre. Rappelle-toi qu'il n'y a pas de « off » et que, son micro éteint et son calepin rangé, un journaliste reste un journaliste… Lucas ?

Le gendarme fit un pas en avant en claquant les talons.

— Je veux qu'avec deux hommes tu ailles repêcher dans les archives de la gendarmerie tous les cas de suicides depuis une vingtaine d'années.

— Maintenant ?

— Oui, maintenant. Pas demain, ni dans deux heures. J'ai bien dit « maintenant ».

Dans d'autres circonstances, Lucas aurait fait franchement la gueule à l'idée de se plonger dans ce type de paperasse, mais il se contenta de demander :

— On cherche quelque chose en particulier, chef ? Cela doit bien faire dans les trois cents personnes…

Le capitaine s'expliqua, presque à contrecœur :

— Qui nous dit que le crime auquel Paule a assisté en haut de la falaise était le premier ? Vous allez donc me les classer de la manière suivante : tous ceux qui ont rédigé une lettre avant de mettre fin à leurs jours, ceux qui n'ont rien laissé, ceux qui étaient malades ou dont les proches ont pu attester de leur tentation suicidaire, ceux qui sont possiblement tombés par accident, et enfin ceux dont on n'est jamais parvenu à découvrir l'identité.

— Et vous, capitaine ? osa Gerber.

— Je vais rendre une visite à Lydie afin de poser quelques questions à ses deux fils. Ils étaient là et ont filtré les entrées à l'ouverture du concert. On ne sait jamais. Peut-être qu'ils ont noté un élément qui nous donnerait un coup d'avance sur la Crime, qui va sûrement débarquer dès demain. Paule va m'accompagner. La visite paraîtra ainsi moins officielle.

# 22

À Étretat, tout le monde connaissait la maison de Lydie alias Marcelle située à l'angle du chemin des Haules et de la rue Dorus, près d'une jolie maison de pêcheur qui avait été transformée récemment en gîte rural, comme la majorité de ces habitations.

Tout en marchant, Guillaume expliqua à Paule que la femme de ménage était déjà au service de son prédécesseur et qu'il l'avait gardée car elle était méticuleuse, pas intrusive dans ses rangements, et que, surtout, il ne l'avait jamais entendue colporter des ragots. C'était sans doute la raison pour laquelle elle ne manquait pas de travail et était sollicitée dès qu'il fallait trouver une personne pour faire des extras. Elle logeait chez elle ses quatre fils, tous nés de pères différents qui s'étaient éclipsés sans même savoir qu'elle était enceinte de leurs œuvres.

— Elle n'a pourtant pas un physique… facile, ne put s'empêcher de dire Paule.

— Un vieux gendarme m'a dit qu'elle a connu des marins de passage. Rappelle-toi qu'autrefois il y avait une foire à

Étretat qui les attirait. Quand je dis une foire, je suis généreux. C'était juste quelques petites attractions avec des autos tamponneuses, des baraques à crêpes et à cidre, un vieux chapiteau abritant les restes d'un cirque moribond et un train fantôme qui était une invitation à peloter la passagère à côté de soi sans risquer d'être accusé d'être la cause de ses hurlements…

— Ça sent le vécu, ne put s'empêcher d'ironiser Paule.

— Bref, continua Guillaume sans relever la pique, tous ceux qui habitaient les environs s'arrêtaient souvent là le soir, avant de prendre le lendemain matin le car pour Le Havre afin d'embarquer.

Paule se souvenait très bien de cette foire située sur le parking en face de l'école primaire. Sa grand-mère et sa mère lui avaient interdit de traîner par là en lui affirmant qu'elle serait kidnappée puis vendue après avoir été mutilée par les forains. Elle y avait cru si fermement durant son enfance qu'elle faisait un grand détour pour éviter de passer près du terrain. Puis elle avait oublié ces fadaises, jusqu'au jour où elle avait lu la nouvelle de Maupassant « La Mère aux monstres », qui campait une fille de ferme qui se faisait engrosser puis portait de terribles corsets afin de mettre au monde des êtres difformes qu'elle revendait à prix d'or à des cirques de passage.

Ils s'arrêtèrent devant une maison en brique et en pierre à deux étages qui donnait sur la rue. Le bâtiment était étroit, la façade du rez-de-chaussée laissait juste assez de place pour une fenêtre et une porte.

À sa droite, une sorte de passage longeait le gîte rural voisin. Guillaume, avant d'aller se présenter, eut l'idée de faire le tour de la maison et s'engagea dans le boyau. Paule suivit en pestant car elle venait d'accrocher sa veste au guidon d'un solex sans roues. Au bout d'une dizaine de mètres, ils arrivèrent à l'arrière du bâtiment, qui donnait sur une vaste clairière en terre battue où se trouvaient quatre garages fermés avec, plus loin, une sortie sur une autre rue.

Autrefois, ces espaces avaient dû servir de jardins permettant aux familles de pêcheurs de cultiver un petit potager et même d'élever quelques lapins et des poules.

Ils revinrent devant la maison. Au premier étage, Guillaume crut voir un visage se profiler à la fenêtre et marqua un temps avant de toquer à la porte. En tendant l'oreille, on pouvait entendre des éclats de rire et des bruits de couverts qui indiquaient que les occupants étaient à table. Il appuya sur la sonnette. Le silence s'imposa. Paule et Guillaume perçurent le bruit d'une chaise qui raclait le parquet et un pas lourd se dirigeant vers eux. Un homme jeune apparut. Il était grand et roux. Des yeux bleus à fleur de tête et un nez en trompette. La bouche pleine, il continuait de mastiquer. Il portait un sweat à capuche vert Lacoste. Sa carrure obstruait la porte.

Il dévisagea les deux intrus sans les inviter à entrer.

— Nous sommes navrés de vous déranger à cette heure tardive, dit Guillaume. Est-ce que Lydie est là ?

Il haussa ses larges épaules.

— À quelle heure on se met à table, chez vous ?

Puis il se retourna et gueula d'une voix rauque :

— M'man, y a les flics qui t'demandent !

Lydie apparut et invita Guillaume et Paule à gravir les deux marches de l'entrée pendant que le géant retournait à ses agapes après s'être essuyé les lèvres du revers de la manche. Dès le vestibule, Paule fut saisie par le parfum d'étable qui régnait dans la maison.

Ils étaient quatre. Quatre hommes à la carrure impressionnante sortis de la série *Vikings*, assis autour d'une longue table en bois recouverte d'une toile cirée sombre avec des arabesques de couleur noire. Au milieu, un large pot en terre cuite, dans lequel surnageaient des tripes encore fumantes, un grand plat de pommes de terre et trois bocaux à moutarde.

— Avez-vous faim, capitaine ? demanda Lydie. Une recette de tripes de ma grand-mère. Je les laisse mijoter durant quatre heures pour qu'elles soient presque fondantes et j'y ajoute de la queue de bœuf avec un verre de calva.

Paule avait l'estomac qui gargouillait mais elle fit, inconsciemment, un pas en arrière pour ne pas se joindre à la tablée. Guillaume déclina poliment l'offre.

— Un événement dramatique a eu lieu ce soir dans la salle des fêtes… commença le capitaine.

— Je suis au courant, une amie m'a appelée. Le groupe de rock qui devait se présenter s'est amusé à balancer des trucs bizarres sur la scène. Je sais qu'ils aiment faire ça en Angleterre mais ici, c'est pas trop le genre.

— Je ne pense pas que cela fasse partie du show de Peter Doherty.

Les fils de Lydie, ou plutôt le clan, continuaient de manger sans donner l'impression qu'ils écoutaient la conversation. Le géant découpait de larges tranches de pain de campagne et les passait à ses frères après les avoir enduites de moutarde. Ils sauçaient le jus des tripes avec la même satisfaction. Ils paraissaient attachés les uns aux autres par une partie de leurs corps sous la table. Avant qu'ils portent la tartine à leur bouche, la mie retombait dans l'assiette et éclaboussait la nappe. Ce bruit, ajouté à celui de leurs mandibules, avait fini par couper l'appétit de Paule.

— Deux de vos fils étaient là en début de soirée pour accueillir les premiers spectateurs en attendant la personne en charge de la billetterie, c'est exact ?

Les quatre frères s'arrêtèrent aussi sec de bâfrer. Leur mère, qu'ils devaient dépasser de deux têtes, les interrogea du regard. Deux des géants, qui portaient le même tee-shirt gris laissant apparaître des biceps gros comme des boules de bowling, hochèrent la tête. Ils ne paraissaient pas disposés à en faire plus. Guillaume les regarda. L'un avait déjà les cheveux clairsemés et l'autre des runes tatouées sur tout le dessus de la main gauche. Il leur posa directement la question :

— Le temps où vous avez été présents, avez-vous relevé des comportements inhabituels ?

Les deux employés de la mairie d'Étretat restèrent impassibles, fixant leurs assiettes.

— Libres à vous de vous taire, dit Guillaume, qui changea de ton : Je vous attends donc demain matin à la gendarmerie pour répondre à mes questions.

— Dewitt et Ange, vous voulez bien répondre au capitaine ?

Guillaume ne quittait pas du coin de l'œil le géant roux qui les avait accueillis, qui, lui-même, observait Dewitt et Ange en difficulté en faisant craquer ses phalanges. Comme ses frères, il n'était sûrement pas habitué à cette présence étrangère sur leur territoire. Visiblement furieux, il saisit la tripière pour la porter à la cuisine mais il la prit maladroitement et renversa le jus des tripes sur lui. Il grommela des injures qui devaient s'adresser à Dieu, aux visiteurs et à la Création.

— Ce n'est pas grave, mon chéri, dit Lydie. Donne-le-moi, j'ai une lessive à faire. Mets-le sur la chaise.

Monsieur Muscle numéro un retira son sweat avec rage, laissant apparaître à son poignet une Rolex Yacht-Master. Mais ce qui attira les regards de Guillaume et de Paule fut qu'à l'intérieur de l'avant-bras du jeune homme était tatoué un huit horizontal surmonté de deux *D* et auréolé de rayons en un cercle parfait.

— Je vais me coucher, m'man.

— Vas-y, Kevin. Tu commences tôt demain.

Le géant parti, Guillaume vint s'asseoir à sa place sans demander l'autorisation. Le mélange de colère et de panique de la part du clan Vatinel était palpable. Il fit comme s'il ne s'apercevait de rien et, une fois de plus, Paule se fit la réflexion qu'il avait dû être un sabre dans une vie antérieure. Flexible en apparence et spectaculairement tranchant. Il se servit du cidre dans le verre de Kevin et but avant de le reposer en douceur sur la table. Il attendit une minute qui parut à Paule une éternité puis reprit une rasade et, avant de la porter à ses lèvres, examina le verre à la lumière du plafonnier.

C'était sûrement la première fois qu'un homme plus âgé se tenait face à eux, chez eux, à leur table.

La mère tournait autour en battant des bras comme si elle voulait protéger ses petits.

— Il est un peu trouble, non ? demanda-t-il, badin. Il n'a pas été clarifié assez longtemps.

— Il faut savoir apprivoiser le trouble, murmura le troisième frère à la barbe rousse, qui, tout en ramenant sans cesse ses cheveux mi-longs crasseux derrière ses oreilles, observait Paule d'un œil noir. Il faut savoir suivre la nature…

— Suivre la nature ou suivre sa nature… Je crois que nous allons tous nous revoir à la gendarmerie très rapidement, dit Guillaume en se levant. Genre dès demain matin.

Lydie raccompagna Paule et Guillaume jusqu'à la porte.

— Ne soyez pas trop durs avec mes enfants, capitaine. Ce sont de bons garçons. Ils sont juste réticents à suivre les règles que nous, nous connaissons. Je vous les envoie demain matin, dès la première heure. Ils répondront à toutes vos questions.

— Nous devrons nous aussi avoir une petite discussion, Lydie, mais c'est moins urgent. Bonne nuit.

Les deux amis attendirent d'être à une bonne centaine de mètres pour parler.

— Tu as vu ce que j'ai vu, demanda Paule. Ce tatouage, c'était…

— Le dessin qui figure à l'arrière de l'araignée Cyclocosmia, oui. Et je te rappelle que le professeur Cordier m'a parlé d'un jeune homme à tronche de Viking avec ce motif tatoué sur l'avant-bras et qui venait du port du Havre. Cela fait beaucoup de coïncidences… Je vais me procurer une photo de ce Kevin et aller voir Cordier dès demain matin. Je laisserai Lucas cuisiner les deux autres frères. Quant à toi, tu vas aller au château de Beaurepaire, chez l'épouse d'Hippolyte Bracot, pour recueillir des textes manuscrits et te mettre vite au travail afin de déterminer si la lettre d'adieu est un faux ou non.

— Bien, chef, s'amusa Paule en claquant les talons.

Les deux se regardèrent et en dépit des circonstances éclatèrent de rire comme s'ils continuaient leurs jeux d'adolescents. Et tout à coup, semblable à la météo étretataise, Guillaume changea d'attitude et se renfrogna. Il s'approcha plus près de Paule et la prit dans ses bras. Elle le laissa faire. Il se détacha lentement.

— Ce n'est pas un jeu, Paule. Je m'en veux de te donner cette impression.

— C'est moi qui suis venue te chercher, Guillaume, ne l'oublie pas. Et depuis cette nuit au bord de la falaise où tout a failli basculer pour moi, je prends tout ce que je vis comme un cadeau.

# 23

Paule sortit du lit aux aurores après une vraie nuit de sommeil. Elle se sentait pleine d'énergie et se demanda si elle n'allait pas faire un footing jusqu'à la plage puis se souvint qu'elle n'avait pris aucune affaire de sport. Entretenir sa forme physique n'avait pas été l'objectif premier de son séjour à Étretat !

Vêtue d'un jean et d'un pull, elle s'aventura sur la pointe des pieds jusqu'à la cuisine et multiplia les ruses pour se faire un café sans réveiller Guillaume. Après avoir obtenu son breuvage noir et amer, elle ouvrit sa tablette et consulta la presse locale. Il faut croire que l'adjudant-chef Gerber avait été d'une rare efficacité car il n'y avait aucune allusion au drame survenu dans la salle de concert. Juste une brève pour signaler que le concert de Peter Doherty avait été annulé par la municipalité « en raison d'un incident technique ».

Elle passa à ses mails. En dépit du congé qu'elle avait pris, ils étaient nombreux. La plupart annonçaient des publications de collègues ayant fait remonter à la surface des traités juridiques du haut Moyen Âge. Sauf l'un d'eux, qui attira plus particulièrement son attention : *Affaire de style*, sous-titré « Du cas Molière à l'affaire Grégory, la stylométrie mène l'enquête ». La couverture de l'ouvrage empruntait les codes des polars et soulignait le succès de cette méthode pour élucider les cold cases ou démasquer les complotistes de QAnon.

Paule se promit de se le procurer. Puis elle rangea dans un dossier toutes les relances administratives sans même en prendre connaissance et répondit à des courriers plus personnels. Le dernier était celui d'un collègue qui était aussi un vieil ami, Adelbert de Cernin, qui s'inquiétait de ne pas l'avoir vue à la remise du prix Jean-Favier à la Société des amis des archives de France, destiné à soutenir des travaux de recherche. Cette année, l'heureuse lauréate étudiait la Commission des monuments, créée pendant la Révolution française pour endiguer le vandalisme révolutionnaire. Paule sourit car un des ancêtres de Cernin avait été le premier collectionneur de statues dans son hôtel particulier.

Il lui annonçait aussi qu'il devait se rendre à Rouen pour authentifier un texte de 1461 sur le procès de Jeanne d'Arc et qu'il se proposait de « pousser jusqu'à Étretat » pour la saluer. Il comptait arriver le lendemain et avait déjà réservé la chambre Jacques-Offenbach à l'hôtel-restaurant Le Donjon, la seule demeure de luxe à bénéficier d'une vue imprenable sur la falaise d'Aval. Paule fit la grimace. La venue d'Adelbert, qui était assez fin pour se rendre compte très vite que quelque chose clochait, était-elle une bonne chose ? D'autant qu'elle avait de l'affection pour ce personnage un peu maniéré, hors du temps, avec ses faux airs d'Hercule Poirot. Elle se voyait mal le promener entre attaques de mygales venimeuses et repêchages de corps de suicidés. D'un autre côté, elle ressentait comme une nécessité absolue le besoin de reprendre contact avec ce monde qu'elle avait failli quitter. Aussi dépassé et précieux qu'il fût, Adelbert la reliait au réel et donc à la vie.

Elle lui envoya un message pour le féliciter de son initiative car elle s'ennuyait un peu à Étretat.

Elle alla prendre une douche, toujours en veillant à faire le moins de bruit possible, s'habilla chaudement et sortit après avoir laissé un mot à Guillaume sur la table de la cuisine. Paule n'avait pas oublié la mission qu'il lui avait confiée. Elle remonta vers la rue Notre-Dame en se disant qu'elle ferait volontiers un détour par un magasin de sport pour s'acheter des vêtements dans lesquels elle se sentirait plus à l'aise.

En approchant, elle vit un attroupement sur la digue. Son cœur s'accéléra. La mer avait-elle rejeté un nouveau suicidé ? Elle fut obligée de jouer des coudes pour parvenir jusqu'à la plage et là, un spectacle incroyable l'attendait.

C'était marée basse et, en se retirant, la mer avait laissé sur la plage des milliers d'araignées de mer inertes. Ces tas ocre et rouge, répartis comme des flaques sur les galets gris, formaient un tableau irréel. La majorité des crustacés étaient sur le dos, pinces dressées.

Par endroits, les araignées de mer formaient des amas, comme si elles s'étaient appliquées à vouloir grimper les unes sur les autres. On aurait dit qu'une formidable bataille s'était déroulée ici, comme dans le film *Starship Troopers*.

Armés de pagaies de périssoire, les enfants s'amusaient à écraser ce qui n'était en réalité qu'une suite de tas de carapaces vides. Les premiers instagrameurs s'étaient enhardis à en saisir pour se les mettre sur la tête et prendre des selfies.

Paule s'approcha de deux policiers municipaux et demanda ce qui s'était passé. L'un des deux, qui portait une énorme moustache poivre et sel, lui répondit qu'il s'agissait des mues des araignées de mer.

— Mais lorsqu'elles sont nues, elles sont des proies faciles pour les congres, non ? demanda Paule.

L'homme lui dit qu'elles se regroupaient en formant comme des pyramides sous l'eau et se constituaient des carapaces avec tout ce qu'elles trouvaient, des algues, des résidus marins, des débris de coquillages. Il y en avait parfois des colonies entières au large de Saint-Malo.

— Mais comment sais-tu tout cela ? lui demanda son collègue.

— Ma grand-mère est bretonne, répondit le moustachu qui se passait la langue sur les dents quand il souriait.

L'autre le regarda avec stupeur. Ces araignées de mer échouées par milliers sur la plage n'étaient apparemment rien à côté de la révélation que le collègue avec lequel il travaillait tous les jours avait une ascendance bretonne.

— Mais ce n'est pas leur présence qui doit nous préoccuper, poursuivit le policier, c'est la saison. Normalement, à cette époque de l'année, elles devraient être dans les profondeurs pour hiberner. J'ai peur que tout se dérègle un peu…

« Un peu » ? Paule pensa que ce type de dérèglement aurait provoqué autrefois des émotions populaires, des légendes effrayantes racontées durant les veillées autour de la cheminée pendant des siècles. Mais là, on allait se contenter de publier des photos spectaculaires, et de donner la parole à un écologiste du coin, qui allait condamner le néolibéralisme, et à un élu, qui reconnaîtrait que tout cela était « problématique ».

Pour Paule, l'association des mots « mer » et « courants chauds » à Étretat lui paraissait incongrue. Lorsqu'elle était adolescente, elle avait toutes les peines du monde à entrer dans l'eau. Après s'être jetée dans la mer, elle ne parvenait à nager jusqu'au radeau qu'en raison des vagues qui lui fouettaient le corps et le sang. Elle se souvenait encore de cette impression désagréable quand, les pieds meurtris par les galets, elle affrontait ce froid qui lui saisissait les chevilles dans une poigne de fer, puis de ce curieux bien-être, une fois sortie de l'eau, cette étrange torpeur du corps presque euphorisante.

En revenant, Paule fit une halte au magasin de sport, ne trouva que des cirés et des pulls marins mais s'arrêta devant une paire de bottillons en néoprène noir qui lui parut plutôt élégante. Elle les essaya, les trouva à son goût tout en voyant bien que la vendeuse la dévisageait avec insistance. Au moment de payer, Paule ne put s'empêcher de lui glisser :

— J'imagine que vous allez me dire que vous vous demandez où vous m'avez déjà vue ?

— Pas du tout, lui rétorqua un peu sèchement la commerçante. Je le sais très bien. Vous avez gagné, hier après-midi, le gros lot au casino. J'ai vu votre photo dans Actu.fr Normandie de ce matin.

Paule ne connaissait pas ce site. C'était bien la peine de passer autant de temps sur sa tablette…

— Dites donc, avec ce joli pactole, vous êtes sûre que vous ne voulez vraiment rien d'autre ? J'ai de très belles écharpes, je peux vous les montrer.

Paule avait vu en vitrine ces écharpes à franges où étaient dessinés des hippopotames. Un animal pas très valorisant pour une femme. Elle déclina la proposition, ce qui rendit la commerçante un brin plus agressive. Avant de franchir le seuil du magasin, elle l'entendit dire :

— Faut bien le dépenser, votre argent, vous allez pas être enterrée avec !

Elle se retourna. Lui fit son plus beau sourire, celui qu'elle adressait autrefois à ses collègues qui s'imaginaient plus douées qu'elle.

Paule marcha vers la gendarmerie en allongeant au maximum sa foulée. Au passage, elle entra dans la boulangerie Le Petit Accent, que sa grand-mère portait autrefois aux nues, y prit brioches, chaussons aux pommes et croissants aux amandes. Elle s'aperçut que son intuition avait été juste quand elle pénétra dans la grande salle où tous les gendarmes étaient déjà affairés.

La pièce était chaude et moite. L'atmosphère n'était pas à la franche gaieté, un peu comme dans un vestiaire après un match perdu. Pas rasés, dans des uniformes défraîchis, les hommes donnaient l'impression d'avoir dormi sur place, y compris Guillaume.

Les sourcils froncés, il était assis dans un coin, en train de consulter un dossier épais qui tenait en équilibre précaire sur ses genoux. Il leva la tête quand Paule entra dans la pièce et lâcha :

— Bonjour, Paule, bien dormi ? Et si tu nous faisais du café, maintenant que tu es là ?

Voilà qui ne lui ressemblait pas. L'absence de sommeil peut rendre mufle même le plus galant des hommes, pensa Paule, qui se retint de lui balancer les viennoiseries à la figure. Elle jeta son manteau sur une chaise et s'exécuta.

Elle mit donc des tasses sur la table, disposa les viennoiseries dans une assiette en grès beige et les regarda se jeter sur le petit déjeuner. La scène lui rappela le dîner des quatre fils de Lydie. Les gendarmes trempaient les croissants dans leurs tasses, tous avec les coudes sur la table et la tête baissée. On n'entendit bientôt que les bruits de mastication et de succion. La séquence dura quelques longues minutes. Après quoi, ce fut l'adjudant-chef Gerber qui prit la parole :

— Si nous faisions le point, mon capitaine ?

Guillaume acquiesça.

À l'aube, il s'était rendu à Yport, où il avait réveillé le professeur Cordier afin de lui présenter la photo de Kevin

Vatinel. Le prof avait été formel : il s'agissait bien du jeune homme qui était venu le solliciter pour examiner ses mygales. Guillaume avait vérifié la fiche de Kevin, mais il n'y avait trouvé aucun antécédent judiciaire. Il était juste syndiqué et connu honorablement au port du Havre, mais personne n'ignorait que la loi du silence régnait parmi les dockers. Puis il était passé à l'examen de son compte en banque, qui s'était montré beaucoup plus loquace. Guillaume avait constaté des rentrées d'argent régulières. Pas des sommes considérables, mais, une fois additionnées, elles finissaient par atteindre un montant plus que respectable. Et puis il y avait la montre qu'il portait, la veille au soir, au poignet, une magnifique Rolex Yacht-Master. Il n'y avait qu'un seul magasin qui en vendait au Havre. Ce type d'achat n'était pas si fréquent. Ils ouvraient dans moins d'une heure, Lucas se chargerait de les appeler…

— J'imagine, dit Paule, qu'il est préférable que Lydie rende les clefs et arrête de faire le ménage dans vos maisons respectives, du moins le temps de l'enquête.

Les gendarmes se regardèrent en silence. Aucun d'eux n'avait pensé à ce qui était tout sauf un détail. La femme de ménage avait accès à toute la gendarmerie, et c'était une jeune femme qui passait son temps sur des manuscrits tombant en poussière qui avait fait cette remarque de pur bon sens.

— Et pendant que nous y sommes, continua Paule, il faudrait s'assurer que des doubles de clefs n'ont pas été faits dans les serrureries des environs.

Tous opinèrent de la tête. Ce fut au tour de Gerber de faire le point. Les experts de la brigade du Havre étaient arrivés peu après le départ, la veille au soir, de Guillaume et de Paule et étaient repartis à 2 heures du matin en emportant les deux corps. Quant aux recherches sur Marie-Claude Bonnabe, Gerber n'avait rien trouvé de plus que ses abracadabrants montages financiers qui étaient toujours étudiés par les services fiscaux. La vicomtesse se rendait tous les ans à Rio et à Mohammedia, au Maroc, et une fois par mois à Rouen chez son médecin. C'étaient là ses seuls déplacements.

— On a le nom de son médecin ?

— Oui, bien sûr, le docteur Baroux, qui devrait d'ailleurs être à la retraite, mais l'attachement au médecin de famille, vous savez ce que c'est. Mes grands-parents en avaient un du côté de Criquetot, qui était vétérinaire. Il a accouché tous leurs enfants et…

— Merci, Gerber. Et toi, Lucas, tu as trouvé quelque chose ?

Le gendarme fit signe à deux autres collègues, qui déposèrent religieusement sur la table quelques dossiers.

— Voici les profils de tous les suicidés depuis une dizaine d'années que vous nous avez demandé de classer. Vous trouverez ceux qui sont tombés accidentellement devant témoins, famille ou proches avec une sous-partie comprenant ceux qui désiraient prendre une photo et se sont approchés trop près du bord. Il y a aussi ceux qui se sont suicidés en voiture. Plus rare.

— Comment ont-ils fait ? s'exclama Paule.

— Ils se sont balancés du haut de la falaise d'Amont, expliqua Lucas. Ils ont dépassé le parking près de la chapelle des pêcheurs et ont foncé droit vers le précipice. Il n'y avait pas de clôture, à l'époque. Nous avons aussi ceux qui étaient atteints de maladies graves et, enfin, ceux qui se sont suicidés en laissant une lettre d'adieu.

Guillaume hochait la tête, pensif.

— Nous avons gardé ces lettres ?

— Affirmatif. Dans l'immense majorité des cas – une vingtaine –, nous les avons archivées. J'ai jeté un coup d'œil.

— Il va être nécessaire de jeter davantage qu'un coup d'œil, mais c'est un bon début. Il faudrait que vous contactiez les familles afin qu'elles vous fassent parvenir des textes écrits par leurs suicidés.

Lucas leva les yeux au ciel en marmonnant qu'il ne s'était pas engagé dans la gendarmerie pour faire ce genre de travail, qui allait le mobiliser durant des heures et des heures.

— Tu as raison, concéda Guillaume. Mettez-vous à plusieurs. Cela prendra le temps qu'il faudra. De toute manière, nous sommes dessaisis officiellement de l'enquête pour le double meurtre de Noah et Germain. La commandante Madeleine Dunod arrive en début d'après-midi avec deux hommes de son équipe. Gerber, tu iras les accueillir à la gare de Bréauté-Beuzeville. J'espère qu'ils ont pensé à réserver un logement parce que cela risque d'être la croix et la bannière s'il faut leur en trouver un. Il ne va rester que des chambres chez l'habitant. Quant à toi, Paule…

— Je sais : je devrais déjà être au château de Beaurepaire pour récupérer des textes manuscrits d'Hippolyte Bracot… mais si tu savais ce que j'ai vu lorsque j'ai voulu me balader sur la plage…

— Les Bracot n'arrivent que cet après-midi. Pour le reste, je suis au courant. La police municipale m'a appelé dès la première heure. Cela doit être impressionnant si j'en juge par les photos prises mais je préfère ne penser qu'à l'enquête. Comme je l'ai dit, nous devons prendre le maximum d'avance avant que la police débarque, et ce n'est pas parce que ces crustacés s'appellent des araignées qu'il s'agit d'une piste, si ?

Ce fut à ce moment-là que Paule se rappela d'un coup ce qui lui déplaisait franchement chez Guillaume et pourquoi ils en étaient toujours restés, tous deux, au stade du simple flirt d'adolescents. Elle se souvenait combien il pouvait être charmant et, l'instant d'après, se montrer cassant et rigide. À ce moment précis, elle aurait aimé lui coller une bonne droite. Mais elle se garda de le remettre à sa place. Elle se dit que le hasard, bon garçon, allait offrir dès le lendemain au sémillant capitaine un nouvel esclave en la personne d'Adelbert de Cernin. Elle lui parla de l'illustre chartiste.

— Mais il est bon comme toi en graphie, cet… Adelbert ?

— En stylométrie.

— C'est ça…

— Quand nous nous sommes revus, tu as eu l'amabilité de me dire que tu avais remarqué ma présence sur l'affaire Bronner. Eh bien, figure-toi que le collègue qui était venu me chercher pour me mettre à la disposition de la police et qui m'a épaulée, c'était lui, Adelbert de Cernin. Maintenant, si tu me permets, je vais me balader avant de me rendre au château de Beaurepaire. J'ai besoin de prendre l'air.

Elle prononça cette dernière phrase en consultant son téléphone, qui avait vibré plusieurs fois. C'était l'agence immobilière qu'elle avait visitée la veille après avoir dévalisé le casino. On lui proposait une « authentique chaumière normande à saisir », située à l'entrée d'Étretat. Elle les appela devant Guillaume, qui tendait l'oreille. Elle posa trois questions à voix basse avant de murmurer :

— J'arrive. Oui, cela pourrait m'intéresser. Je suis là dans un quart d'heure.

# 24

Le ciel avait la couleur d'une couette gris souris. S'il y a bien quatre saisons à Étretat, trois d'entre elles ont en commun d'être une variation de l'automne. Qu'il fasse beau ou que le temps vire à l'orage, la même petite pluie fine s'invite en décembre et en août. Il devait exister entre celle-ci et la vallée un pacte multiséculaire. Le crachin avait même fini par mouiller le soleil.

En marchant, Paule se souvint que c'était cette compagnie qui lui avait donné le goût de se plonger dans les livres. Que faire à Étretat quand il pleut ? S'inscrire à la bibliothèque municipale et lire. Comme beaucoup d'ouvrages étaient des dons, elle avait pu parcourir des univers multiples et dévorer aussi bien Chrétien de Troyes que Léon Bloy, Roald Dahl que Benoît Duteurtre.

Paule avait renoncé à essuyer de sa manche les fines gouttelettes qui coulaient sur son front. Elle les laissait lui caresser le visage et déposer un voile sur le monde environnant. Alors qu'elle passait devant le temple protestant, elle fut hélée par un garçon assis sur une petite table à l'abri sous le porche de l'édifice. Il portait un haut-de-forme et une sorte de cape, imaginant attirer avec ce déguisement l'attention des rares touristes qui devaient passer par là à pied. Le pauvre ignorait sans doute que depuis le succès de la série *Lupin* avec Omar Sy nombreux étaient ceux qui se baladaient en ville ou sur la plage dans cet accoutrement.

— Bonjour, mademoiselle, je peux vous aider ?

Il tendit à Paule un prospectus où figuraient quelques vues jaunies de la station balnéaire. Elle pensa à ces images de plats dans les restaurants chinois où les aliments ont tous la même couleur. Le dépliant se terminait par un itinéraire plein de signes cabalistiques. Le grand tour Maurice Leblanc paraissait le plus intéressant car il se terminait par une crêpe à l'andouillette et une bolée de cidre doux.

— Je propose des promenades à thèmes pour mieux découvrir la richesse de l'histoire et de la culture étretataise, ses secrets et ses légendes. Vous connaissiez la région avant ?

Paule opina de la tête.

— Est-il possible d'entrer dans le temple ? Je ne l'ai jamais vu que fermé, demanda Paule.

— Entrez, je vous en prie, dit le jeune homme, enchanté.

La nef était sobre, avec sa croix nue et sa bible ouverte comme il se doit pour des tutoyeurs de Dieu. À l'exception des vitraux de chaque côté, on remarquait deux grandes plaques dédiées aux familles bienfaitrices, Schlumberger et Bracot. Paule eut une inspiration et revint sur ses pas.

À l'entrée de l'édifice était posé un gros registre. Elle l'ouvrit et commença sa lecture par des commentaires très touchants écrits par des protestants américains découvrant le lieu. Puis des réflexions de fidèles, dont certaines d'Hippolyte Bracot, qui recommandait des passages de la Bible en expliquant longuement ses choix. Elle prit soigneusement les pages en photo.

— Vous aimez l'endroit ? s'enquit le jeune homme.

— Comment serais-je insensible à ce temple où André Gide s'est marié avec sa cousine Madeleine ? répondit Paule dans un sourire.

— Gide ? répéta Lupin junior, qui devait entendre le nom de l'écrivain pour la première fois.

Paule leva un sourcil désapprobateur.

— Vous n'avez rien lu de lui ?

Il secoua la tête, haussa les épaules.

— On ne peut quand même pas tout connaître…

Paule, qui s'apprêtait à se fendre de quelques conseils de lecture, se ravisa. À quoi bon ?

Sec sur Gide, le guide amateur était, en revanche, intarissable sur l'effacement, deux ans auparavant, de la lettre *D*. Une lettre que le créateur d'Arsène Lupin, Maurice Leblanc, avait fait graver sur une des parois de la Chambre des Demoiselles pour étayer l'idée qu'un passage secret existait, conduisant jusqu'à l'Aiguille creuse et livrant le trésor des rois de France. Cette disparition avait provoqué un vent de panique à Étretat et pas mal de divagations ésotériques.

— C'est quand on ignore où l'on va que l'on croit qu'un au-delà mystérieux nous fait signe, pérora le jeune homme.

Il se vanta d'avoir été dans le groupe des lupinologues qui avaient retracé la lettre envolée. Il l'avait poncée durant des heures afin d'imiter la patine du temps.

Soudain, Paule eut une fulgurance :

— Vous avez un crayon ? demanda-t-elle.

Il lui tendit un morceau de Bic transparent mâchouillé. Paule le prit et instinctivement l'essuya sur son pantalon avant de faire un gribouillis sur le prospectus. Deux *D* dont l'un était inversé avec, dessous, un infini, le tout enserré dans un cercle avec des rayons. Elle était devenue assez bonne pour dessiner le disque abdominal orné de la Cyclocosmia.

— Connaîtriez-vous ce signe, par hasard ?

Le jeune homme regarda longuement le dessin en fronçant les sourcils.

— Il me semble, oui…

— Il vous semble, ou vous êtes sûr ? demanda doucement Paule, de crainte de le braquer.

— Je regarde souvent les petites annonces du *Courrier cauchois*. Il y a toujours des anecdotes qui peuvent nourrir mes lupinades. Les clients en sont friands.

— Et donc ?

— J'ai remarqué ce signe parce qu'il m'a fait penser à une écriture antique ou ésotérique. J'adore. Il est toujours représenté dans ces annonces sous cette forme dessinée et accompagné de la phrase « Besoin d'aide ? Nous pouvons résoudre vos problèmes ! », suivie d'un numéro de téléphone.

— Ce numéro, vous l'avez noté quelque part ?

Il rit de bon cœur.

— Bien sûr que non ! Vous me voyez relever tout ce que je lis ?

Il se tapota le front avec un doigt.

— Je laisse ça là-dedans et j'attends que ça se décante…

Tout excitée, Paule le remercia et lui souhaita bon courage en lui promettant de faire le meilleur usage possible de son prospectus.

Quittant la rue Guy-de-Maupassant, elle s'engagea sur un petit chemin qui serpentait entre des haies derrière lesquelles elle devinait des maisons récentes d'architecture francilienne.

Puis elle traversa des jardins de pêcheurs en essayant de deviner les légumes qui y poussaient. Elle ne reconnut que des gros choux violacés qui lui parurent impropres à la consommation. Sur chacune de ces parcelles étroites se tenait un cabanon dans lequel étaient entreposés quelques outils de jardinage et surtout des caisses et des caisses de bouteilles vides. L'activité principale des jardiniers n'était sans doute pas de planter des choux. C'était là leur dernier refuge pour boire en toute tranquillité, à l'écart des foudres de leur matrone.

Au 13 de la rue Adam, la chaumière était là, qui l'attendait. Alors qu'elle s'apprêtait à entrer dans le jardin, des pommes tombèrent à ses pieds et roulèrent jusqu'à la clôture. Ce mini-événement parut à Paule un excellent augure au moment de visiter les lieux.

On ne lui avait pas menti. La demeure était bien l'archétype de la maison normande à colombages. Le chaume du toit paraissait en parfait état. Les pans de bois avaient la couleur d'une barre de chocolat et les murs en torchis du beurre frais.

Il y avait là matière à quelques belles images. Elle se voyait déjà en future architecte d'intérieur transformant cette demeure en modèle pour un magazine haut de gamme, style *Côté Normand*, avec traduction anglaise. Une de ces revues destinées à orner une table basse coffre rustique munie d'une ferronnerie scandinave pleine de griffes et de crocs.

Elle sourit et leva les yeux au ciel. Parfois, elle arrivait à s'étonner elle-même.

Paule remonta une allée serpentant dans une pelouse où l'herbe paraissait si tendre qu'elle eut envie d'enlever ses chaussures. Mais elle fut stoppée dans son élan par une jeune femme blonde aux racines noires qui sortit de la maison et vint à sa rencontre après avoir claqué la porte comme un bûcheron canadien rentrant chez lui après six mois de coupe d'arbres dans le Grand Nord. Elle tenait à la main un sac cabas Louis Vuitton et était vêtue d'un tailleur dont la couleur rouge faisait grincer les dents. À ses oreilles pendaient deux grands anneaux sur lesquels s'agitaient deux petites perruches en bois. Elle avait fait un usage excessif du crayon à sourcils.

— Bonjour, votre agence m'a contactée tout à l'heure, je suis Paule Nirsen.

— Alors c'est vous qui avez fait sauter le casino d'Étretat ? attaqua la femme d'entrée de jeu en la dévisageant de la tête aux pieds.

Paule lui rendit son regard en écartant ses cheveux collés par la pluie.

Ce n'était visiblement pas l'idée que la femme se faisait d'une gagnante et ça tombait bien, car ce n'était pas non plus l'idée qu'elle se faisait d'une agente immobilière pour ce type de bien.

Lorsqu'elle était entrée dans l'agence Immo Doux-Côte d'Albâtre, elle avait eu affaire à une petite dame à chignon gris, aimable et délicate, qui avait utilisé maintes circonvolutions syntaxiques pour connaître la situation financière de la future acheteuse. Mais là, Paule se trouvait face à… elle chercha ses mots et ce fut celui de « ribaude » qui lui vint naturellement à l'esprit.

On est chartiste ou on ne l'est pas.

— On va commencer par faire le tour du jardin. Il est de la bonne taille et ne vous posera pas de problème si vous n'avez pas la main verte ou si vous êtes trop paresseuse ou trop parisienne pour l'entretenir…

Paule préféra ne pas relever. Loin de lui donner de l'assurance, le fait d'avoir touché le jackpot l'inhibait. Elle se sentait presque honteuse de posséder une telle somme sur son compte en banque.

La femme en rouge récita sa leçon, à laquelle il était évident qu'elle ne comprenait pas grand-chose, en se tournant vers la chaumière :

— Ce type de demeure était celui que choisissaient les paysans au Moyen Âge parce qu'elle était simple à construire autour de grosses poutres. Vous avez ici du bois et du chaume mais les autres matériaux utilisés pour la construction sont l'argile, le bois, des céréales et des pierres. Il s'agit de produits locaux facilement disponibles et très bon marché car ils…

— Et si nous visitions la maison ? l'interrompit Paule.

L'agente immobilière lui fit signe d'entrer. Une semi-obscurité régnait dans la pièce principale au plafond cathédrale. Probablement pour cacher l'état des meubles. La commode à l'entrée était revêtue d'une fine couche de poussière et l'âtre de la cheminée, noir de suie, était aussi accueillant qu'un tombeau punique. La chaumière ne devait pas être habitée ni visitée depuis des lustres. Un vrai petit paradis pour les araignées. Les combles devaient en regorger. Cette perspective la fit frissonner.

— Vous avez l'air d'être pressée, lui dit l'agente immobilière. Rassurez-vous. Nous allons faire vite.

En un éclair, un homme se plaqua derrière Paule et lui porta une clef au bras.

Elle poussa un cri de douleur et de rage et tenta de se dégager pour envoyer son mollet dans l'entrejambe de l'agresseur, qui avait prévu le coup en se plaçant légèrement de profil. En réponse, il accentua sa prise en lui remontant le coude et, cette fois, Paule hurla.

La femme en rouge, qui avait gardé une bonne distance, avait sorti de son sac un pistolet et le braquait maintenant sur Paule. Elle abandonna le vouvoiement :

— Je te déconseille tes petits numéros de boxeuse. Tu t'arrêtes de suite ou je commence par t'exploser les deux genoux.

Paule ne vit pas que l'homme plaqué contre elle avait à la main une seringue qu'il approchait de son cou.

— Tu vas être heureuse, ma petite. Nous allons t'offrir ce que tu es venue chercher à Étretat. Et tu peux être tranquille : nous, on va pas te rater !

Paule sentit une aiguille se planter près de sa carotide puis un liquide glacé pénétrer dans son cou. Elle voulut crier, mais aucun son ne sortit de sa bouche. Ses yeux se voilèrent et elle se sentit tomber dans un abîme sans fond.

# 25

Guillaume avait reçu Lydie pour lui demander de rendre les clefs et lui signifier que, pour le moment, il lui serait difficile de continuer à travailler pour la brigade. Étrangement, la femme de ménage avait pris la nouvelle sans s'indigner. On aurait même pu croire qu'elle était soulagée. Il est vrai qu'en lui donnant son congé Guillaume lui avait dit qu'elle recevrait trois mois de salaire en compensation.

Pour ses deux fils, Ange et Dewitt, qui avaient été entendus une heure plus tard, cela avait été une tout autre paire de manches. Ils étaient arrivés en même temps vêtus de vestes en cuir noires parfaitement similaires. Accueillis tout d'abord par Lucas, ils avaient été entendus séparément puis ensemble. Leur mutisme était juste effrayant. Ils n'acceptaient de répondre que par monosyllabes et regardaient les enquêteurs avec l'air buté de chasseurs néandertaliens tombés dans un poste de gendarmerie par une faille spatio-temporelle.

Au bout d'une heure, Guillaume, qui s'était joint à son équipier, conclut qu'ils n'en tireraient rien et pourtant il avait l'intuition que les frères savaient ce qui s'était passé le soir du concert. Ils n'avaient même pas tenté de nier. Ils se sentaient forts. Ils appartenaient au clan Vatinel et refusaient de sortir de cette vérité primitive.

Guillaume s'apprêtait à abandonner lorsqu'un gendarme déposa devant lui une courte note de la Direction générale de la sécurité intérieure.

— Regardez, chef, cela va peut-être vous intéresser.

En lisant la note, Guillaume découvrit que toute la fratrie appartenait au Parti ouvrier d'unité prolétarienne, un groupuscule né d'une scission de la LIT-QI (la Ligue internationale des travailleurs – IV$^{e}$ Internationale), très présente au Brésil, au Mexique et bizarrement en Australie. *Une secte plus qu'un parti,* lisait-on dans la note, *comme cela arrivait parfois au sein des formations trotskistes, où le mariage – institution bourgeoise par excellence – était prohibé. Il ne pouvait y avoir pour leurs adhérents qu'une seule compagne : la révolution.*

Le capitaine décida de réinterroger Castor et Pollux, version guévariste.

— On n'est pas obligés de parler de la nuit du meurtre. On pourrait essayer de parler d'autre chose… Tenez, par exemple, d'où vous vient ce fric pour rouler dans des bagnoles pareilles ? Comment vous conciliez ça avec votre engagement militant ?

— On n'est pas obligés de parler du tout, grinça Dewitt.

— Vous jouez aux durs, mais avez-vous seulement conscience que vous êtes dans de sales draps ?

— On est dans de sales draps depuis notre naissance, ricana Ange.

— Que voulez-vous dire ?

C'était la bonne question. Le barrage du mutisme clanique céda, laissant se déverser un torrent de paroles débouchant sur un discours qui paraissait déjà bien rodé :

— Ne faites pas comme si vous ne saviez pas que vous êtes le bras armé de ces gens qui vivent deux mois par an dans des villas de luxe sur les hauteurs pendant que nous, on nous confine dans des maisons froides et humides ! Qu'est-ce qui a changé depuis un siècle, quand nos ancêtres ont été colonisés par ces riches qui voulaient se baigner dans une eau qui était notre gagne-pain ? Rien. Cette bourgeoisie à la con s'est toujours cru tout permis à Étretat avec ses rituels ridicules qu'elle nous a imposés comme si nous étions ses valets.

Ange avait l'écume aux lèvres. Les veines de son cou étaient gonflées.

— Qu'est-ce qu'on s'en fout que Tartemuche ou Tartemolle ait vécu ici quand on continue à avoir les deux pieds dans la merde ? Qui écope quand la mer passe par-dessus les digues ? Nous. Qui écope aussi quand des flots de touristes occupent nos rues et repartent en laissant des tonnes de déchets plastiques ? Encore nous. Qui est esclave de ces écrivains à deux balles, de ces golfeurs snobs comme des pots de chambre et de ces films ou de ces séries françaises ridicules qui paralysent la vie des salariés locaux pour deux pauvres plans sur les falaises ? Toujours nous. Et évidemment, dès qu'il y a un suspect à trouver, c'est sur nous que ça tombe !... Pourquoi se gêner ?

Après une telle diatribe, ce fut au tour de Guillaume de rester muet.

Ce qui passait à travers ces paroles, ce n'était pas seulement les revendications partisanes des frères Vatinel, mais la traduction de la rage sourde transmise de génération en génération d'Étretatais. Il avait entendu autrefois son père, pourtant gendarme, tenir des propos similaires. À l'époque, sa mère l'avait convaincu qu'il s'agissait des jérémiades d'un raté. Mais Guillaume était profondément troublé d'entendre, exprimé avec une telle violence, ce discours de lutte des classes à la mode cauchoise.

Il n'avait aucun élément lui permettant de garder au frais ces deux représentants de la fratrie rebelle. Et certainement pas le délit d'opinion. De plus, il pouvait à tout moment voir débarquer l'équipe de la Crime. Il avait envoyé le gendarme Lucas les chercher à Bréauté et il n'était pas utile qu'en débarquant ils commencent à mettre le souk dans cette enquête qui donnait déjà l'impression de partir dans tous les sens. Lui et ses hommes risquaient de passer pour des rigolos.

Guillaume s'irritait de devoir leur réserver le meilleur accueil possible et cet énervement était renforcé par le fait qu'il ne comprenait pas pourquoi Paule n'était toujours pas revenue. Il avait bien ressenti une tension entre eux et il aurait juste voulu en connaître la raison. Au lieu de quoi, elle avait reçu un coup de fil de l'agence lui proposant un bien à visiter et elle avait accepté de s'y rendre. Comme si c'était une urgence absolue !

Il n'aimait pas qu'elle le laisse ainsi sans nouvelles alors qu'il faisait tout pour l'associer à l'enquête. Il avait essayé de la joindre plusieurs fois, était tombé à chaque fois sur son répondeur. Soit elle ne captait pas ses appels, soit elle était sur mode avion, ce qui était le plus probable car Paule entretenait des rapports bizarres avec son portable.

Guillaume contacta l'agence où ils s'étaient tous deux rendus. Après de nombreux essais infructueux qui ne firent qu'augmenter sa colère, une voix essoufflée et chevrotante lui répondit. C'était la vieille dame qui les avait accueillis en imaginant au départ qu'ils étaient un couple et qui avait posé une foule de questions que Guillaume avait jugées indiscrètes.

La femme fut surprise quand le capitaine évoqua le coup de fil de l'agence. Elle était seule depuis le début de la matinée et aucun de ses collègues ne lui avait parlé d'une maison à faire visiter à Mme Nirsen. Devant l'insistance du capitaine, elle promit d'appeler les deux autres personnes travaillant à l'agence.

Moins de cinq minutes plus tard, le portable de Guillaume sonnait. La vieille dame était affirmative : l'agence n'avait pas contacté Paule et, d'ailleurs, aucun bien n'avait été rentré depuis une semaine.

Le capitaine raccrocha. En une seconde, sa colère s'était transformée en peur. Il était forcément arrivé quelque chose à Paule. S'il lui arrivait malheur, il ne se le pardonnerait jamais.

Il réessaya de l'appeler une dernière fois. Pas de réponse.

— Il faut retrouver Paule ! lança Guillaume. Elle a disparu. On lui a tendu un piège et j'ai toutes les raisons de penser qu'il s'agit des meurtriers que nous traquons. Vite, une idée ?

— La falaise, répondit aussitôt Gerber.

— La… falaise ? répéta Guillaume, qui n'avait pas envie de comprendre.

— Ben oui, dit l'adjudant-chef, elle a peut-être décidé à nouveau de sauter. Cela arrive parfois…

Le capitaine voulut répondre que cette idée était idiote mais considéra qu'à tout prendre il était préférable de bouger. Rester à attendre dans la gendarmerie ne donnerait rien de bon.

# 26

Paule était vivante – la tête martelée par une migraine atroce et le dos meurtri par les galets sur lesquels elle était allongée… mais vivante. Tout était noir autour d'elle. Si noir qu'elle ne savait même plus si elle voyait encore. Humide, aussi. Et sentant le varech décomposé. Elle essaya de se dresser, retomba. Ses membres ne lui répondaient pas.

Elle avait l'impression qu'on lui pelait l'intérieur du crâne avec un économe mais son esprit parvint cependant à reprendre le dessus.

Sa première réaction fut de se demander ce qu'on lui avait injecté.

Du bout des doigts, elle toucha à sa droite une paroi. De la pierre ? De la roche ? Même sensation à gauche. Son bras retomba lourdement sur le sol.

C'est à ce moment-là qu'elle entendit la mer. Lui vint en même temps l'impression de baigner dans de l'eau glacée. Et c'était bien de l'eau glacée. La marée. Elle était coincée quelque part sous la falaise, vraisemblablement dans un boyau, et l'eau montait.

Ses agresseurs ne l'avaient pas ligotée. Pas besoin. Incapable de bouger, elle allait se noyer et serait ensuite attirée vers le large. On retrouverait son corps en décomposition après un long séjour en mer. Et sans doute conclurait-on à un suicide. Un de plus.

Mourir de cette manière ? Jamais !

Dix fois, vingt fois, Paule essaya de rouler sur le côté. Son corps n'obéissait pas. Elle ne parvenait même plus à renouveler son exploit de toucher la paroi. Ses muscles étaient comme paralysés.

Elle imagina un instant pouvoir flotter quand la marée serait assez haute. Enfant, elle avait appris à faire la planche en se tenant à la surface à la manière d'une étoile de mer en dépit des vagues.

Mais comment rendre ses membres plus légers quand ceux-ci étaient devenus inertes ? Comment faire avec le poids de ses vêtements et ce froid glacial qui la gagnait ?

— Ma pauvre fille, tu es foutue.

Pour d'autres, la noyade n'était pas une fin plus horrible que se fracasser la tête contre les rochers. Mais ne pas pouvoir choisir sa mort lui était intolérable. Elle répétait en mantra : « Pas ici, pas comme ça, c'est à moi de choisir quand et comment… »

Elle pouvait battre des paupières et ouvrir la bouche.

Elle cria et fit entendre un son qui n'avait rien d'humain, un cri sauvage, guttural. Et elle se rendit compte que c'était le cri de Rose, cette nuit-là, au bord de la falaise.

Un appel lui répondit. Une voix d'homme, qui se rapprochait. La personne devait se trouver à l'entrée du boyau. Elle l'entendit s'exclamer d'un ton qui ne cherchait pas à masquer la panique :

— Y a quelqu'un ? À l'aide ! Au secours ! Par pitié !

Elle cria à nouveau, le plus fort qu'elle put. Ce qui eut pour effet de mettre l'homme en colère :

— Vous voulez me faire peur ? Vous croyez que c'est le moment ou l'endroit ?

La voix se rapprochait. Il entrait dans le boyau et buta contre les pieds de Paule.

Il poussa un hurlement de frayeur en prenant conscience qu'il y avait un corps allongé devant lui. Il tâtonna dans l'obscurité avant de se rappeler qu'il pouvait utiliser la lumière de son portable.

Il vit alors Paule, la bouche ouverte, les bras le long du corps, raide et blanche comme un cadavre. Seuls ses cils bougeaient.

Il s'agenouilla près d'elle et la prit par les épaules pour la soulever, mais Paule ne réagit pas et sa tête retomba en arrière.

Au bout de quelques secondes, elle retrouva suffisamment de forces pour s'agripper aux avant-bras de l'homme. Ses mains étaient devenues des serres de rapace.

— Ne bougez pas. Laissez-moi faire…

Il la tira doucement sur le sol par des petits mouvements saccadés, aidé par les galets qui lui permettaient de faire glisser le corps. Au bout de longues minutes, il parvint à la sortir complètement du boyau dans lequel ses agresseurs l'avaient enfoncée.

Paule cligna des yeux et reconnut son sauveteur à sa coupe mulet.

Le conducteur sans-gêne qui avait provoqué l'intervention de la police municipale. Comment s'appelait-il, déjà ?... Ryan. Oui, c'était bien lui, mais sans sa tribu. Lui ne l'avait pas reconnue. Il tournait autour d'elle et n'arrêtait pas de parler en la prenant à témoin :

— Je ne comprends pas. On vante les secours, mais j'ai appelé plusieurs fois depuis une heure et toujours rien. C'est avec nos impôts qu'on les paie, et quand il y a besoin d'eux, comme par hasard, ils sont aux abonnés absents... Ma femme doit être morte d'inquiétude...

Paule ne pouvait pas répondre. Elle pouvait juste émettre un gémissement que Ryan interprétait comme un encouragement à poursuivre.

Ce qu'il fit en se demandant tout haut s'il n'allait pas attaquer la municipalité en justice pour le stress occasionné.

Paule n'écoutait plus son sauveur. Elle avait une idée très claire de l'endroit où elle se trouvait : à l'entrée du Trou à l'Homme. Comme elle l'avait pensé, on avait prévu de la laisser se noyer dans ce boyau, d'où son corps aurait été emporté par les flots. L'idée était diabolique dans sa simplicité. Qui aurait pu mettre en doute qu'elle avait tenté une nouvelle fois de se suicider ? Heureusement, Ryan avait eu l'idée pour le moins saugrenue de traverser la falaise juste avant la marée haute.

Elle bénit les touristes qui enfreignaient les mises en garde au risque de se faire surprendre.

Si elle avait pu, elle se serait levée et se serait jetée au cou de cet homme pour le remercier.

C'est à ce stade de ses réflexions que deux voix retentirent, venant de la mer. Des secouristes habillés en hommes-grenouilles. Ils avaient opté pour un sauvetage en canot pneumatique plutôt que par hélicoptère, ce qui aurait coûté une petite fortune à la municipalité.

Ils avaient l'habitude de ce type d'opération car, en un temps record, Paule et Ryan furent revêtus de brassards gonflables et de protections leur couvrant le cou et les épaules. L'un des secouristes guida Ryan dans la descente jusqu'au canot pneumatique qui attendait, ballotté par des vagues hautes mais régulières, tandis que l'autre arrimait Paule sur son dos avec des sangles.

Des deux rescapés, ce fut Ryan qui posa le plus de problèmes car il s'accrochait à la fois aux rochers et à son sauveteur en piaillant telle une oie du Capitole. En raison de cette attitude, le canot dut renouveler la manœuvre et se rapprocher à trois reprises du bord. N'y tenant plus, le secouriste saisit Ryan dans une prise de l'ours et se jeta avec lui dans l'embarcation comme s'il s'agissait d'un ring de catch, ce qui faillit la faire chavirer.

Deux minutes plus tard, Paule et son sauveteur les rejoignaient. Et ce fut à ce moment que la jeune femme épuisée perdit à nouveau conscience. Elle ne sut rien de l'arrivée difficile sur les galets, le canot ne réussissant enfin à accoster qu'en surfant sur une énorme vague. Elle ne vit pas non plus les hommes qui se pressaient autour d'eux pour les empêcher d'être repris par la mer, ni, au premier rang, Guillaume, qui dirigeait la manœuvre avec précision.

Le capitaine la souleva et la porta sans effort jusqu'à la digue. Enfin et surtout, Paule ne vit pas le spectacle de l'arrivée de la femme de Ryan, suivie de ses enfants, qui accueillit son époux d'une manière bien plus démonstrative que Pénélope au retour d'Ulysse.

— Ryan, mon héros ! cria-t-elle. Tu as vaincu les éléments déchaînés ! Tu es tellement fort ! Regardez votre père, les enfants, c'est Aquaman !

# 27

Qu'est-ce que je fais ici ?…

Paule était couchée sur un lit dans une chemise de nuit d'hôpital vert pâle. Par la porte ouverte, elle reconnut la salle d'attente de la clinique vétérinaire de Criquetot-l'Esneval. Elle y avait souvent accompagné sa grand-mère pour y faire soigner son malinois. Vingt ans après, les mêmes photos de chiens et de chats étaient toujours accrochées au mur.

Pivotant pour poser ses pieds par terre, elle crut pouvoir sortir du lit mais s'écroula par terre en emportant sa perfusion dans sa chute.

Deux jeunes hommes entrèrent dans la pièce pour la saisir chacun par un bras et la remettre sans grand ménagement dans le lit médicalisé.

— Restez tranquille, ordonna l'un d'eux, un brun à taches de rousseur qui portait une blouse blanche.

Il posa un bout de fesse sur son lit et lui saisit le poignet pour lui prendre le pouls.

— Vous n'êtes pas encore en état de courir un 110 mètres haies.

— Quelle heure est-il ?

— Vous avez été amenée ici car vous étiez en état de choc.

Ils l'observèrent en plissant les yeux. Paule eut le sentiment désagréable qu'elle passait un test d'évaluation.

L'autre homme, aussi large que haut, se campa bien sur ses deux jambes et lui parla comme s'il faisait un rapport :

— Je me présente, je suis le lieutenant Yannick Mosin, de la police. Nous sommes venus avec la commandante Madeleine Dunod afin d'enquêter sur le double assassinat découvert dans la salle Adolphe-Boissaye à Étretat. Il y a eu rapprochement des dossiers. Le juge nous a confié l'affaire car il a relevé des similitudes avec un crime qui a mobilisé nos services il y a une vingtaine d'années. Même mode opératoire, même profil des victimes…

— D'accord, mais pourquoi suis-je soignée dans une clinique vétérinaire ?

— Jean Plenec est de la police scientifique, il va vous expliquer.

Il se tourna vers le jeune homme brun. Ce dernier sourit et fit un petit signe de la main. Avant de prendre le relais, il se dirigea vers une carafe et remplit un verre qu'il tendit à Paule. Elle le vida d'un trait.

— Je suis toxicologue et ma… « spécialité », si je peux m'exprimer ainsi, est la recherche de venin. Il faut que vous sachiez que l'état dans lequel vous étiez ces dernières heures ne laisse aucun doute. Vous avez été empoisonnée par du venin d'araignée. Seulement, pour parvenir à une telle paralysie musculaire, il faudrait que l'araignée ait eu la taille… d'un très gros chien, dit Plenec en écartant les bras avec un sourire malicieux.

C'était la raison pour laquelle Paule se trouvait ici. La clinique vétérinaire possédait suffisamment d'antivenin et se trouvait la plus proche du lieu où elle avait été retrouvée. L'antidote devait être administré moins de trente-six heures après la morsure. Mais il n'avait été décelé précisément aucune trace de morsure, aucun gonflement ni rougeur sur le corps de Paule.

— Pouvez-vous nous raconter comment vous vous êtes retrouvée sous la falaise avec une telle dose de venin dans le sang ?

Paule avait la tête qui tournait.

— Où est le capitaine Lassire ? Je voudrais lui parler.

À une vitesse accélérée, elle fit marcher son cerveau et fit le tri dans les derniers éléments en décidant qu'elle ne parlerait que de ce qui concernait les araignées. Elle expliqua dans les détails le piège dans lequel elle était tombée.

— Vous pourriez reconnaître vos agresseurs ? demanda le lieutenant Mosin.

— La fausse agente immobilière, sans problème. Un tel degré de vulgarité, c'est difficile à oublier ! Par contre, le lâche qui m'a attaquée par-derrière et m'a injecté cette saloperie de venin, je ne l'ai pas vu…

Elle ne voulait pas raconter la première agression dont elle avait été l'objet dans la ruelle.

— Il devait être plutôt mince et de grande taille, s'empressa-t-elle d'ajouter.

Les policiers haussèrent les épaules. Ce signalement ne les aidait pas franchement. Le lieutenant se contenta de lui demander l'adresse de l'endroit où s'était déroulé l'enlèvement.

Après l'avoir notée, il se leva et quitta la pièce sans un mot, laissant Paule en compagnie de Jean.

Elle demanda si elle pouvait se rhabiller. Sans ciller et avec le sourire, il lui rapporta ses vêtements, qui étaient secs, et sortit de la chambre. Paule parvint tant bien que mal à garder son équilibre lorsqu'elle les enfila, puis se dirigea vers une glace pour se rassurer. Son visage ne laissait apparaître aucune trace de ce qu'elle avait vécu. À croire qu'elle avait peut-être tout rêvé. Elle observa son cou avec minutie et de fait n'y vit aucune marque.

— Ne vous inquiétez pas, votre allure générale ne va pas être modifiée, lui lança Jean, nonchalamment appuyé à l'encadrement de la porte. Vous n'allez pas sentir éclore en vous des œufs d'araignée dans les vingt-quatre heures. D'ailleurs ces bêtes-là ne déposent pas leurs œufs dans des plaies humaines. Elles n'introduisent pas leur progéniture bien au chaud sous notre peau. Ce sont des légendes urbaines ! En revanche, avec la dose que l'on vous a administrée, vous risquez une crise d'allergie post-venin pouvant aller jusqu'à l'œdème de Quincke…

— Charmant !

Il la dévisagea de bas en haut puis de haut en bas. Et cette fois, ce n'était pas un regard médical. Paule sentit qu'il la trouvait tout à fait à son goût, ce qu'elle apprécia dans les circonstances présentes.

— Et maintenant ? s'enquit-elle. Serait-il possible de me ramener à la gendarmerie ?

Le policier acquiesça. Il quitta sa blouse blanche pour enfiler un pull.

Prétextant qu'il venait juste de louer la voiture, il conduisait à la vitesse d'un escargot, ce qui ne déplut pas à Paule, qui commençait à se lasser de la conduite de pilote de Formule 1 de Guillaume sur les routes cauchoises.

Il s'arrêta devant la gendarmerie, sortit pour lui ouvrir la portière. Il marqua un temps d'arrêt devant l'entrée des bâtiments de la brigade. Paule marcha sans hésiter et sonna. Jean ne la suivit pas.

— Vous restez là ? s'étonna-t-elle non sans un brin d'ironie en se retournant vers le policier.

— L'enquête ne fait que commencer, nous avons des tonnes de données à examiner. Prenez soin de vous, dit-il en s'approchant pour lui tendre sa carte de visite. Appelez-moi si vous avez le moindre doute sur votre état ou besoin de quoi que ce soit, n'hésitez pas. Faute de place dans les hôtels, Yannick et moi, nous sommes obligés de loger chez l'habitant. Je me trouve juste à deux rues de la gendarmerie.

Paule se dit que la drague était un peu lourde… mais que ça faisait un bien fou !

# 28

Lorsque Paule entra dans la gendarmerie, elle se crut à l'intérieur d'une ruche, avec l'odeur du café en plus.

En la voyant, Guillaume se précipita vers elle et la serra très fort contre lui. Ils restèrent ainsi un moment jusqu'à ce qu'un toussotement leur fît reprendre conscience du lieu où ils se trouvaient. Le bruit émanait d'un petit homme, chauve et plutôt rondouillet, les moustaches en forme de guidon de vélo.

Adelbert de Cernin, l'illustre chartiste annoncé par Paule, portait avec sa veste de tweed vert un pantalon de golf Campbell Cooper. Partant du principe que les « locaux » ne vivaient qu'en fonction du golf de dix-huit trous créé à Étretat par Bernard Forbes, huitième comte de Granard, il avait estimé que c'était là la meilleure manière de se fondre dans la population locale.

Guillaume se souvint du discours politique d'un des frères Vatinel.

Adelbert s'avança en majesté.

— Paule. Je me suis fait beaucoup de souci pour toi. Heureusement, ton… ami (il désigna Guillaume avec un sourire de connivence) m'a rassuré sur ton état et je me suis aussitôt mis au travail. J'avoue que je n'ai pas chômé, si tu veux bien me passer l'expression.

D'un mouvement théâtral, Adelbert désigna des photocopies de textes sur lesquelles certaines phrases étaient soulignées en rouge avec des commentaires rageurs dans les marges. Il s'éclaircit la gorge avant de faire part de ses découvertes. Un des gendarmes lui tendit un thé venu tout droit du Palais des Thés.

Il le remercia d'un petit mouvement de menton et but le délicat breuvage par petites gorgées. Puis il s'éclaircit la voix, bomba le torse et toisa son auditoire comme lorsqu'il entrait dans l'amphithéâtre Jean-Favier.

— Messieurs, tout est là. Nous avons, depuis sept ans, douze lettres d'adieu falsifiées. Je dis bien douze. Je répète et souligne : non pas une ou deux mais bien douze. Le chiffre est énorme si on réfléchit à ce que cela signifie. Ce sont douze lettres, avec celle d'Hippolyte Bracot, qui font plus que conforter votre hypothèse de départ…

La rencontre entre Adelbert et la famille du dernier suicidé s'était si bien passée que cette dernière lui avait même remis un texte original. Le riche industriel avait recopié les éléments d'un script imaginant une histoire d'amour entre Maupassant et un jeune pêcheur interprété par Xavier Dolan. Le titre, *Sans filet*, avait déjà été, semble-t-il, adopté, non sans provoquer quelques grincements de dents de ses associés. La famille Bracot lui avait aussi fait visiter le château et il était évident à l'entendre que Cernin se jugeait plus légitime à en être le propriétaire que ses actuels occupants.

— Désormais, c'est une certitude, poursuivit Adelbert, une personne – et je suspecte qu'il s'agit du même individu – a produit de fausses lettres de suicide que l'on a trouvées dans des hôtels, des voitures et parfois même sur les cadavres eux-mêmes, chaque fois dans un sac plastifié hermétique si j'en juge par les procès-verbaux sur cette table. Je passerai volontiers sur les erreurs graphiques qui m'ont fait parfois penser à un enfant de dix ans tentant d'imiter la signature de sa mère sur son carnet scolaire. Car ce qui m'a le plus intrigué, voyez-vous, ce sont les tournures syntaxiques, qui tendraient à prouver que le faussaire a été ou est toujours en contact avec des locuteurs germanophones. Il me reste encore un ou deux points à vérifier, mais le doute n'est plus permis.

— La place parfois du verbe, j'imagine… intervint Paule, se souvenant de la lettre d'adieu de Rose Forestier.

Adelbert esquissa un début de ce qui pouvait ressembler à une révérence afin de saluer la remarque de sa collègue.

— Est-ce que cela veut dire qu'il va falloir dresser la liste de tous les Étretatais qui parlent allemand ? commença à s'inquiéter Gerber.

— Cela veut dire, surtout, intervint Guillaume, qu'une ou des personnes ont utilisé la vogue des suicides à Étretat pour masquer des séries de crimes. Comment le ou les criminels procèdent-ils ? Nous n'en avons aucune idée, pas plus que du rôle des araignées dans ce joyeux bordel…

— Je crois avoir les éléments pour répondre à ces dernières questions, dit Paule.

# 29

Sans se soucier de la pression qui pesait sur ses épaules, Paule se leva et se dirigea vers un mur où figurait un grand tableau blanc sur lequel les gendarmes s'amusaient à écrire le dicton du jour, du type de ceux qui figuraient sur les cendriers en grès vendus par les commerçants étretatais. Elle passa la brosse avec énergie, telle la maîtresse qui efface une plaisanterie douteuse de ses élèves.

— Lucas, tu peux arrêter de regarder mes fesses, s'il te plaît ? fit-elle.

Toute la brigade rit. Adelbert de Cernin rosit. Paule savait que cette petite phrase allait détendre son auditoire et donc le rendre plus malléable et attentif à ce qui allait suivre.

Elle disposa sur le tableau des photos des protagonistes de l'affaire, saisit un feutre et commença à écrire en deux colonnes distinctes. Au-dessus de celle de gauche était écrit *Falaises* et sur celle de droite *Araignée*. Paule s'appliquait à n'oublier aucun fait, aucun acteur, car s'il y avait bien une chose dont elle avait horreur dans les romans policiers qu'elle avait lus, c'était le sentiment qui la traversait parfois que la pelote de l'intrigue était encore plus emmêlée après l'explication finale.

Elle fit deux pas en arrière avant de se retourner.

— Résumons. Nous avons donc douze meurtres possibles. Comment les victimes ont-elles été poussées vivantes dans le vide ? Quand une expertise est conduite, elle vise en premier à s'assurer qu'il n'y a sur les corps ni marques, ni traces de coups ou d'étranglement. Il faut s'assurer que la victime ne s'est pas débattue avant de s'écraser au bas de la falaise.

— Jusque-là, ironisa Gerber, on arrive à suivre.

Paule ne se laissa pas déstabiliser.

— Le seul moyen pour les assassins est donc d'empêcher leurs victimes de bouger. Les droguer, les enivrer ? Impossible. Les attacher laisserait des marques suspectes, notamment au niveau des poignets. Elles sont donc à la fois suffisamment neutralisées et conscientes.

La chartiste s'écarta, entoura en rouge le nom *Rose Forestier* et le lia au mot *venin*.

— Et c'est là où nous arrivons à la pauvre Rose. Le fameux soir où j'ai gravi la falaise, j'étais suffisamment proche pour distinguer trois silhouettes au bord de l'abîme mais aussi pour entendre, malgré le bruit de la mer, le cri terrible d'une femme. C'est à ce moment que je me suis enfuie et que les agresseurs m'ont vue dévaler la falaise. En fait, il n'y a pas eu de lutte, ce soir-là, c'est ce que j'ai compris lorsque j'ai été sauvée de la noyade car tout comme Rose j'étais paralysée par une dose massive de venin. Je n'arrivais plus à commander mes muscles mais je pouvais crier. Et quand j'ai poussé ce hurlement, j'ai reconnu le même cri qu'avait poussé Rose, ce cri instinctif de survie.

Guillaume s'approcha du tableau et son doigt se posa sur le nom du dernier suicidé.

— Si je te suis, tu penses que des analyses approfondies révéleraient le même type de venin dans le corps d'Hippolyte Bracot ?

— Oui, lui répondit Paule. Je suis persuadée que les assassins ont le même mode opératoire. Ils injectent leur saloperie dans leur future victime puis ils la portent jusqu'à la falaise en traversant le terrain de golf de nuit…

— Les ordures ! s'exclama Adelbert sans que l'on sache s'il s'indignait du crime ou que les tueurs aient pu abîmer le green.

— L'endroit est identique, poursuivit Paule, ils choisissent la partie de la falaise d'où, dans l'immense majorité des cas, les touristes prennent l'Aiguille creuse en photo. Astucieux car beaucoup d'accidents y ont lieu.

— J'ai moi-même eu à traiter des cas de fiancés, ou de jeunes mariés, où l'un des deux époux demandait à l'autre de reculer pour pouvoir le photographier avec la meilleure vue panoramique derrière, ajouta Gerber.

Tout content de son intervention, il alla s'asseoir en prenant au passage une crêpe au sucre qui traînait là depuis la veille et qu'il engloutit.

— Donc, résuma Paule, les tueurs balancent leurs victimes dans le vide et laissent les rochers et la mer faire leur travail non sans avoir écrit une lettre d'adieu à leur place.

— Et pourquoi n'avez-vous pas subi un sort identique ? demanda un des gendarmes.

— Parce qu'ils étaient pressés de me faire disparaître. Mon témoignage mettait en péril leur entreprise. De jour, il y a trop de monde sur la falaise, alors ils ont choisi de me noyer *sous* la falaise.

Guillaume rappela que près du Trou à l'Homme il y avait une poignée de personnes qui ramassaient chaque jour des paquets de varech et les mettaient dans d'énormes sacs pour garnir les plateaux de fruits de mer des restaurants. Il pensait que c'était dans un de ces sacs que Paule avait été transportée, au vu et au su de tous. Sûrement le même type de sac qui contenait les corps de Noah et Germain.

Il s'arrêta et regarda le tableau.

— Le mérite de cette présentation est de faire apparaître plusieurs inconnues, telle la raison du double meurtre le soir du concert, commença-t-il. Y aurait-il eu un règlement de comptes entre eux qui aurait conduit les chefs à se débarrasser de leurs complices ? Et si c'est le cas, pourquoi avoir choisi de donner dans le grand-guignolesque alors que, jusqu'à présent, ils ont cherché à travailler dans l'ombre ?

— À moins, suggéra Paule, que l'un et l'autre n'aient été prisonniers depuis le début d'un engrenage qui menaçait de les broyer. Peut-être étaient-ils moins des complices des tueurs que des otages. Peut-être même ont-ils essayé de nous alerter du danger…

— Tu veux dire que ce serait Germain, le réceptionniste de l'hôtel, qui aurait ouvert ta tablette pour que tu voies cette araignée monstrueuse ? Il est vrai que ceux qui te recherchaient voulaient t'éliminer et non te faire peur. On sait maintenant qu'ils ne font pas dans la dentelle pour arriver à leurs fins. Et s'agissant de Noah…

— Il ne s'est pas enfui parce qu'il avait déposé une mygale dans la boîte à gants mais parce qu'il avait peur pour sa vie après avoir obéi à leurs ordres. Il est possible que tous les deux aient confié leurs craintes à une personne…

— À une personne qui ne parlait pas et qu'ils croisaient au quotidien…

— À Lydie, à la Villa Volubilis où ils habitaient.

— Exact.

— Et qui nous a rappelé qu'il y avait un concert avant-hier soir alors que nous avions autre chose à penser…

— Toujours exact. Lydie.

— N'allons pas trop vite en besogne. Nous ne sommes que dans des suppositions. Pour le moment, nous n'avons absolument rien de concret. Mais nous avons d'ores et déjà deux éléments à vérifier, et le plus vite possible car il est clair que les assassins ont plusieurs coups d'avance sur nous et que nous devons désormais compter avec la police.

Un nouveau toussotement se fit entendre. Cette fois-ci, Paule et les gendarmes se tournèrent vers « Monsieur de Cernin », comme l'appelaient ses étudiants.

— Oui, Adelbert ? Vous voulez nous dire quelque chose ?

Le chartiste avait le sens de la mise en scène. Il tourna sa cuillère dans son thé et s'adressa à Gerber :

— N'auriez-vous pas un nuage de lait ?

Ce dernier se dirigea vers le réfrigérateur et en sortit une brique de lait dont il regarda la date de péremption.

— Juste un nuage, répéta Adelbert.

Prévenant, Gerber s'exécuta puis repartit s'asseoir dans son coin.

— Nous vous écoutons, dit Guillaume.

Adelbert avoua qu'il avait fait la rencontre, la veille dans l'après-midi, à l'hôtel Le Donjon, d'une petite dame charmante. Elle nourrissait, comme lui, une passion pour les jardins. Ils avaient longuement papoté comme deux vieilles connaissances dans le parc très bien entretenu qui offrait une vue exceptionnelle sur les falaises.

— Si vous n'avez plus besoin de moi, précisa Adelbert, j'ai même prévu de m'éclipser car elle et moi avons projeté de faire un golf puisque, par miracle, il ne pleut pas et que, par chance, nous avons le même handicap. Pour ceux qui n'auraient pas compris, c'est d'ailleurs la raison pour laquelle je suis venu en tenue de golfeur et non d'enquêteur.

Paule se retint pour ne pas éclater de rire, car elle savait qu'Adelbert de Cernin avait une tenue pour chaque occasion de l'existence. Raison pour laquelle l'expression « voyager léger » lui paraissait un manque total de savoir-vivre.

— De quel handicap vous parlez ? demanda Gerber, inquiet.

Adelbert se tourna aimablement vers lui.

— Le handicap, cher ami, est le nombre qui définit votre potentiel au golf.

L'adjudant-chef lui répondit par un grand sourire et jeta en direction du capitaine Lassire :

— J'aime bien, moi, quand on m'explique sans me prendre de haut !

— Tout cela est extrêmement intéressant, mon cher Adelbert, mais quel est le rapport avec l'enquête, et pourquoi tu nous ralentis alors que Guillaume vient de nous dire que nous devions travailler dans l'urgence ?

— J'avais pensé que le nom de cette femme vous intéresserait, lâcha-t-il du bout des lèvres pour ménager son petit effet. Elle s'appelle Madeleine Dunod mais, entre collègues, vous devez plutôt la nommer « la commandante Dunod », non ?

# 30

— J'ai du mal à comprendre pourquoi vous avez demandé une analyse toxicologique complémentaire pour Hippolyte Bracot…

Depuis que Guillaume était arrivé à la morgue de Fécamp, l'accueil avait été plus glacial que les pièces. Le directeur était une vieille connaissance mais il approchait de la retraite et tout son comportement indiquait qu'il était pressé de fermer ce qu'il appelait lui-même « la boutique ». Aussi Guillaume avait-il été obligé de se déplacer pour le convaincre du bien-fondé de sa requête.

— Est-ce parce que c'est une personne de la haute qu'il faut sortir le grand jeu ?

Plusieurs fois, le directeur avait expliqué que son équipe avait été obligée de déployer des trésors d'ingéniosité pour rendre le corps présentable à la famille. La reconstruction avait duré des heures. Le choc avait été si violent qu'ils avaient retrouvé une partie des intestins dans le haut de la cuisse.

— Et nous sommes censés trouver quoi, déjà, rappelez-moi ? demanda le maître des lieux en se raclant la gorge.

— Du venin d'araignée.

— D'araignée ? Pas besoin d'études poussées pour savoir que dans nos contrées on en voit rarement, et encore moins au bord d'une falaise. Mais bon, si cela vous distrait, cher ami.

Guillaume souligna que les enquêteurs voulaient connaître la quantité de venin présente dans le corps.

— La prochaine fois, dit le directeur sur un ton où il était difficile de démêler la part de plaisanterie et la part de sérieux, soyez assez aimable pour laisser le corps en mer afin que la nature fasse son œuvre. Parce qu'il faudrait vous calmer, à Étretat, ou alors bloquer l'accès à vos falaises. Après tout, pourquoi monter dessus quand on peut admirer cette foutue Aiguille creuse sur tous les angles grâce à internet ?

Guillaume ne voulut pas répliquer qu'il fallait bien autre chose qu'un panneau pour qu'un suicidé renonce à sa démarche, il enfila une combinaison de protection et suivit le directeur dans une pièce éclairée au néon et à la forte odeur d'éther et de viscères. Le sol était en lino gris, robuste et facile à nettoyer au jet. Au centre reposaient trois cadavres dont la mort par balles ne faisait aucun doute au premier regard. Malgré tout, leurs crânes avaient été sciés au niveau de la nuque.

— Vous voyez, capitaine, nous ne manquons pas de boulot. Mais nous avons compris qu'il faut arrêter toutes affaires cessantes nos autopsies pour reprendre celle de M. Hippolyte Bracot.

Le directeur leva les paumes en l'air vers le plafond comme s'il prenait Dieu à témoin de la pression qu'on exerçait sur son travail.

Une jeune femme aux cheveux coupés au carré et affublée d'un masque entra par une double porte battante en poussant sans effort un chariot sur lequel reposait un corps dans une housse mortuaire de couleur bleue.

Hippolyte Bracot, maquillé, avait un bandage couleur chair dissimulé sous ses cheveux pour maintenir la boîte crânienne. Son profil aquilin paraissait épargné alors qu'il avait été méticuleusement reconstitué. Un travail d'artiste, reconnut Guillaume, qui remarqua que les doigts de pied du mort étaient recroquevillés sur eux-mêmes tels ceux des enfants qui s'accrochent au plongeoir parce qu'ils refusent de s'élancer dans le vide.

— Nous avons eu de la chance, dans ce cas précis, intervint le directeur en pointant du doigt l'épaisse tignasse argentée de l'industriel. Même après un séjour prolongé dans l'élément marin, nos cheveux constituent une véritable sauvegarde pour les molécules avec lesquelles nous avons été en contact.

— Un peu comme une carotte glaciaire, suggéra Guillaume.

Le directeur le regarda du coin de l'œil et l'on pouvait très bien deviner qu'il pensait : Encore un gendarme qui se la joue intello au lieu de résoudre ses enquêtes.

La jeune femme sélectionna une mèche de cheveux qu'elle coupa au ras du cuir chevelu. Puis elle la plaça sur une feuille de papier qu'elle plia une première puis une deuxième fois en deux. Ses gestes étaient précis comme si elle confectionnait un origami.

— Combien de temps cela va prendre ? demanda Guillaume.

— Le laboratoire est dans la pièce voisine. Ce qui élimine le temps perdu à faire des formulaires pour chaque étape.

Avant de sortir, Guillaume souhaita bon courage à la jeune femme, qui avait encore trois autopsies à mener à bien. Elle esquissa un sourire de politesse.

— Oh mais je ne me plains pas, lui dit-elle. Je fais ici ce qui me plaît sans me compliquer la vie. Quand j'ai commencé la médecine, j'avais toujours la hantise une fois docteur de ne pas faire le bon diagnostic et de provoquer des séquelles graves et même la mort d'un de mes patients. Ici au moins, tout est déjà joué, non ?

Guillaume ne voulut pas répliquer que c'était dans cette morgue qu'un prisonnier donné pour mort par deux médecins légistes après une tentative de suicide s'était réveillé en hurlant au moment précis où on commençait à lui ouvrir le ventre et à lui rabattre la peau sur un côté. Il se contenta de suivre docilement le directeur de la morgue, qui alla s'asseoir à son bureau.

— Avant la fin de la matinée, je vous communiquerai les résultats, capitaine, soyez tranquille. J'ai dû vous paraître un brin récalcitrant (Si peu… songea Guillaume) mais, cher ami, nous manquons cruellement de moyens. Les meurtres ont explosé dans la région depuis cinq ans, vous êtes bien placé pour le savoir.

Le capitaine enleva sa combinaison, qu'il roula en boule et jeta dans la poubelle. Il consulta son portable. Un numéro inconnu avait essayé de le joindre une bonne dizaine de fois.

— Est-ce que je peux passer un appel ? Ce sera rapide.

— Si vous voulez, mais je vous laisse. J'ai promis à ma femme de faire quelques courses chez Pêcheurs d'Islande. Nous attendons des cousins de Paris à déjeuner. Ils se sont mis dans la tête de manger des sprats. Vous aimez ça, vous ?

Guillaume fit la grimace. Non parce qu'il n'aimait pas ces poissons fumés mais parce que débuter une conversation sur la nourriture entre ces murs dont les remugles retournaient l'estomac, c'était un peu trop pour lui.

— Je suis comme vous, crut comprendre le directeur. Le goût est trop salé. C'est bien là une toquade de horsains…

Le directeur se leva avec toute la dignité dont il était capable, c'est-à-dire aucune.

— Bon, cher ami, vous connaissez déjà les lieux. Je vous demanderai juste d'être assez aimable pour ne pas oublier d'éteindre la lumière en sortant.

# 31

Guillaume trouva que la commandante Madeleine Dunod, avec ses cheveux gris coupés court et ses yeux clairs, ressemblait furieusement à M dans les James Bond.

Il l'avait rappelée de la morgue et elle lui avait donné rendez-vous séance tenante au Donjon. La direction de l'hôtel avait mis gracieusement à sa disposition un petit salon dont les murs étaient tendus de tissus couleur fraise écrasée. Cela égayait un peu la scène car la vue sur Étretat était noyée dans la brume. La commandante avait disposé à sa gauche des rapports et à sa droite du thé dans une tasse ornée de myosotis.

— Cher capitaine Lassire, commença-t-elle sur un ton doux mais réprobateur. Nous ne sommes pas satisfaits. Du tout. Ni de la manière dont vous avez mené cette enquête, ni de la manière dont vous vous obstinez à vouloir continuer à la conduire alors que – dois-je vous le rappeler ? – vous en êtes déchargé…

Guillaume nota ce pluriel de majesté qui visait à donner plus de légitimité à son propos en agglomérant à sa personne le juge d'instruction et le procureur de la République.

— Quand nous nous sommes entretenus, hier, après qu'un de vos hommes a eu la gentillesse de venir nous chercher à la gare de Bréauté, je pensais avoir délimité très clairement votre périmètre d'intervention, qui pourrait se résumer ainsi : aucun. Car rien de ce que vous pouvez entreprendre ne peut l'être sans mon accord et encore moins m'être caché.

Guillaume baissait la tête et ne répondait pas. Au fil de son parcours professionnel, il avait déjà été confronté à ce genre de personne qui exsudait l'autorité. Il se doutait bien que le rappel à l'ordre allait venir, mais pas si vite…

— Je ne doute pas que vous soyez passionné par votre travail, laissa-t-elle tomber. Aussi, je vais être franche avec vous et je veux que vous me promettiez de faire preuve de la même franchise…

— Je m'y engage, répondit le capitaine.

Il y avait une vingtaine d'années de cela, lui raconta la commandante, elle avait été confrontée, à Vincennes, à un double crime similaire à celui de la salle de concert d'Étretat. Sauf que les deux cadavres macabrement reliés pour donner l'impression terrifiante qu'il s'agissait d'un seul et même corps, celui d'une gigantesque araignée, étaient tombés, cette fois-ci, du haut du chapiteau d'un cirque. La chose était demeurée suspendue aux yeux du public, enfants compris, et avait continué à se balancer durant un temps infini car personne ne savait comment décrocher le filin.

— Bigre ! s'exclama Guillaume.

— On peut aussi le dire comme ça.

Un éclair d'ironie passa dans les yeux de la commandante, qui poursuivit son récit.

À l'époque, les enquêtes de police commençaient juste à utiliser l'analyse d'ADN. L'auteur du crime avait laissé un bout de cuticule d'un ongle en manipulant le câble en acier. Il appartenait à un des deux acrobates du cirque. Les victimes désarticulées étaient deux étudiants trop dragueurs qui avaient cherché à séduire, des mois auparavant, une trapéziste que l'acrobate convoitait.

L'enquête prouva qu'il avait eu le temps de préméditer son crime et en perquisitionnant la cave de son pavillon les policiers avaient trouvé des petits terrariums où s'épanouissaient confortablement des mygales et des tarentules nourries et soignées avec amour.

Preuve que l'on peut être un psychopathe et avoir de l'empathie pour son entourage immédiat…

— Autant vous dire que les plus insignifiants détails de cette affaire sont demeurés gravés dans nos mémoires. Et lorsque j'ai appris ce qui s'était passé ici, je me suis souvenue que le cirque en question avait effectué une tournée dans trois villes normandes dont…

— Étretat.

— Étretat, en effet, où l'assassin avait passé quelques jours avant de rejoindre le cirque à Vincennes et de commettre son crime. Cependant, avec l'autopsie des deux victimes récentes, nous avons constaté qu'il y avait un élément en plus qui ne figurait pas dans la première affaire… et il est loin d'être mineur.

La commandante Dunod ménagea son effet en remettant une cuillère de miel dans son thé. Cette manière de faire durer pour donner plus de poids à ses propos était un autre point commun qu'elle partageait avec Adelbert de Cernin.

— Les deux étudiants, Noah Anderson et Germain Lefebvre, ont été démembrés vivants. Ils étaient conscients quand l'assassin a commencé à les démembrer pour sa monstrueuse création. Leurs muscles étaient paralysés par du venin d'araignée. Reconnaissez que c'est pousser très loin la folie arachnophile. Or, après analyse, nous savons qu'il s'agit du même venin que celui qui a été retrouvé dans le sang de votre collaboratrice, ou devrais-je dire de votre amie. Comment expliquez-vous cela, capitaine Lassire ?

Guillaume grimaça intérieurement, conscient qu'il pouvait sauter sur une mine au moindre faux pas. Il ne voulait pas parler des faux suicides, encore moins du lien entre les victimes et le venin d'araignée. De toute manière, il était coincé, pour n'en avoir parlé ni à sa hiérarchie ni à la police. Surtout, il avait pris le risque de faire franchir la ligne rouge à toute sa brigade sans trop de scrupules et d'embarquer Paule dans cette affaire. Une civile…

— Parce qu'il s'agit des mêmes criminels dans les deux cas, avança-t-il. Peut-être qu'à travers Paule Nirsen, c'est moi que ces malades ont voulu atteindre.

La commandante fit une moue dubitative.

— Parce que vous êtes très proches, c'est bien cela ? Parce que vous êtes bien davantage que des amis d'enfance ? Elle loge chez vous, dans la gendarmerie. Est-ce exact ?

Guillaume n'aimait pas le tour que prenait cette conversation. Il avait l'impression désagréable qu'on le poussait à se mettre à table.

— Nous nous sommes renseignés. Dans le passé, cette jeune femme a su rendre service à l'institution judiciaire, ajouta la commandante non sans perfidie.

— Oui, murmura un Guillaume faussement penaud.

— Allons à l'essentiel : l'arme du crime. Qui peut posséder assez de ce venin dans la région ?

— Il faudrait poser la question au professeur Cordier, une sommité dans son domaine. Lui doit savoir.

Il était impossible de donner des gages de sa bonne volonté sans lâcher du lest.

— Je le connais de réputation, répliqua la commandante. Il se trouve à Yport, c'est juste ?

Le gendarme hocha la tête.

— Très bien, capitaine. Autre chose ?

— Un témoin nous a fait part de la présence de deux jeunes hommes avant le spectacle, Ange et Dewitt Vatinel. Je trouve leur comportement suspect.

— Sur quelle base, capitaine ?

— Nous les avons interrogés et ils refusent de nous dire pourquoi ils sont arrivés avant les organisateurs dans la salle du concert.

Elle sourit.

— La frontière est très mince entre l'intuition et l'aveuglement, capitaine. Veillez à rester du bon côté.

— Nous les avons convoqués à la gendarmerie et ils ont tenu un discours extrêmement agressif à l'encontre des estivants et de leur train de vie…

— Haïr les riches est d'une banalité… Tout le monde a le droit, aujourd'hui, de haïr les riches.

Guillaume entendait presque les rouages cliqueter dans sa tête pour parvenir à la meilleure approche mais comme il n'en trouvait pas il se lança :

— Je me demandais s'il serait possible de demander au juge d'instruction l'autorisation de perquisitionner chez eux.

La commandante faillit renverser sa tasse de thé. Sa voix se fit très sèche :

— Vous ne disposez d'aucune preuve réelle pour prétendre que ces Vatinel sont mêlés à ces crimes, mais vous me demandez de vous couvrir et la permission de continuer de partir dans tous les sens comme un jeune chien de chasse qu'on libère après l'avoir laissé tout l'été attaché à son chenil. Ai-je bien compris ?

Guillaume essaya de prendre l'air le plus repentant possible.

— Eh bien… je vais vous montrer que, contrairement à ce que vous croyez, nous pouvons collaborer, dit Madeleine Dunod.

Apparemment, les changements de pied pour déstabiliser son interlocuteur étaient une des spécialités de la commandante.

— Je vais demander au juge d'autoriser cette perquisition, mais vous serez accompagné par le lieutenant Mosin et je ne veux pas d'entourloupe, c'est bien clair ?

— Affirmatif, dit Guillaume.

Madeleine Dunod ferma brièvement les yeux, lui signifiant son congé. Dans le couloir qui menait à la réception de l'hôtel, le capitaine Lassire croisa Adelbert de Cernin avec ses clubs de golf. Il venait chercher sa partenaire de jeu.

# 32

— Avec tout le mal qu'on se donne, grinça Gerber, se faire remettre à sa place par un « commissaire à rien » !

En présence de Paule, Guillaume relatait à ses hommes son entretien avec la commandante.

— Il fallait s'y attendre, non ? objecta Paule. N'est-ce pas elle qui est en charge de l'enquête ?

— Et vous voudriez quoi, s'emporta l'adjudant-chef, que l'on mette un genou à terre et que l'on baise le bas de sa jupe, peut-être ?

Guillaume leva la main pour marquer la fin de la récréation.

— Entre-temps, Fécamp m'a envoyé les résultats de l'autopsie complémentaire d'Hippolyte Bracot. Le médecin légiste a constaté la présence de venin d'araignée. Pas assez pour provoquer le décès mais une dose largement suffisante pour paralyser les muscles.

— Ce venin en si grande quantité, il a bien fallu le produire quelque part, non ? questionna Paule, qui s'était mise, elle aussi, à boire du thé, comme l'ensemble de la brigade.

— Je ne vois qu'un seul endroit où il peut avoir été produit : dans les laboratoires du professeur Cordier, répondit Guillaume.

— On y va ? demanda Paule de but en blanc.

— Je crois que tu devrais plutôt rentrer te reposer à la maison, lui répondit Guillaume.

La phrase était de celles que l'on peut prononcer dans un couple et cela n'échappa ni à Paule, ni au reste de la brigade. Lucas expédia dans les côtes d'un de ses collègues un coup de coude qui signifiait : « Tu vois, j'te l'avais bien dit ! »

— Cela va aller, lui répondit Paule. Je suis restée trop de temps allongée.

Dans la voiture, la jeune femme posa sa main sur la cuisse de Guillaume, qui eut l'impression de recevoir du courant électrique.

— Qu'est-ce qui te pousse à aller jusqu'au bout de cette enquête alors qu'il serait si simple de passer le relais ? Je sais bien qu'il ne s'agit pas de la stupide rivalité entre flics et gendarmes, alors c'est quoi ? Pour quelle raison cette affaire te touche autant ?

Guillaume se rangea sur le bas-côté.

— Mon père a repêché des corps toute sa vie. Beaucoup trop, et je crois que ce qu'il supportait le moins, c'était la routine liée à ces macabres découvertes. Les mêmes gestes, les mêmes blagues, la même paperasse à remplir. Ces morts avaient fini par peser sur lui et sur notre famille au point que ma mère l'a quitté comme un vieux chien qu'on abandonne.

Mais il y a vingt-cinq ans, pour une raison que je n'ai jamais élucidée, il a eu l'intuition qu'un suicide n'en était pas un. Parfois, dans la vie d'un enquêteur, il arrive qu'on éprouve le sentiment de tomber sur l'AFFAIRE… C'est ce qu'il a cru. Était-ce parce que le cadavre était dévêtu ? Était-ce parce qu'aucun indice n'avait été retrouvé permettant de conclure à un suicide ou un accident ? Était-ce parce que personne n'était venu à la gendarmerie pour signaler de disparition ? Il y avait même eu un doute pour déterminer le sexe du cadavre. Mais très franchement tout le monde s'en foutait, sauf mon père, qui parlait de cette victime à ses collègues, matin, midi et soir. Il s'est lancé dans une quête qui l'a miné, usé, détruit…

— Voilà donc après quoi tu cours ? Tu prends le risque de foutre ta carrière en l'air pour réécrire le passé ?

— Peut-être. Je veux continuer, répondit-il. Je le dois. Au moins encore un peu. Juste un peu. Et pour ça, j'ai envie que tu m'aides, j'ai un besoin vital de ta présence. Et toi, Paule ? Après quoi tu cours, toi qui es venue ici pour t'écraser sur les rochers ?

Il regretta immédiatement ses paroles et voulut la saisir par l'épaule. Elle esquiva le geste sans mouvement brusque.

— Je reste ici pour que l'on trouve les assassins de Rose Forestier et qu'elle puisse enfin reposer en paix, dit-elle avec une détermination farouche.

Guillaume ne répondit pas ; il se frotta l'arête du nez avec le pouce et l'index puis fit démarrer la voiture.

Il conduisait vite, très vite, trop vite. Plus d'une fois il fit crisser les pneus du véhicule dans les virages.

Quatre véhicules étaient stationnés devant la porte de la grande maison normande du professeur Cordier. Paule reconnut immédiatement la voiture de Jean, l'expert en venin de la police scientifique.

Ils sortirent en laissant les portes ouvertes et foncèrent vers le seuil.

Le lieutenant Yannick Mosin leur barra le passage.

— Désolé, vous allez devoir rester ici, dit-il en roulant des mécaniques.

— Laissez-les entrer, Mosin ! cria une voix de femme que Guillaume reconnut.

Précédé de Paule, il pénétra dans la vaste salle où les avait reçus le professeur Cordier. La commandante Madeleine Dunod était plantée au milieu de la pièce, visiblement en pleine réflexion.

Elle tourna son regard clair vers Lassire.

— Je suis désolée, capitaine, mais, vous et moi, nous arrivons trop tard. Venez.

D'un pas ferme, elle les emmena vers un des bâtiments qui servaient de laboratoires. Juste avant d'entrer, elle se tourna vers Paule, qui suivait le mouvement.

— En revanche, mademoiselle Nirsen, je souhaite que vous demeuriez en dehors de la scène de crime.

# 33

Quand Guillaume pénétra dans la baraque en bois où l'entomologiste lui avait enseigné une des manières de communiquer avec ses chères araignées, il fut saisi de terreur.

Les experts de la police avaient braqué des projecteurs sur la table où reposait un corps qui n'était plus le professeur Cordier mais un être tendu tout entier vers la souffrance la plus ultime. La bouche grande ouverte, les veines du cou gonflées à se rompre. Guillaume pouvait presque l'entendre hurler de douleur.

Il était impossible d'échapper au moindre détail de la torture qu'il avait endurée avant de mourir. À chaque cheville et poignet de l'entomologiste se trouvait une plaie infectée. Et au centre de cette tache rouge, une plaque noire, une nécrose, où l'on devinait sans peine l'os.

La mort ne faisait pas peur à Guillaume, même si la gratuité et l'obscénité du mal le troublaient… Mais là, le sadisme de ce l'on avait fait à Cordier était d'un autre ordre. Il atteignait un tel niveau de cruauté que Guillaume en eut la nausée.

Un des experts pointa son scalpel vers le torse du professeur, qui avait été ouvert puis grossièrement recousu du thorax jusqu'au pubis. La suture ne cessait d'onduler.

Soudain, une patte chitineuse munie de deux petites griffes sortit par une suture, puis deux, puis trois.

Guillaume vit alors un corps noir et luisant s'extraire peu à peu du bas-ventre.

La commandante Dunod porta un mouchoir à ses lèvres.

Sans attendre d'ordres, les experts qui entouraient la scène quittèrent leurs blouses pour enfiler des combinaisons blanches et des masques. Ils demandèrent à tout le monde de sortir car ils voulaient calfeutrer la plus petite ouverture avant de commencer la chasse aux araignées.

Revenus dans la maison, la commandante, Guillaume, Jean et Mosin se dirigèrent spontanément vers le bar et attrapèrent les premières bouteilles à portée de leurs mains. Guillaume fit à Paule une rapide description de la scène horrible à laquelle ils venaient d'assister. L'écoutant, elle se versa un verre de whisky de trente ans d'âge qu'elle vida d'un trait. Puis elle se resservit.

— Loxoscelisme, lança Jean, le spécialiste des venins. Cet homme a vécu un épouvantable calvaire. L'autopsie confirmera qu'il était paralysé et donc pleinement conscient quand ses tortionnaires se sont amusés à le faire piquer par des recluses et à lui ouvrir l'abdomen pour y glisser des araignées cannibales avant de refermer. Dévoré vivant. Son agonie a dû être interminable…

Il s'interrompit car un des experts entra dans la pièce et se pencha à l'oreille de la commandante Dunod.

— Faites venir des spécialistes de Paris, de Londres, de Mexico, d'où vous voulez, mais qu'ils rappliquent et vite ! trancha-t-elle.

— Que se passe-t-il ? demanda Jean.

— Ils ont dénombré plusieurs centaines de mygales, tarentules, veuves noires, mais aussi des espèces qu'ils ne parviennent pas à identifier.

Ils se regardèrent tous, conscients de s'être engagés sur un chemin de plus en plus périlleux pour qui voulait garder sa raison. Un vrai film d'horreur de série B. Quelqu'un allait-il enfin se décider à grimper sur le plateau et à crier « Coupez ! On la refait ! » ?

— Quand avez-vous découvert le corps ? demanda Guillaume.

— Il y a une heure, répondit la commandante.

— Y avait-il quelqu'un pour vous accueillir ?

— Nous n'avons croisé personne. Pourquoi ? Il y aurait dû y avoir un comité d'accueil ? intervint le lieutenant Mosin.

— Pour mener à bien ses travaux, le professeur Cordier était entouré d'étudiants, souvent étrangers.

— J'imagine que si vous affirmez cela c'est que vous lui avez rendu visite il n'y a pas si longtemps, Lassire, intervint la commandante.

Paule comprit que la discussion prenait un tour qui allait se révéler désagréable et vida à nouveau son verre.

— Vous êtes en train de me suspecter de quelque chose, commandante…

— Oui, capitaine. Vous employez le mot exact. Je vous suspecte, depuis le départ, de vous foutre de ma gueule.

Ses deux équipiers sursautèrent. Le ton employé n'était pas dans les habitudes de leur patronne.

— Je vous invite fermement maintenant, se reprit-elle, vous qui avez une fâcheuse tendance à confondre ce qui est juste et ce qui est légal, à me raconter toute l'affaire, et depuis le début.

Guillaume ressentit comme une claque au plexus.

La commandante se tourna brusquement vers Paule.

— Et je veux aussi vous entendre, mademoiselle Nirsen. Si vous pouviez vous éloigner de cette bouteille de whisky et tenter de rester encore un moment avec nous et saine d'esprit, juste un petit moment, afin de répondre à mes questions… ce serait bien aimable.

L'air peinée, Paule essaya son sourire le plus conciliant. Ce fut sans succès. La commandante tendit la main, lui ordonnant par ce geste impérieux de s'asseoir en face d'elle.

## 34

Guillaume tripotait l'autoradio en cherchant une station puis l'éteignit en soupirant. Il n'avait pas ouvert la bouche depuis qu'ils avaient quitté la maison de Cordier. À mi-parcours, alors qu'ils voyaient se dessiner les premières fermes de Bénouville, Paule se pencha et observa fixement l'entre-jambe de Guillaume.

— Que fais-tu ? demanda-t-il, agacé.

— Je cherche à voir si Madeleine Dunod t'a laissé un testicule ou si elle a tout coupé.

Tous les deux interrogés par la commandante, Guillaume s'était montré beaucoup plus loquace que Paule. À dire vrai, il avait même donné l'ensemble des éléments dont il disposait, en prenant grand soin de ne rien laisser de côté.

— Ne sois pas stupide ! grogna Guillaume. Est-ce que l'on veut ou non que l'enquête soit résolue ? Ils disposent de moyens que nous n'avons pas. Tu crois que c'est facile de piétiner en permanence la ligne jaune en mettant en danger mon équipe chaque fois qu'on poursuit des psychopathes ?

Paule baissa le pare-soleil et arrangea ses cheveux. Entre le vent, la pluie, l'air marin, son séjour prolongé dans la grotte et le stress, elle allait devoir trouver un bon coiffeur si elle voulait arrêter de ressembler à la Gorgone Méduse jeune.

— Ce ne sont pas des psychopathes ! lança-t-elle en refermant d'un claquement sec le pare-soleil. Depuis le début, nous ne nous sommes jamais vraiment interrogés sur les mobiles de ces crimes…

— Si tu avais assisté avec moi à l'interrogatoire des deux frères Vatinel, tu n'aurais aucun doute sur leur mobile. Leur sentiment permanent de déclassement est d'une violence qui ne peut s'expliquer que par une haine totale transmise de génération en génération. Nous allons, d'ailleurs, bientôt pouvoir confirmer cette hypothèse puisque le juge a autorisé la perquisition du domicile de Lydie.

Paule n'était franchement pas convaincue et ne chercha pas à le cacher :

— Ce serait donc par haine de classe que les Vatinel auraient injecté du venin paralysant dans les veines d'illustres inconnus pour les balancer du haut des falaises ? Tu crois vraiment qu'ils ont eu tout seuls l'idée d'un plan pareil ?

— Là aussi, la réponse va nous être apportée très prochainement. Je t'ai raconté les motifs de la présence de la commandante. Cette enquête qu'elle avait autrefois conduite avec cet acrobate arachnophile. Rappelle-toi que ce dernier s'était arrêté à Étretat et qu'il pourrait très bien avoir eu, à cette occasion, une idylle avec Lydie, et peut-être même un fils. La commandante a demandé qu'on lui fasse parvenir l'ADN de l'acrobate afin de le comparer à celui du dernier fils de Lydie, à la musculature longiligne et aux cheveux sales. Sa date de conception correspondrait au passage à Étretat de l'acrobate assassin.

Ils arrivèrent à la gendarmerie. Paule se précipita sur sa tablette et s'y plongea jusqu'au moment où elle fit retentir un cri de victoire.

— Qu'as-tu trouvé ? lui demanda Guillaume.

Les yeux de Paule brillaient.

— Sais-tu depuis quand Marcelle a décidé de se faire appeler Lydie ?

Il haussa les épaules et alla se chercher une bière.

— C'est si important ? Je vais regarder mais je pense qu'à l'époque où mon père était gendarme on l'appelait encore Marcelle.

— C'est important et c'est tout bête. Un peu comme la lettre volée d'Edgar Poe.

Guillaume haussa les sourcils.

— « La lettre volée » est une nouvelle qui raconte une enquête où l'objet volé est recherché partout par la police alors que le voleur l'a laissé bien en évidence. Elle nous rappelle la phrase fameuse prêtée à Sénèque : « *Nil sapientiae odiosius acumine nimio.* »

— Ce qui veut dire, madame la Femme savante ?

Il avait failli dire « madame la Pédante ». Depuis l'adolescence, ces échappées cuistres de Paule l'agaçaient au plus haut point et il était loin d'être le seul.

— « Rien en fait de sagesse n'est plus détestable que d'excessives subtilités. » Ce qui signifie que la vérité est devant nos yeux. Vérifie, mais je suis certaine que Marcelle a choisi comme prénom Lydie peu de temps après avoir rencontré l'acrobate.

Guillaume semblait davantage préoccupé par le fait de verser sa bière avec le minimum de mousse que par les propos de son amie.

— Et pourquoi donc ? demanda-t-il sur un ton faussement impliqué.

— Parce que Lydie n'est pas un prénom comme les autres. C'est un prénom d'origine grecque qui, autrefois, désignait une région d'Asie Mineure.

— Fort bien.

Paule le regarda, un brin désespérée.

— Je vois bien que je t'assomme mais je vais te demander encore une seconde de ton attention. La Lydie était la patrie d'Arachné, une femme qui excellait dans l'art du tissage. Elle se vantait tant de son savoir-faire qu'elle finit par irriter Athéna, piquée qu'une mortelle ose prétendre être aussi adroite qu'elle. La suite de l'histoire se retrouve dans d'autres cas mettant en scène l'*hubris* des hommes : la déesse défie l'humaine créature et le duel se termine par l'humiliation et la mort de l'orgueilleuse. Arachné s'étant pendue, Athéna, prise de remords, décide de lui offrir une seconde vie en la transformant en une araignée suspendue à son fil…

Et tout à coup, Guillaume et Paule comprirent que la discrétion de Lydie était moins un trait de caractère qu'un moyen lui permettant de tisser sa toile en toute quiétude. L'assassin du cirque lui avait peut-être transmis sa passion, mais Lydie était allée plus loin en s'identifiant aux arthropodes prédateurs.

— Tu crois qu'elle va jusqu'à manger des insectes ? s'amusa Guillaume.

Paule leva les yeux au ciel.

— Bien sûr que non ! Mais les pères successifs de ses enfants ne se sont-ils pas tous volatilisés après qu'elle est tombée enceinte ?

— Ils l'ont abandonnée…

— Ou ils ont fui, corrigea Paule. Depuis que j'ai découvert une photo de la Cyclocosmia sur ma tablette, j'ai lu quelques articles sur les comportements de ces charmantes petites bêtes. Or, à une exception près, les araignées mâles s'en vont après avoir déposé leur semence pour ne pas être dévorés vivants.

Guillaume la regardait, bouche bée.

— À l'inverse, regarde son dévouement total à ses fils. C'est la première chose dont elle m'a entretenue quand nous nous sommes vus. Ils vivent chez elle et profitent d'elle, comme l'araignée protège ses œufs et même bien au-delà puisqu'elle est le premier repas de ses « enfants » quand ils sortent du cocon familial…

— Que crois-tu que nous allons trouver en perquisitionnant à son domicile ?

— Bien autre chose que quelques brochures ou tracts politiques.

# 35

Avis de tempête sur la Seine-Maritime. Elle se nommait Eurydice. Les rafales de vent atteignaient presque cent kilomètres-heure. Depuis la veille, le département et une grande partie de la côte picarde étaient secoués par de fortes perturbations. Les coefficients de marée avaient connu une hausse spectaculaire. La météo marine avait alerté le cap d'Antifer et mis en garde les ports qui laisseraient sortir les bateaux.

À Étretat, la mer avait commencé à recracher des morceaux d'épaves et des vieux casiers. Le brouillard s'était abattu sur les rues les plus proches de l'océan. Les habitants s'étaient calfeutrés.

Seuls Guillaume, Paule, Gerber et le lieutenant Mosin avançaient dans les rues, légèrement penchés en avant comme s'ils remontaient un courant.

La maison de pêcheur de Lydie paraissait encore plus rabougrie que la dernière fois. Comment et pourquoi ces quatre fils qui n'étaient pas dans le besoin continuaient-ils de vivre chez leur mère ? Ils s'approchèrent, virent une ombre à la fenêtre du premier étage.

Des pas lourds. Lydie en personne vint leur ouvrir. Paule se dit que les yeux noirs de la femme de ménage ne lui étaient jamais apparus aussi ronds et perçants. Elle fut frappée aussi de l'alignement par paires de ses acrochordons qui donnaient l'impression qu'elle avait des yeux sur le front. Ils avaient grossi. Lydie restant sur le seuil de la porte, Paule eut le temps de les compter. Il y en avait six.

— Capitaine Lassire que voulez-vous à une femme épuisée ? murmura Lydie. J'ai accepté, hier soir, de travailler en extra chez des estivants qui recevaient du beau linge, rien que des acteurs, des actrices que l'on voit dans les magazines et tout le tralala, et ce, bien sûr, sans y mettre les moyens. Imaginez que je servais des fruits de mer en entrée et, arrivée en bout de table, je n'avais plus assez de langoustines et de bulots à donner. Du coup, la maîtresse de maison m'a fait signe d'en reprendre dans les assiettes pour servir les derniers. De ma vie de serveuse je n'ai jamais connu une telle humiliation. Vous êtes ici pour quoi, au fait ?

Plantée devant la porte, elle ne leur proposait pas d'entrer comme la dernière fois. On aurait dit qu'elle barrait le passage qui menait à son nid.

— Est-ce que vos fils sont là ? demanda Guillaume.

— Non. Ils travaillent encore à cette heure, les pauvres chéris. Qu'est-ce que vous leur voulez encore ?

— Vos fils ne sont pas des saints, même si l'un d'entre eux se prénomme Ange, ricana Gerber.

Paule vit le regard de Lydie passer de la fierté à la colère.

— Est-ce que nous pouvons entrer ? dit Mosin, qui commençait à s'impatienter.

Lydie leur referma la porte au nez et ils l'entendirent téléphoner.

— Vous avez un mandat ? lança-t-elle lorsqu'elle réapparut.

— Vous devriez arrêter de regarder les séries télé, répliqua Mosin en forçant le passage.

Guillaume et Gerber entrèrent et commencèrent à fureter partout. Paule restait en retrait.

À l'étage, les chambres étaient vides et méticuleusement rangées. Sur chaque oreiller était déposé un carré de chocolat. Les Vatinel étaient aussi des tendres.

Gerber et Mosin s'installèrent à la grande table recouverte d'une toile cirée dont les motifs étaient, cette fois, des coquillages. Guillaume sortit un calepin de sa poche et fit semblant de le consulter.

— Parlez-nous de votre fils aîné, Kevin. Il travaille bien aux docks du Havre ?

— Oui, et vous le savez bien.

Guillaume écrivit sa réponse avec soin. C'était du cinéma. Paule se dit qu'il allait peut-être même sortir un bout de langue pour souligner son effort de concentration.

— Il a un bien joli tatouage d'araignée sur l'avant-bras, votre fils. Cela ne représenterait pas un de ces animaux qui traversent l'océan pour être vendus à des particuliers ?

— Pas besoin de passer par les docks du Havre. C'est comme tout, maintenant, il suffit de commander par internet et on vous livre à domicile.

— Illégalement, corrigea Yannick Mosin. Et le tatouage ?

— C'est la mode, aujourd'hui, répondit-elle, fataliste, en écartant les bras. J'espère que ce n'est pas interdit.

Guillaume se replongea dans son calepin. Puis il releva la tête et afficha un air enjoué.

— Pouvez-vous, Lydie, nous parler du père de votre autre fils, Dewitt ? Nos services nous ont transmis son dossier. Il était acrobate dans un cirque, c'est bien ça ?

Pour la première fois, elle afficha quelque chose comme de la crainte. Mais Guillaume ne la laissa pas répondre à la question :

— Vous l'avez rencontré et vous avez eu un coup de foudre. Comment était-il ?

Le capitaine avait changé de terrain de jeu et Lydie s'y aventura sans hésiter :

— Il était bronzé et se promenait torse nu sur la digue. Même en plein été, on ne fait pas des trucs pareils à Étretat. Il était assez spécial.

— Spécial comment ?

Elle jeta la tête en arrière et les regarda d'un air méprisant avant de poursuivre :

— C'était juste une histoire d'un soir. Nous avons su prendre du bon temps mais cela n'a pas duré, il s'est enfui sans me prévenir et sans que je sache pourquoi.

— Vous ne savez pas pourquoi il est parti, mais vous savez au moins ce qu'il est devenu.

— J'ai dû lire dans les journaux qu'il avait eu un problème…

— Il a commis un double assassinat.

— C'est possible. Il y a longtemps. Avec l'âge, on finit par oublier, surtout quand on a beaucoup de choses à ranger là, soupira-t-elle en se tapotant le front.

Paule se demanda combien de temps ils allaient tenir face à cette femme qui se foutait d'eux aussi délibérément.

— Je crois, Marcelle, que vous mentez, lâcha subitement Guillaume.

Elle sursauta.

— Je vous interdis de m'appeler ainsi. Mon nom est Lydie.

— Qu'y a-t-il, dans les quatre garages derrière la maison ? Ils sont ouverts ?

— Ben, des voitures et du matériel pour bricoler, pour monter des meubles, les démonter, en faire parfois. C'est fou ce que mes fils arrivent à faire avec leurs mains. C'est pas comme ces bourgeois qui sont incapables de changer une ampoule. Si vous avez que ça à faire, oui, ils sont ouverts, il n'y a pas de voleurs dans le coin. Il n'y a que des gendarmes qui enquiquinent les honnêtes gens qui travaillent.

Guillaume, Gerber et Mosin sortirent, laissant Paule seule dans la pièce avec Lydie. Que peut-elle me faire, pensa-t-elle, tout en sachant qu'elle se trompait, cette femme était capable du pire, elle se sentait comme la souris que l'on pose dans un joli terrarium et qui est guettée par une mygale prête à la mordre avant de lui liquéfier les chairs.

Les gendarmes et Mosin avaient contourné la maison pour rejoindre les garages. Guillaume choisit le premier sur la gauche et poussa sans difficulté la porte coulissante. Il n'y avait pas de véhicule à l'intérieur mais un établi sur le côté et, au fond, une armoire imposante munie d'un cadenas.

Gerber fouilla dans une des boîtes à outils, en sortit une pince coupante et fit sauter le cadenas tandis que Guillaume enfilait des gants en plastique. Il ouvrit avec précaution la porte du meuble à double battant.

L'armoire était profonde. Il y avait plusieurs boîtes en plastique pleines de terre soigneusement empilées. Guillaume remarqua que l'une d'elles était tombée. Elle contenait du sable, un petit bout de bois noueux et ce qui pouvait ressembler à une écuelle. Il ferma précipitamment l'armoire.

— Il y a un problème ? s'enquit Gerber.

— Il y en a même plusieurs. Les boîtes entreposées dans cette armoire sont des terrariums. J'ai vu une boîte ouverte et je n'ai aucune envie d'être mordu par une de ces saloperies de bestioles en faisant l'inventaire.

— J'appelle nos experts, dit Mosin.

Quand ils regagnèrent la maison. Il y régnait un silence de mort. Lydie et Paule étaient immobiles. Elles s'observaient, assises aux deux extrémités de la table.

— J'ai bien peur que nous soyons contraints de vous emmener à la gendarmerie, dit doucement Guillaume.

Lydie bascula la nuque en arrière et soupira puis demanda à passer un bref coup de téléphone, ce qui lui fut accordé.

Elle revint en souriant.

— J'ai appelé un de mes fils, confia-t-elle.

— Pour ne pas qu'il s'inquiète, s'amusa Gerber.

Lydie haussa les épaules.

— Pour leur dire que le dîner est dans le frigo.

# 36

Pendant l'interpellation de Lydie, la police était allée chercher ses quatre fils sur leur lieu de travail à Étretat et au Havre. En vain. Leurs collègues ignoraient où ils se trouvaient, ils étaient apparemment tous les quatre en congé. En fouillant le casier de Dewitt, les policiers avaient juste trouvé un taser et des traces de coke. La commandante Dunod avait néanmoins obtenu qu'un mandat d'amener soit lancé contre eux.

Leur mère était arrivée à la gendarmerie la tête recouverte d'un châle. « Pour ne pas être reconnue, j'ai ma réputation, moi », répétait-elle. Paule la regardait faire et n'avait même pas pitié d'elle. Ce qu'elle avait vu en restant assise face à elle dans sa salle à manger, ce qu'elle avait perçu dans ses yeux multiples la maintenait dans un malaise dont elle ne parvenait pas à s'extirper.

Lydie fut conduite dans une salle qui sentait la sueur et au chauffage poussé au maximum. C'était la seule pièce de la gendarmerie qu'elle n'avait jamais nettoyée. Guillaume lui proposa une boisson. Agrippée à la table, elle demanda de l'eau. Quand le verre fut devant elle, elle pencha la tête et lapa lentement.

— Qu'est-ce que c'est que… commença Mosin, qui fut arrêté net dans sa phrase.

Guillaume lui avait saisi le bras.

Fascinés, les deux hommes attendirent que Lydie ait fini de se désaltérer.

Ils commencèrent à lui demander de décliner son identité et ses qualités. Butée, elle répondait maintenant comme ses fils, par monosyllabes.

Ni Guillaume, ni Mosin ne se découragèrent. Ils tentèrent de la convaincre du sérieux de l'affaire et des accusations qui pesaient sur elle. Sans grand résultat.

« C'est un complot pour détruire les gens de peu, des gens comme moi », répétait-elle inlassablement.

Dès qu'on abordait les questions liées à ses fils, Lydie montrait les crocs pour protéger ses chers petits, genre : « Je me fiche complètement des gens dont vous me parlez. Je ne les connais pas. Mes enfants ne les ont pas touchés. Ils n'ont rien fait… »

Cela menaçait de durer un moment. Mosin en était à se demander s'il ne serait pas plus judicieux de l'embarquer pour l'interroger dans les locaux de la police havraise. En l'exfiltrant de son milieu naturel, elle pouvait se sentir déstabilisée et finir par parler.

À cet instant, Gerber ouvrit la porte de la salle d'interrogatoire et lui fit signe ainsi qu'à Guillaume de sortir.

— Les experts de l'Office de la chasse et de la faune sauvage ont ouvert les armoires contenues dans les garages.

— Et ? dirent-ils ensemble.

— Il n'y a rien. Que des boîtes remplies de terre, des petits rochers et des bouts de bois. Ils les ont toutes ouvertes. Elles étaient, en effet, susceptibles d'accueillir des araignées, mais pas une seule bestiole dans les parages. Que dalle.

Guillaume et Mosin se regardèrent en faisant la grimace.

— C'est la lose, soupira ce dernier.

Un faisceau d'indices ne constituait pas une preuve réelle et tangible. Le seul élément dont ils disposaient était que le professeur Cordier avait clairement identifié Kevin comme le docker venu lui faire soigner ses araignées malades. Cordier disparu, c'était très maigre pour bâtir une argumentation. De même, le tatouage sur l'avant-bras de Kevin ne pouvait pas donner lieu à des poursuites. Il fallait bien se rendre à l'évidence. Ils avaient fait chou blanc et ils étaient obligés de relâcher Lydie en lui présentant leurs plus plates excuses.

Sans son châle sur la tête, Lydie sortit de la gendarmerie avec la dignité de Rosa Luxemburg face à ses bourreaux.

Paule comprit la raison pour laquelle elle sortait si sereine quand elle aperçut une trentaine de personnes agglutinées devant les grilles de la gendarmerie.

À peine franchies les portes, la mère Vatinel fut accueillie par une meute de journalistes et de photographes au premier rang desquels un type, très petit, au teint terreux et aux cheveux noirs poissés de laque avec une moustache en forme de balai-brosse. Paule le reconnut aussitôt. C'était l'inénarrable fouineur, Jean-Michel Baudet. Il était venu avec son compère, le photographe Jérôme Sénécal, mais aussi d'autres collègues qu'il avait alertés mais que Guillaume n'avait jamais vus à Étretat.

Lydie se planta devant eux et se lança dans un long discours dénonçant la persécution dont sa famille était l'objet et l'arbitraire d'une police de classe qui torturait des personnes comme elle mais laissait en liberté les vrais délinquants en col blanc. Les mots qui sortaient de sa bouche étaient pour la police et la gendarmerie comme autant de coups de fouet qu'elle assénait avec maîtrise. S'arrêtant juste pour jeter des poignées de sel sur les plaies que l'opinion publique aimait voir ouvertes. Elle, la mère sans défense face aux monstres. Un journaliste lui posa des questions qui visaient moins à mettre en doute ses propos qu'à lui faire répéter en boucle des séquences qui ne nécessitaient aucun montage supplémentaire.

Lydie déclara qu'elle allait porter plainte. Avant de partir, elle agita un doigt long et maigre en direction de ses tortionnaires imaginaires de la gendarmerie comme si elle voulait signifier à la meute que c'était désormais eux qui allaient devoir répondre de leurs actes.

Les journalistes et les photographes se précipitèrent sur Guillaume et Mosin, qui débitèrent leurs traditionnels éléments de langage en se laissant mitrailler par les photographes.

Quand Guillaume retourna à la gendarmerie, il était épuisé comme s'il était passé sous un rouleau compresseur. Mosin était reparti au Donjon pour rendre des comptes à la commandante Dunod.

Plus rapide que les journalistes, la jeune parlementaire nouvellement élue Alma Vidal avait publié un communiqué pour s'élever contre les violences des forces de l'ordre envers une femme de ménage méritante. Elle réclamait des explications au préfet de Seine-Maritime.

Un quart d'heure plus tard, le portable de Guillaume sonnait. La conversation, menée sur un ton glacial où chaque mot était pesé, se terminait ainsi : « Je vous donne l'ordre d'arrêter sans tarder le harcèlement de la famille Vatinel ! »

Quand il eut raccroché, Guillaume alla vers le réfrigérateur et ouvrit une bière qu'il but d'un trait. Il regarda son équipe, qui faisait semblant d'être occupée, à l'exception de Paule qui le fixait. Ce fut donc par dérision qu'il s'adressa à elle :

— Bien. Et maintenant, y aurait-il encore une piste que l'on n'aurait pas explorée ?

— Il y en a une, oui. Et je crois qu'il est grand temps que je vous en parle.

Les gendarmes firent cercle autour de ce curieux bout de femme qui n'avait cessé de les surprendre depuis le début de l'enquête et qu'ils avaient fini par accepter comme l'une des leurs.

Certes, Paule Nirsen avait une curieuse manière de se déplacer, comme si elle évoluait sur un ring de boxe. Certes, elle la ramenait souvent, montrant qu'elle avait des diplômes dont ils n'arrivaient à retenir ni le nom, ni l'objet, sinon qu'ils servaient à entretenir ce qu'ils appelaient entre eux « les suceurs de plus-value ». Certes, enfin – surtout ? –, elle venait de ce Paris détesté et détestable, même si sa grand-mère reposait en terre cauchoise… mais, petit à petit, elle leur avait semblé répondre de plus en plus au rôle assigné au sexe opposé dès leur plus jeune âge. Pas celui de la femme soumise, qui se tient un pas en arrière derrière son mari.

Dans ce pays, les épouses peuvent tenir une ferme et une famille, prendre la mer et les armes s'il le faut. Petit à petit et sans se concerter, ils l'avaient placée naturellement dans la tribu des femmes normandes, et même, croyaient-ils, des femmes vikings mythiques, aussi têtues, aussi volontaires qu'un homme et toujours prêtes à partir au combat.

# 37

Les gendarmes étaient-ils tous persuadés que Paule allait contribuer à relancer une enquête qui s'enlisait ? Pour se préparer à l'écouter, Gerber avait boudé le thé Mariage Frères que lui avait laissé « Monsieur de Cernin » pour se mitonner en douce un café calva. Il avait pris place près du radiateur et cherchait dans sa veste ses sucrettes quand le portable du capitaine sonna.

— C'est la commandante Dunod, dit Guillaume.

Il se passa la main sur le visage, s'attendant à une nouvelle avoinée, mais la conversation fut brève. Le visage blême, il empoigna sa veste et fit signe à l'ensemble de la brigade de suivre le mouvement.

— Un nouveau corps a été découvert au pied de la falaise.

— Et depuis quand c'est la flicaille qui nous alerte sur un suicide ? grogna un Gerber toujours assis, qui regardait déjà sa tasse avec regret.

Les gendarmes suivirent leur chef au pas de course en luttant contre le vent qui avait repris de plus belle. Les rues et la digue étaient désertes. La mer était à marée basse mais rugissait au loin comme un monstre qui se ramasse sur lui-même avant de bondir.

Une nouvelle fois, il fallut emprunter le Trou à l'Homme pour gagner l'autre versant de la falaise. Les hommes s'efforçaient de ne pas penser à ce qu'ils allaient trouver. Ils verraient bien assez tôt l'horreur que les assassins leur réservaient car ils étaient convaincus que le suicide masquait une nouvelle fois un crime.

Sur la plage, un attroupement s'était formé, leur cachant le corps. Ce n'est qu'en approchant qu'ils comprirent que ce dernier avait été en partie recouvert par un éboulement.

De plus en plus souvent, des morceaux de la falaise, attaquée à la base par les vagues et les galets et fragilisée par les infiltrations d'eau et les allées et venues des touristes, s'écroulaient sur la plage. Sans les éboulis qui le retenaient, le corps aurait été emporté par la mer vers le large.

Guillaume discerna une main broyée au point de ressembler aux cartilages de l'aile d'une raie et, derrière, un visage tuméfié, bleu et noir.

Il s'approcha de Mosin en se félicitant que Paule soit restée à la gendarmerie.

— Comment avez-vous été alertés ? lui demanda-t-il.

— Des promeneurs ont vu des chiens sur la plage en train de gratter les éboulis et qui commençaient à se battre. Cela leur a semblé suffisamment curieux pour qu'ils alertent la police municipale et côtière, répondit le policier. Je ne sais pas d'où venaient ces cabots.

— Ils se sont échappés du refuge pour lequel Doherty voulait donner son concert. Ils ont emprunté un des sentiers qui conduisent au bas de la falaise. Il en reste mais, faute de les pratiquer, ils sont recouverts par les hautes herbes.

Guillaume était heureux de pouvoir informer Mosin de quelque chose que le policier ignorait encore. Il commençait à devenir sérieusement irritant, à continuellement vouloir donner l'impression qu'il enquêtait à Étretat depuis des mois.

Un jeune médecin légiste leur fit un grand signe.

— Le décès est plus récent que ne le donne à penser l'état du cadavre, dit-il. Je pencherais pour la nuit dernière. En revanche, je serais bien en peine de vous dire s'il s'agit d'un suicide ou d'un accident survenu juste avant l'effondrement du pan de la falaise…

Guillaume se fit confirmer que les prélèvements nécessaires avaient été faits et demanda une analyse toxicologique approfondie et rapide.

— Pas de problème, vous l'aurez dans le courant de la semaine pro…

— On s'est mal compris, le coupa Guillaume. Je veux les résultats demain. Je sais combien le laboratoire de Fécamp travaille rapidement, et je serais étonné que celui du Havre ait à l'inverse signé un protocole de lenteur…

Le médecin se tourna vers Mosin.

— Il est toujours comme ça, votre collègue ?

Il n'eut pour toute réponse qu'un haussement d'épaules du policier. Il repartit vers les restes du corps en grommelant :

— On n'est pas sortis de l'auberge…

— Et maintenant, on fait quoi ? demanda Gerber.

— Vous voyez comme moi que nous avons un nouveau défi : celui de retrouver l'identité de ce corps en charpie.

— Et on fait comment ?

— Comme d'habitude : on téléphone aux hôtels puis aux hébergements chez l'habitant, on regarde sur les parkings si une voiture semble abandonnée et on cherche une lettre d'adieu.

— Vous croyez qu'on va en trouver une ? interrogea l'adjudant-chef, sceptique. Mais pourquoi les assassins en auraient-ils écrit une alors que nous savons qu'elles sont fausses ?

— Gerber… nous le savons, nous, mais les criminels, eux, ils ignorent que nous le savons…

On put voir l'adjudant-chef s'abîmer dans un profond effort de réflexion, puis il tapa son poing dans la paume de sa main.

— Bon Dieu, mais c'est bien sûr !

## 38

Guillaume trouva Paule chez lui en train de compter des liasses de billets qu'elle avait déposées sur la grande table de la salle à manger.

— Qu'est-ce que tout cet argent fait ici ?

— Pendant que vous alliez repêcher le énième suicidé, je suis allée à la banque et j'ai retiré au Crédit cauchois, juste avant la fermeture, une partie de la somme gagnée au casino.

Guillaume jugea plus prudent de s'asseoir pour entendre la suite. Mais comme celle-ci ne venait pas, il s'y colla :

— Est-ce que je peux te demander pourquoi ? Tu as trouvé une maison à acheter ? Tu sais que de nos jours il n'est pas nécessaire de régler en cash ? D'autant que, depuis quelques années, payer comptant pour un achat immobilier n'est plus autorisé.

— Quand je me suis rendue au traquenard que les assassins me tendaient, j'ai fait la rencontre d'un étrange échassier humain devant le temple protestant…

Paule raconta sa conversation avec le jeune guide qui l'avait abordée devant l'édifice. Il s'était vanté d'avoir aidé à retrouver la fameuse lettre *D* qui avait disparu de la Chambre des Demoiselles.

— Je me souviens très bien de cette disparition, qui avait affolé les officiels du tourisme et les lupinologues. Nous avions été obligés de nous atteler à cette enquête toutes affaires cessantes. Heureusement, la plaisanterie n'a pas duré trop longtemps.

— Eh bien, cette lettre m'a fait penser à l'araignée Cyclocosmia.

Pour appuyer ses propos, Paule entreprit de dessiner sur un bout de carton le disque rigide en forme de sceau qui venait au bout de l'abdomen tronqué de l'animal. Elle commença par la lettre *D*, qu'elle répéta, mais cette fois en l'inversant, avant de tracer en dessous le symbole de l'infini.

— Le professeur Cordier connaissait ce sigle que l'on retrouve sur l'avant-bras du fils aîné de Lydie. J'ai pensé que ce garçon qui collectionnait les anecdotes et les faits bizarres l'avait peut-être déjà vu…

— Et c'était le cas ?

— C'était le cas. Notre Lupin junior avait vu ce dessin à plusieurs reprises dans des petites annonces, accompagné du texte suivant : « Besoin d'aide ? Nous pouvons résoudre vos problèmes ! », avec un numéro de téléphone, auquel il n'avait pas prêté attention.

— Pourquoi ne pas me l'avoir dit avant ?

— Probablement parce que, après un séjour prolongé dans une grotte où j'étais censée me noyer paralysée par le venin, il m'a fallu un peu de temps pour me rappeler tout ce qui s'était passé ce jour-là…

— Admettons, mais cela ne me dit toujours pas la raison de ce sac rempli de billets dans ma gendarmerie ?

C'est là où Paule reconnut être allée « un peu trop loin ». Elle avait parlé de nouvelle piste devant la brigade au grand complet et avait estimé qu'elle ne pouvait plus revenir en arrière. Elle avait donc appelé *Le Courrier cauchois*, le journal qui avait passé l'annonce. Ils l'avaient retrouvée en échange d'un abonnement annuel de soutien… Elle était donc maintenant en possession du numéro de téléphone.

— Je commence à craindre le pire…

— Le pire n'est jamais sûr, dit Paule sur un ton faussement joyeux.

Étant connue des assassins, Paule ne pouvait pas les appeler, elle avait donc demandé à un Adelbert ravi de prêter son concours de le faire à sa place. La réaction avait été immédiate. On lui avait donné rendez-vous dans la chaumière normande où elle s'était fait agresser.

— Vous êtes tous des dingues, les chartistes, il faudrait ne jamais vous sortir de vos parchemins. Ja-mais. Et il est où, Adelbert, en ce moment ?

— Il se repose.

— Pardon ? Qu'il rapplique ici, et fissa, avant que je m'énerve pour de bon !

Paule s'approcha de Guillaume et lui caressa la joue comme une écuyère flatte l'encolure d'une monture.

— Tout doux, il a choisi de nous raconter ce soir ce qui s'est passé.

— Où ça ?

— Au restaurant du Donjon. Une étoile au Michelin. Il a réservé une table pour quatre.

— Pourquoi pour quatre ? Et pourquoi là-bas ? Nous avons, peut-être, d'autres choses à faire ce soir que de dîner, non ?

— Tu sais bien combien il veut ménager ses effets. La quatrième personne est la commandante Dunod.

Guillaume manqua de s'étouffer et leva les yeux au ciel.

Il monta dans sa chambre pour se changer et en redescendit avec une chemise bleu ciel, un pantalon beige et un blazer bleu marine. Paule était en tailleur-pantalon gris clair. Elle s'était légèrement maquillé le regard et avait déposé un peu de baume sur ses lèvres. Des boucles d'oreilles Gas aux formes byzantines venaient compléter sa tenue. Cela n'empêcha pas Guillaume de la regarder comme s'il la voyait pour la première fois.

Cela amusa Paule, qui s'approcha de lui et fit semblant de chasser quelque chose au coin de sa bouche.

— Tu permets ?

— Qu'est-ce que j'avais ?

— Un mince filet de bave, je dirais.

— Idiote !

Ils remontèrent en riant la rue Jacques-Offenbach puis le chemin de Saint-Clair, deux pentes raides et mal éclairées.

Dans le salon du Donjon, la commandante Dunod et Adelbert prenaient un verre, assis dans des Chesterfield en cuir vegan. Cernin dégustait un vieux porto et la commandante terminait son whisky. Dans son tailleur noir et sa chemise à grand col blanc, la policière ressemblait encore plus à l'actrice Judi Dench, la patronne de Bond.

— Bonsoir, capitaine. M. de Cernin et moi, nous parlions du dernier suicidé en date, René Jaucourt, bien que je pense le mot « victime » plus approprié.

— Vous l'avez su comment ?

— Nous avons opéré de la même manière que vous. Nous sommes seulement plus rapides et plus efficaces. J'imagine que ce nom ne vous est pas inconnu.

La famille Jaucourt possédait encore les Moulins de Sainte-Adresse, avec leurs immenses silos métalliques qui surplombaient le port du Havre. Elle avait aussi développé toute une gamme de produits bio à base de farine, et lesdits moulins devaient tourner à plein rendement depuis la guerre en Ukraine.

— En revanche, j'ignore si René Jaucourt avait de la famille…

— Oui, un mari. Il a convolé en justes noces avec son ancien garde du corps, qui est parti, il y a une semaine, pour Bali…

— C'est curieux, ne put s'empêcher d'intervenir Paule, ces personnes qui se trouvent à chaque fois au bout du monde, quand leurs proches attentent à leur vie…

— Détendez-vous, ma chère, lui répondit Dunod. Les quatre fils de Lydie sont en cavale, mais ils ne pourront pas fuir bien longtemps. Ce n'est qu'une question de temps.

Ils furent interrompus par le chef de rang, qui leur annonça que le dîner était servi.

Le repas était inspiré d'un souper de carême de la reine d'Espagne Isabelle II, qui avait vécu en exil à Étretat : Cappuccino de homard au parfum d'agrumes, Vol-au-vent d'huîtres d'Isigny, Bouchées de sole aux pointes d'asperge, Beignets de fraises venues… d'Espagne. Le tout arrosé d'un condrieu 1978.

Des garçons tourbillonnaient autour des quatre convives et venaient s'assurer en permanence que les verres étaient pleins.

Autour de la table, Adelbert, la commandante et Paule faisaient assaut de propos spirituels. Guillaume écoutait d'une oreille distraite l'incessant bavardage, qui avait fini par lui couper l'appétit.

On parla de golf, des personnalités qui séjournaient à Étretat, de Vincent Lindon, de Peter Doherty, tout en parvenant à ne pas évoquer le double assassinat, ce qui relevait de l'exploit. On parla même andouillette. La commandante vanta celle d'Arras et Adelbert célébra celle faite avec du canard. Paule cria à l'hérésie. Elle était normande et, pour elle, il était évident que l'andouillette ne pouvait être servie qu'avec sa belle et si riche crème jaune. Pour la taquiner, Adelbert ne put s'empêcher de rappeler la phrase d'Édouard Herriot :

— « L'andouillette, c'est comme la politique, ça doit sentir un peu la merde, mais pas trop »…

Le capitaine se demanda s'il ne rêvait pas. Depuis le début des agapes, il n'attendait qu'une chose, que Paule et Adelbert daignent dévoiler ce qu'ils avaient découvert. Et ils attendaient quoi, eux, au juste ?

Comme il avait un peu bu, ce qu'il s'autorisait rarement, il frappa son verre à vin à petits coups secs avec son couteau. Les autres convives le regardèrent comme s'il avait commis une faute de goût.

— Et maintenant, cher Adelbert, si vous nous disiez la raison qui préside à ce dîner fort sympathique ?

## 39

Adelbert de Cernin passa plusieurs fois la main sur son crâne chauve. Ce geste et son attitude contrite le faisaient ressembler encore plus à un *toon*. Paule posa sa main sur son avant-bras.

— Si tu permets, c'est moi qui vais commencer…

Elle fit, une nouvelle fois, le récit de sa rencontre avec le jeune guide touristique. Au début, la commandante arborait un franc sourire. Les choses devinrent plus compliquées quand Paule évoqua l'annonce dans *Le Courrier cauchois* et qu'il devint clair qu'elle avait mené une enquête parallèle non seulement à celle des gendarmes mais aussi – et surtout – à celle des policiers.

La commandante attaqua en piqué :

— Rassurez-moi, vous n'êtes pas en train de me dire que vous avez mené ces investigations de votre propre chef ?…

Paule se fit la réflexion que lorsque la policière fronçait ainsi les sourcils elle avait plus à voir avec un totem amérindien qu'avec la patronne de Bond.

— Je ne voulais surtout pas entraver la bonne marche de votre enquête en vous lançant sur de fausses pistes. Il me fallait d'abord vérifier par moi-même…

Sur l'échelle de la mauvaise foi, elle était consciente d'approcher de la note maximale.

Un gloussement très bref franchit les lèvres de la commandante, qui prit à témoin Adelbert :

— On ne dira jamais assez les conséquences néfastes de ces romans policiers qui mettent en scène des amateurs, grinça-t-elle. Et maintenant, nous vous écoutons, *monsieur* de Cernin.

Adelbert prit ce « monsieur » appuyé pour ce qu'il était, une claque en l'occurrence, mais feignit de ne pas l'avoir remarqué.

Il avait appelé le numéro de téléphone que lui avait communiqué Paule en se faisant passer pour un certain Ambroise Leclerc. Une femme lui avait répondu sur un ton si familier qu'il avait cru, tout d'abord, s'être trompé et avoir appelé par mégarde un commerce de bouche.

Sa correspondante avait bien souligné qu'elle ne souhaitait pas s'épancher au téléphone et avait demandé à Adelbert de venir la rejoindre dès que possible au château du Clos des Fées, à Saint-Jouin-Bruneval.

Un quart d'heure plus tard, le chartiste était « sur zone ».

En dépit de sa haute silhouette, le château, ou plutôt le manoir, semblait une épave échouée non loin de la falaise. Un vaisseau de silex et de briques déposé sur la lande broussailleuse par une gigantesque vague pour que les fantômes puissent y trouver un refuge.

Jadis, quand Saint-Jouin se piquait de rivaliser avec Étretat, le Clos des Fées accueillait le Tout-Paris des artistes et des romanciers, qui descendaient par une petite valleuse pour se baigner sur la plage à l'abri des vents.

« Vous êtes sûr que c'est là que vous devez vous rendre ? avait demandé, inquiet, le chauffeur de taxi d'Étretat. On dit que la municipalité l'a racheté pour en faire des logements sociaux, mais cela fait quand même trente ans qu'on en parle… Si vous essayez d'entrer, faites attention aux chiens, ils sont féroces. »

Adelbert de Cernin avoua aux convives qu'il avait frissonné en voyant l'édifice tout droit sorti d'un film de Tim Burton. Il décrivit une toiture par endroits éventrée, des vitres brisées, de la végétation rampant sur les murs…

Cernin s'était dit que ce n'était ni le vent de l'océan, ni les années qui avaient provoqué de tels dommages, mais l'indifférence des anciens et le vandalisme des plus jeunes. Et pourtant, dans sa décrépitude sauvage, ce bâtiment en imposait encore, comme tant de ruines des temps révolus.

Il avait eu peine à croire que quiconque habitait encore ici, mais c'était pourtant bien le lieu où on lui avait donné rendez-vous.

Dans le parc devenu une véritable jungle, il n'avait noté la présence d'aucun chien. En revanche, en s'approchant du manoir, il avait cru discerner sur le rebord d'une fenêtre deux ou trois formes trapues et sombres, qui s'étaient aussitôt volatilisées.

Il avait gravi péniblement le perron en raison de l'état des marches et tiré la chaîne d'une cloche en craignant que celle-ci ne lui reste entre les mains. Mais c'était un carillon mélodieux qui avait retenti dans l'ensemble de l'édifice.

Une femme blonde et dodue que Cernin avait trouvée immédiatement vulgaire lui avait ouvert la porte et l'avait prié d'entrer.

Ils ne s'étaient pas attardés dans le vestibule, qui était dans un piètre état.

Adelbert avait suivi son hôtesse et emprunté un très long couloir au bout duquel les attendait une vaste pièce décorée d'un lustre de cuivre et d'un grand tapis persan. Ils avaient pris place dans deux canapés en velours rouge. Parce qu'elle devait être habitée, cette partie de la bâtisse était bien plus accueillante que l'extérieur du bâtiment.

La femme l'avait examiné sous toutes les coutures. Le chartiste avait pu reconstituer le cheminement de sa pensée ou plutôt de ses préjugés. Elle avait commencé par évaluer le prix de chacun de ses vêtements, en terminant par ses chaussures. Puis elle s'était renseignée sur sa personne, jugeant sûrement qu'Ambroise n'était pas un prénom courant dans la région. Était-ce la première fois qu'il venait à Étretat ?

Le sentant nerveux, elle avait cherché à le rassurer. Il n'avait pas à s'inquiéter. « Tout ce qui se dira ici restera ici », avait-elle répété à maintes reprises. Enfin, elle en était venue au problème qui l'avait conduit à prendre contact avec elle.

Là, Adelbert avait joué les maris trompés et simulé la rage de ne pas pouvoir divorcer.

« Cette salope possède l'usine où je travaille ! » s'était-il écrié.

En empruntant le registre vulgaire, il avait eu une bonne intuition. La femme avait fait un geste de la main pour l'interrompre.

Moins ils en savaient sur Adelbert et moins Adelbert en savait sur eux, c'était là le pilier sur lequel ils allaient pouvoir bâtir un contrat solide. En revanche, la femme avait besoin de savoir si la résolution de son problème était urgente.

Adelbert avait répliqué que c'était le cas puisque son épouse devait séjourner une semaine dans la région à la fin de l'année. Elle allait sûrement venir avec son amant et avait déjà dû réserver une suite avec vue sur les falaises au Donjon. La même qu'elle avait choisie pour leur voyage de noces…

La femme avait noté que généralement ce genre d'indélicatesse était plutôt masculine puis s'était lancée dans une longue digression sur les couples, où entrait à coup sûr une grande part de vécu.

Il l'avait laissée parler jusqu'à ce qu'elle se reprenne et en vienne aux deux points essentiels de leur « collaboration ». Le premier était qu'elle avait besoin de lettres manuscrites de son épouse, et peu importait le sujet traité. Le second était que, durant la semaine où elle serait à Étretat avec son amant, lui devait s'arranger pour être en déplacement professionnel ou touristique à l'étranger. À ce moment-là, en apprenant la triste nouvelle, il lui faudrait se plonger dans des abîmes de douleur, s'était-elle amusée.

Adelbert avait plaisanté avec elle et proposé qu'ils liquident aussi l'amant. Cela semblait si facile de faire disparaître quelqu'un… Comment s'y prenaient-ils donc ?

La femme avait été catégorique, presque menaçante. Il n'avait pas besoin de savoir, et d'ailleurs elle-même n'en savait rien. L'essentiel était que cela soit fait et cela le serait. Ses clients n'avaient jamais été déçus… mais il n'était pas trop tard pour renoncer.

Il était évident qu'elle mentait, mais Adelbert ne s'était senti ni le courage, ni la capacité de pousser cette créature dans ses retranchements. Il avait bien cru à ce moment-là que la conversation allait s'arrêter. Voire pire. Il s'était excusé de sa curiosité mal placée.

Elle avait alors posé sa main blanche et grassouillette couverte de bagues sur le genou d'Adelbert, qui s'était retenu pour ne pas la repousser et avait abordé la question du prix à payer pour une opération qui serait effectuée dans la plus grande discrétion et avec une parfaite sécurité dans l'exécution.

Le montant réclamé était astronomique.

Adelbert avait fait semblant de marchander, prétextant qu'il ne possédait pas une somme pareille et qu'il lui était impossible de la réunir en quarante-huit heures.

Elle avait réfléchi quelques instants et accepté de diviser la somme par deux, à condition qu'il l'apporte le lendemain dans l'après-midi.

— Et vous lui avez répondu quoi ? demanda la commandante, qui n'en croyait pas ses oreilles.

— Je savais que je pouvais répondre positivement à sa demande puisque Paule a tiré le gros lot, rit Cernin.

— Je suis allée chercher l'argent au Crédit cauchois. Ils ont bien été réticents, au début, mais je leur ai annoncé que c'était ça ou devoir clôturer mon compte, reconnut l'intéressée.

— Voilà pourquoi, en rentrant chez moi, je suis tombé sur Mme Paule Nirsen en train de compter des liasses et des liasses de billets, intervint Guillaume.

— Et cela vous amuse ? rugit la commandante.

Tous les trois regardèrent leurs chaussures tandis que la policière se frottait les lèvres. Elle devait prendre une décision, et vite.

— Très bien, dit-elle en sortant de sa réflexion. Il existe donc bien une petite entreprise consacrée au meurtre qui vend ses services sur la Côte d'Albâtre depuis… combien de temps ? Dix ans ? Vingt ans ? Peut-être plus. Adelbert, vous avez apparemment le goût du risque ?

Le chartiste nota avec satisfaction que la commandante était repassée au prénom. Il opina du chef.

— Vous appellerez demain le fameux numéro et confirmerez que vous viendrez avec la somme demandée. Nous vous équiperons en conséquence. Nous serons présents.

— Pardonnez-moi, dit Guillaume, quand vous dites « nous », c'est…

— J'appelle Paris pour qu'ils m'envoient une équipe du RAID et, vous, vous allez nous aider.

## 40

Protégé par des hautes grilles, le château néo-Renaissance de Fréfossé se dressait au fond d'un parc, situé entre Étretat et Saint-Jouin-Bruneval, à deux kilomètres du Clos des Fées. Une douzaine d'hommes du RAID s'étaient installés dans les communs du domaine à l'abri des regards. Ils étaient arrivés durant la nuit. L'installation de cette force d'opération spéciale avait été rendue plus compliquée en raison de rafales de vent dépassant les cent quarante kilomètres-heure. Pas question de planter des tentes et il fallait protéger les véhicules.

La nuit avait été d'autant plus courte que la tempête n'avait cessé de redoubler de vigueur sur cette partie de la côte normande et de pousser de longues plaintes lugubres. Heureusement que Fréfossé était à l'intérieur des terres. Avec une marée haute de vives-eaux, ceux qui habitaient en bord de mer devaient colmater toutes les ouvertures en espérant échapper à une probable inondation.

Pour réconforter ses hommes, la commandante Dunod était venue avec Jean Plenec et Mosin, qui avaient les bras chargés non pas de viennoiseries mais de pains de campagne et de terrines du pays à base de gibier.

Toute l'équipe se jeta dessus, et chacun de se tartiner de larges tranches qu'il trempait au plus vite dans son bol de café fumant.

Pendant ce temps, la commandante Dunod leur avait, à nouveau, expliqué l'enjeu de cette intervention qui, à ses yeux, dépassait en ampleur celles menées contre le grand banditisme ces dernières années.

En retrait, Guillaume écoutait tout en étudiant une carte militaire qu'il avait dépliée sur la grande table de la cuisine.

— Combien sont-ils, à l'intérieur ? demanda Julien, le chef du groupe d'intervention.

— C'est justement le problème, lui répondit Dunod. Au moins cinq, mais ils pourraient être plus. Moins d'une dizaine, je pense.

— De quelles armes disposent-ils ?

La commandante fit la grimace.

— Nous ne le savons pas. Maintenant, deux d'entre eux étant liés à des trafics dans la zone portuaire, il faut prévoir que les criminels aient pu entrer en possession de fusils d'assaut, de kalachnikovs et autres pistolets automatiques.

— Je vois. Vous aurez une personne dans la place ?

— En effet, notre homme est censé apporter à la bande un sac de billets. Son action doit se limiter à cela. Aucune raison qu'il s'éternise à l'intérieur. Dès qu'il aura déposé son sac, il sortira du château, et c'est à ce moment que vous interviendrez.

— Très clair. Sa visite est prévue pour quand ?

— Dans deux heures.

— C'est parfait, ça nous laisse le temps pour nos travaux d'approche et pour nous mettre en place.

— Ils sont excessivement dangereux. Je tiens à le souligner.

Le chef du groupe d'intervention sourit.

— Nous avons l'habitude de gérer des situations extrêmes. Cela fait un bon moment que nous sommes passés des drames familiaux à des situations de guerre en zone urbaine.

À l'issue de la réunion, Guillaume repartit à Étretat pour aller chercher son équipe de chartistes. En redescendant par la route du Havre, il fut obligé de se concentrer en raison des bourrasques qui déportaient le véhicule.

Quand il pénétra dans les locaux de la gendarmerie, Adelbert était déjà là avec Paule et son fameux sac de billets. Ils avaient pris leurs aises et devisaient paisiblement à propos du parchemin d'un inquisiteur sur lequel ils avaient tous deux travaillé.

— On dirait que les signes qui y sont tracés sont faits d'une encre de suc, de sueur et de sang, tant il est évident qu'il n'a jamais renoncé à extirper l'hérésie… c'est incroyable, dit Cernin avec gourmandise tout en tendant sa tasse à Gerber afin qu'il la remplisse de thé.

— Quand tu vas exciter un chien dans sa niche, il te mord, lui répondit Paule, philosophe. Quand tu veux jouer avec une mygale, elle plante ses crochets dans ta chair. C'est la même chose quand on veut jouer avec le Mal. Il peut s'écarter un court instant, mais il revient toujours pour attaquer...

Sur quelle planète vivaient-ils ? Ni l'un ni l'autre ne paraissaient troublés par l'opération qui se préparait. Ils étaient davantage soucieux des secrets d'un vieux grimoire.

Guillaume s'approcha d'eux en se raclant la gorge.

— Je suis désolé d'interrompre votre échange. Puis-je vous rappeler que nous allons dans moins de deux heures à la rencontre de dangereux criminels ?

— Puis-je vous rappeler, cher capitaine, qu'à une heure de monter sur l'échafaud mon auguste ancêtre, François du Plessis de Cernin, avait une controverse avec le marquis de Rouget sur la pureté apollinienne dans l'œuvre du sculpteur Phidias ?

Guillaume fut sur le point de le prendre par les épaules et de le secouer mais ce n'était pas le moment de l'effrayer. Il est toujours dangereux de réveiller un somnambule. Adelbert citait son ancêtre guillotiné ? Après tout, il avait trouvé dans cet exemple un refuge et cela eût été imprudent de chercher à l'en faire émerger.

Il fut sorti de sa réflexion par Lucas, qui lui faisait de grands signes.

— Qu'y a-t-il ?

Le gendarme s'approcha.

— Vous vous rappelez que vous nous aviez demandé un rapport approfondi sur les allées et venues de Marie-Claude Bonnabe ?

— Non. Enfin, oui. Dites-moi ce que vous avez trouvé… puisque nous parlons de marquis, pourquoi pas d'une vicomtesse… lâcha Guillaume en levant les yeux au ciel.

— Rien à signaler, chef. Très peu de sorties. Nous avons tout vérifié. Ses seuls déplacements ont été confirmés : au Brésil, au Maroc et chez son gynécologue et endocrinologue à la retraite, le docteur Baroux.

Le capitaine dut le remercier chaudement de n'avoir pas dévié de sa mission. On oubliait souvent que c'était cet entêtement qui permettait de résoudre des enquêtes difficiles. Il se tourna vers Adelbert.

— Vous êtes prêts ?

— Affirmatif, capitaine.

Guillaume leva une nouvelle fois les yeux au ciel.

— Gerber, Lucas, vous venez ?

Les deux hommes se redressèrent, contents de ne pas être écartés de l'opération, même s'ils savaient très bien qu'ils ne seraient pas aux premières loges. Paule mit son manteau court.

— Que fais-tu ? lui demanda Guillaume pour la forme.

— Je vous accompagne et je resterai, moi aussi, en retrait. Je vous rappelle que sans mon apport, pas seulement intellectuel ou physique mais également financier, vous n'auriez jamais pu monter cette intervention…

# 41

— Bonjour, monsieur Ambroise Leclerc, nous vous attendions…

Ce « nous » aurait pu impressionner Adelbert mais il en fallait plus pour le déstabiliser. Il se répétait qu'il avait gagné une autre dimension, en communion avec son ancêtre martyr.

— Vous avez réuni la somme demandée pour le contrat ? attaqua la commerçante de but en blanc.

En réponse, il leva le sac qu'il avait dans la main comme s'il s'agissait d'un laissez-passer. Le long d'interminables corridors, il suivit la femme blonde, qui n'était plus vêtue d'un tailleur mais d'un jogging et d'un sweat à capuche. Il se fit la réflexion que ces nouveaux habits auraient presque pu la rendre désirable, s'empressa de se reconcentrer. Il était là en mission.

Au bout du labyrinthe, ils pénétrèrent dans une grande pièce placée au cœur du château que les squatters avaient transformée en fumoir. Les murs étaient encore ornés de haches à double tête et de courtes épées à double tranchant.

Clope à la bouche, des hommes à la musculature impressionnante s'affairaient en soulevant des caisses et des sacs déformés par des objets métalliques. D'après la description faite par Paule et Guillaume, Adelbert crut reconnaître les frères Vatinel.

— Nous sommes en pleins travaux, expliqua la femme.

La phrase n'avait pas grand sens dans cette bâtisse dont toute une partie du toit était éventrée. Et pourtant, les murs étaient si épais que l'on n'entendait pas le vent qui hurlait à l'extérieur.

Adelbert posa le sac rempli de billets sur la table.

— Vous pouvez compter ! lança-t-il comme s'il les défiait.

Elle l'ouvrit et jeta un coup d'œil rapide à l'intérieur.

— C'est inutile. Nous ne sommes pas dans un film. S'il y avait le moindre problème, nous saurions bien vous retrouver. Pas vrai ?

— Et moi, dois-je vous faire confiance ? rétorqua Adelbert, sans comprendre qu'il s'aventurait sur un terrain glissant.

— Pour que vous répondiez à notre annonce, c'est bien que nous vous avons été recommandés. Nous sommes des gens de parole.

— Mais l'illustre Phocylide de Milet, qui était admiré de Platon et d'Aristote, n'a-t-il pas écrit « Il ne faut pas faire confiance au peuple, la masse est changeante comme le vent » ?

Adelbert se mordit aussitôt la lèvre jusqu'au sang.

La femme blonde le fixait avec méfiance. Un des hommes présents, barbe rousse et musculature plus allongée que les autres, se dirigea vers le chartiste d'un pas souple.

— Toi, t'as rien d'un chef d'entreprise… C'est quoi, ton job, déjà ?

— Apprenez, cher monsieur, que l'on peut fort bien être capitaine d'industrie et cesser de caboter le long des rivages pour gagner le grand large de la connaissance…

Le malfrat écarquilla les yeux. Un géant viking qui arborait un énorme tatouage sur l'avant-bras reposa la caisse qu'il venait juste de saisir et lança :

— C'est bon ! On l'embarque et…

Mais Adelbert était déjà sorti, à la façon d'un coureur de cent mètres jaillissant de son starting-block.

— Dewitt, cours à la porte d'entrée tout de suite pour vérifier qu'il est bien venu seul ! On s'occupera de lui plus tard. Il va se perdre et s'épuiser. On le ramassera avant de quitter les lieux.

Adelbert se retrouva en train de monter vers les étages supérieurs par un escalier de service. Il déboula bientôt, dans une semi-obscurité, au milieu d'un couloir donnant sur une enfilade de portes ouvertes.

Il s'arrêta, entra dans une chambre munie d'une salle de bains. De là, il téléphona à Paule, qui était sur messagerie, puis à la commandante, qui lui répondit immédiatement :

— Vous êtes où, Adelbert ? Vous êtes sorti ?

— Non, chuchota-t-il. J'ai été démasqué. Ils sont nombreux, pas loin d'une dizaine. Toute la bande doit être là.

— Vous ne bougez pas. Trouvez-vous un placard. N'importe quoi. Nous arrivons.

Le chef du groupe d'intervention n'avait rien perdu de l'échange entre la policière et le chartiste.

— Nous allons attaquer par les extérieurs, dit-il, on va les encercler puis resserrer l'étau jusqu'à les saisir à la gorge. Rien que du classique.

Le classique n'allait hélas pas fonctionner ici. Dewitt, qui avait pris place dans le vestibule de l'entrée, vit des mouvements dans le parc et alerta aussitôt ses frères.

L'équipe d'intervention se scinda en deux, le premier groupe partit vers l'aile gauche et le second vers l'aile droite du château. À peine avaient-ils fait quelques pas qu'une première déflagration se fit entendre, suivie de tirs nourris qui les forcèrent à se coucher à terre. Ce n'était plus un échange de coups de feu avec des malfrats, mais bien la guerre.

À couvert, Guillaume parvint à ramper sous les broussailles jusqu'au perron. Le temps pressait. Il fallait passer à l'action. Et pour cela, faire diversion : il prit une pierre sur le sol et visa une fenêtre ouverte, à quelques mètres de la porte d'entrée. Le projectile alla s'écraser contre une cheminée d'époque.

Pistolet automatique à la main, il entra dans le château en roulé-boulé. Une silhouette se dressa devant lui. Dewitt. Il tira, l'atteignit à la cuisse. Le fils Vatinel lâcha son arme. En quelques secondes, le capitaine fut sur lui, le chevaucha et l'assomma avec la crosse de son arme.

Dehors ça canardait à l'aveugle, l'assaut avait repris de plus belle.

La voix de la commandante Dunod appela à la reddition dans un mégaphone. Guillaume entendit du bruit et se planqua derrière ce qui avait été autrefois une tenture et qui puait le moisi. Trois hommes apparurent et sortirent de la bâtisse les bras en l'air après avoir jeté leurs fusils sur le perron.

La commandante lui avait dit qu'Adelbert avait trouvé refuge dans les étages. Il trouva l'escalier principal, dont les dernières marches avaient disparu. Il se hissa à la force des bras et se rétablit sur ce qui avait été autrefois un palier. Puis il continua à monter, lentement, tâtant les marches du pied. Il entendait toujours des tirs en bas.

À l'étage suivant, il considéra la succession de chambres. Il commença par celle de gauche, y trouva un grand lit à baldaquin fait au carré dont le matelas semblait neuf et une valise soigneusement pliée, mais aucune trace d'Adelbert. Il en visita quatre autres, toutes dans un sale état, avant de parvenir à la dernière, qui semblait avoir été occupée récemment.

Un pull marin avait été jeté en boule par terre. Il contourna le lit défait, ouvrit la porte de la salle de bains. Rien. Il s'apprêtait à rebrousser chemin quand il entendit un timide « Capitaine ? ».

Adelbert était planqué sous la baignoire à pieds et s'y était glissé avec une telle précipitation que Guillaume eut le plus grand mal à l'en sortir en le tirant par les chevilles.

— Accrochez-vous à moi, nous allons essayer de descendre, lui dit-il.

Ils étaient sur le point d'emprunter l'escalier de service quand ils entendirent le bruit d'une arme que l'on recharge. Il poussa Adelbert derrière lui, s'accroupit et attendit. Ange apparut, brandissant un semi-automatique.

— Viens par là, le bourge, pour une fois tu vas servir à quelque chose…

Guillaume le mit en joue.

— Pas un geste !

Le visage du criminel se crispa en un masque hideux. Il leva son arme. Guillaume tira. La balle traversa la main d'Ange, lui faisant lâcher son arme.

— Fils de pute !

— Estime-toi heureux que je ne t'éclate pas les deux genoux. Allez, avance, sombre merde !

Guillaume, poussant Ange avec son arme et suivi d'Adelbert, sortit du bâtiment. Les trois hommes furent tout de suite entourés par les membres restants du commando. Gerber, Lucas et Paule accoururent à leur rencontre.

Des renforts étaient arrivés pour procéder à l'arrestation en règle du clan Vatinel. De tous, la personne la plus violente et la plus éructante, qui ne cessait de se débattre et de chercher les tibias des policiers autour d'elle, c'était la femme blonde. Lassé, Gerber s'approcha d'elle, la hissa de force sur son épaule et la jeta dans le fourgon comme un paquet de linge sale.

Paule songea qu'il avait dû rêver de nombreuses fois de pouvoir en user ainsi en toute légalité, évidemment.

— Où est Kevin ? interrogea Guillaume.

Personne ne l'avait vu se rendre, encore moins s'enfuir. Il était encore à l'intérieur du château. Guillaume y pénétra à nouveau.

Il erra un petit moment avant de découvrir une grande salle où quelques épées, boucliers et couteaux étaient encore accrochés à ce qu'il restait des murs, en grande partie détruits.

L'aîné des frères Vatinel, Kevin, le colosse aux poils roux et à la peau laiteuse tachetée de son et au terrible tatouage, était assis torse nu et contemplait son œuvre : il était parvenu à fendre le crâne d'un des membres du RAID avec une hache à double tête.

Le capitaine regarda ce descendant de berserkers. Il paraissait dans un état second.

— Rends-toi, Kevin. C'est terminé.

Pour toute réponse, l'autre se leva et marcha sur lui, sa hache ensanglantée en main. Guillaume voulut tirer au-dessus de sa tête, mais son pistolet s'enraya.

Il bondit vers un des murs, s'empara d'un sabre et se mit en garde. Le géant le contempla, surpris.

Guillaume se rappela ses combats nocturnes dans l'enceinte de l'École des officiers de gendarmerie, à Melun. Les élèves jouaient à se défier, un poignet relié à celui de l'adversaire. Une de ses passes favorites consistait à baisser la garde au maximum. La riposte du guerrier viking fut celle qu'il attendait. Il fit tournoyer son arme pour le frapper. Guillaume ploya un genou et se glissa sous sa garde comme s'il allait l'étreindre. Son sabre déchira le visage de Kevin.

En une seconde, celui-ci eut la bouche pleine de sang, mais il ne parut pas s'en formaliser. D'un revers, il fit voler l'arme de Guillaume et se dressa au-dessus de lui pour lui fendre le crâne. Une détonation retentit. La moitié du visage arrachée, le colosse parvint pourtant à faire encore quelques pas avant de s'effondrer lourdement. Sous son poids, les lattes du plancher cédèrent. Son corps atterrit dans la cave en s'écrasant sur des boîtes en bois remplies de terre qui y étaient entreposées.

Guillaume se retourna. Paule le regardait, un fusil d'assaut pointé devant elle.

# 42

Pendant un long moment, Guillaume, Paule et Adelbert avaient suivi les lumières bleues des gyrophares qui s'éloignaient vers l'est. À leur retour à la gendarmerie, ils reçurent, avec Gerber et Lucas, un accueil triomphal. Tout juste si leurs collègues ne les hissèrent pas sur un pavois pour les emmener faire le tour d'Étretat…

Les hommes du RAID avaient fouillé le château du Clos des Fées pour désamorcer les engins explosifs disséminés un peu partout à l'intérieur et à l'extérieur. Comme on pouvait s'y attendre, ils avaient surtout trouvé, dans les caves, des dizaines de boîtes de toutes les tailles abritant des créatures à huit pattes. Certains colis provenant d'Australie, du Brésil ou du Venezuela n'avaient pas été encore ouverts.

En plus des équipes spécialisées, les vétérinaires de la région avaient été mobilisés et priés de se familiariser au plus vite avec les us et coutumes des veuves noires et des araignées Goliath.

Après avoir reçu les premiers soins pour sa blessure à la cuisse, Dewitt Vatinel était passé aux aveux. Il avait entraîné dans sa chute ses frères mais aussi sa mère, qui s'était laissé arrêter à son domicile. Son seul souci était de rejoindre au plus vite ses fils.

Lydie s'était révélée être l'agent de renseignement du clan. Lorsque les policiers étaient venus la cueillir, ils avaient découvert sous le lit de sa chambre des cantines entières de photocopies de rapports de la gendarmerie sur des suicides mais aussi sur des trafics liés au port du Havre.

On en savait davantage sur le mode opératoire de la sinistre bande. Régulièrement, la jeune femme en rouge, qui était la compagne de Kevin, postait son annonce dans *Le Courrier cauchois*, et le bouche-à-oreille faisait le reste. Le versement était effectué en une seule fois, avant qu'un contrat, oral, ne soit mis en œuvre. La victime désignée était abordée puis droguée. On lui administrait le venin paralysant et elle se laissait conduire sans résister au bord de la falaise, où on lui faisait effectuer son dernier plongeon.

Il demeurait bien quelques questions, comme le fait de savoir si Kevin Vatinel était ou non le chef de la bande et comment était produit le venin, mais Mosin avait répondu : « Chaque chose en son temps », et sa cheffe, épuisée par sa journée, avait surenchéri : « Depuis quand chaque question doit avoir une réponse ? »

Guillaume n'était pas loin de leur donner raison. Leur rôle était de faire cesser les activités criminelles et d'amasser suffisamment de preuves pour mettre les assassins hors d'état de nuire, et non de veiller à la cohérence d'une histoire.

Gerber avait débouché une bouteille de vin pétillant venu d'un cépage planté sur la falaise d'Amont et commença à remplir les coupettes. Guillaume allait lever son verre mais fit une pause en voyant le manège d'Adelbert.

Le chartiste s'était arrêté devant le tableau où Paule avait fait le résumé de l'affaire, photos à l'appui. Il scrutait un des clichés, plissait les yeux, reculait puis revenait l'observer.

Au bout de la troisième fois, le capitaine finit par l'interpeller :

— Adelbert, venez donc boire avec nous. Ce n'est pas du champagne mais nos vignes méritent le détour !

Adelbert ne répondit pas mais se tourna vivement vers Paule en pointant la photo de Marie-Claude Bonnabe.

— Peux-tu me dire qui est cette personne ?

— Bien sûr, lui répondit la jeune femme, il s'agit de la vicomtesse d'Aubray, propriétaire de la Villa Volubilis. J'ai eu assez de mal à trouver une photo d'elle, d'ailleurs. Pourquoi ?

— Parce que, dit-il d'un air grave, j'ai travaillé pour un Lucien Bonnabe afin d'authentifier des mosaïques provenant justement de la ville romaine de Volubilis. Cette femme lui ressemble étrangement…

— C'est sa femme ! s'exclama Paule.

— Il arrive que dans certains couples l'un des partenaires prenne progressivement l'apparence physique de l'autre, concéda Adelbert, mais franchement, là…

Guillaume et Paule se regardèrent et après avoir fait signe à Gerber et Lucas de les suivre sortirent en courant de la pièce.

Ils mirent moins de dix minutes pour arriver devant la Villa Volubilis, qui leur parut bien moins impressionnante que la première fois. Ils remontèrent par le parc mais ils furent arrêtés par un voisin rougeaud qui leur faisait signe de s'approcher l'autre côté de la haie.

— Vous cherchez Marie-Claude ? Elle vient juste de partir. Quelle idée d'aller se promener sur la plage par ce temps-là, elle qui ne sort presque jamais ! Je ne l'ai jamais vue marcher aussi vite !

Guillaume et Paule s'élancèrent. Gerber et Lucas peinaient à les suivre.

Arrivés sur le parking derrière le casino, ils montèrent quatre à quatre les marches qui menaient au Perrey et furent accueillis par des baquets d'embruns.

— La mer va passer par-dessus les digues, dit Gerber. On devrait peut-être rebrousser chemin…

Et c'est là que le regard perçant de Paule fit merveille. Elle tendit le bras, désignant une minuscule silhouette sur la plage qui paraissait presque marcher sur l'eau.

— Regardez ! Elle va monter sur la falaise !

Guillaume repartit en courant. Paule était sur ses talons et les deux gendarmes suivaient en ahanant. Gerber avait l'impression qu'il allait cracher ses poumons.

Enfin, après avoir pataugé dans les premières vagues venues se briser sur la digue, ils parvinrent à la falaise. La montée leur sembla encore plus raide que d'habitude. Tous les muscles de

Guillaume étaient tendus par l'effort. Il se retourna pour voir si Paule le suivait puis scruta le haut du chemin.

Avec dix bonnes minutes d'avance sur eux, la vicomtesse avait dû avoir le temps de disparaître dans un des multiples vallons qui bordaient la falaise.

— Je ne comprends pas pourquoi elle a choisi de s'enfuir par là, maugréa Gerber, qui venait de les rejoindre.

— Peut-être pense-t-elle que les routes pour sortir d'Étretat sont bloquées… Elle doit chercher à rejoindre Le Havre par le cap d'Antifer.

Paule ne disait rien car elle avait compris où elle se dirigeait.

— Ce n'est pas sérieux, reprit l'adjudant-chef, si ça se trouve, la vicomtesse est armée. Et dire qu'on devrait être à la gendarmerie en train de fêter l'issue heureuse de l'enquête et l'arrestation du clan Vatinel !…

— Ah d'accord, grinça Paule, dans la gendarmerie vous considérez qu'une enquête est finie même si le vrai meurtrier court toujours ?

Gerber la fusilla du regard.

— Je distingue une forme là-haut, près du bord de la falaise, les coupa Guillaume. Les broussailles ne réussissent pas à la masquer. On y va !

— Je ne suis pas sûre qu'elle veuille se cacher, murmura Paule.

Le soleil était un disque blafard qui émergeait avec peine des nuages sombres. Quant à la mer, elle était agitée, froide, mélancolique et grise. Presque métallique. L'impression qui se dégageait de cette masse en mouvement était terrible. Elle ourlait la falaise d'Aval d'un friselis d'écume, comme si elle léchait un autel dans l'attente de nouveaux sacrifices. Le bruit assourdissant des galets sur le rivage suggérait le piétinement d'une armée invisible.

— Elle nous attend, lâcha Paule.

En effet, vêtue d'un ciré noir et d'une longue écharpe beige, Marie-Claude Bonnabe se tenait droite comme une statue au bout du sentier longeant le précipice.

— Marie-Claude Bonnabe… Vous êtes en état d'arrestation. Ou plutôt devrais-je dire… Lucien Bonnabe ?

Les mots de Guillaume agirent presque comme une libération. Le visage de la vicomtesse parut changer, à moins que ce ne fût le regard que l'on portait sur elle. La carrure de nageuse, la mâchoire, la pomme d'Adam, que l'écharpe mal nouée ne masquait plus…

— Comment avez-vous pu donner le change pendant tout ce temps ? attaqua Guillaume de but en blanc.

Lucien Bonnabe eut un bref sourire de satisfaction.

— Sans Marcelle et le docteur Baroux, je n'aurais pas pu tromper mon monde bien longtemps. Mais peut-être aussi que le monde voulait être trompé, et je ne parle pas que des gens d'ici. Étretat n'est pas le seul lieu où s'enchevêtrent les passions, les phobies et les secrets. Je crois bien qu'il ne doit pas y avoir un seul village au monde qui ne soit fondé sur un crime ou une dissimulation, depuis que Romulus a tué son frère Rémus et l'a jeté dans les fondations de la future Rome.

— Mais pourquoi être venu vous terrer ici ? Pourquoi Étretat ?

Le visage de Bonnabe afficha une vive déception.

— Parce que jamais ceux qui m'ont poursuivi ne seraient venus ici ! Ils ont sûrement dû parcourir la planète en fouillant les endroits qu'ils jugeaient, eux, paradisiaques, avec leur mentalité de mafieux parvenus. N'avez-vous toujours pas compris ce qui se joue sur ces terres ? Pensez-vous que c'est un hasard, ces légendes accumulées de jeunes vierges torturées, de têtes coupées, de fantômes de marins hantant les rues, cette autre Aiguille creuse à un kilomètre de là, cet autre lui-même que Maupassant croise au bout de la digue, cette église qui se construit à l'écart et non au centre du village ?... Que pouvaient craindre d'après vous ces moines, sinon le monstre marin qui dort dans cette mer imprévisible ?

— Psychopathe ! lâcha Gerber.

En d'autres circonstances, cette sortie de l'adjudant-chef aurait fait sourire Paule.

— Rares sont les psychopathes qui parviennent à commettre le même crime sur plusieurs décennies. Il faut bien que quelque chose de supérieur les anime...

— « Quelque chose » ?

— Oui, ou quelqu'un.

— Gardez vos délires pour vous, dit Guillaume, la vérité est bien plus ordinaire. C'est vous qui avez tout pensé et monté. Parce qu'il fallait un cerveau pour organiser cette confrérie du crime. Et de l'argent, beaucoup d'argent. Je suis sûr qu'en regardant comment le professeur Cordier s'est installé ici on trouvera des subventions d'une de vos multiples fondations au Luxembourg ou à Saint-Martin. De même pour les bourses accordées à ses étudiants étrangers pour venir le seconder dans ses travaux…

Bonnabe souriait et bombait le torse avec arrogance.

— Il fallait bien passer à la vitesse supérieure, laissa-t-il tomber de ses lèvres minces.

— Car le premier assassinat commis l'a été contre votre épouse.

— C'est là que l'idée m'est venue, concéda Bonnabe, mais c'était encore bien trop prosaïque…

— C'était en juin 1996, dit Guillaume.

L'assassin sursauta.

— Comment le savez-vous ?

— Parce que vous aviez disparu le mois précédent, craignant vos anciens associés. Comme vous venez de le rappeler, c'était l'endroit le plus sûr. Oui, je sais que c'est un jour de juin 1996, insista Guillaume gravement, parce que ce « suicide »-là a détruit d'autres vies…

— Comment avez-vous convaincu Marcelle d'entrer dans votre jeu ? intervint Paule.

Ce n'était plus de la satisfaction qui se lisait sur le visage de Bonnabe mais de la fatuité.

— À votre avis ? Personne ne faisait attention à elle. Quand j'ai jeté mon dévolu sur sa petite personne, ce fut un bouleversement dans sa vie.

— Vous avez eu un fils avec elle, n'est-ce pas ?

Il hocha la tête.

— Oui, Kevin. Ma vraie, mon unique fierté.

— Désolée, mais il va falloir vous en trouver une autre, désormais. J'ai le regret de vous annoncer qu'il est mort.

Bonnabe ne cilla pas. Malgré les rafales de vent qui les déstabilisaient tous au point de leur faire faire parfois un pas en avant ou sur le côté, lui parvenait à ne pas bouger. On aurait dit qu'il avait fini par prendre racine au bord du précipice.

Les yeux de Paule se fermèrent. Là, maintenant, elle était dans la tête de Bonnabe et pouvait presque voir les mécanismes qui se mettaient rapidement en branle. Parce que c'étaient les mêmes mécanismes qui l'avaient conduite, peu de temps auparavant, en haut de cette falaise maudite et fascinante à la fois.

Les battements de son cœur s'accélérèrent à une vitesse vertigineuse.

Guillaume et Gerber s'étaient retournés car on entendait au loin les sirènes des voitures de police, qui devaient se trouver au pied de la montée. Dans quelques minutes, policiers et gendarmes allaient embarquer l'assassin.

Bonnabe recula brusquement, sans que les deux hommes aient le temps de réagir. En trois secondes, il parcourut les quelques mètres qui le séparaient du bord et plongea, la tête la première, les bras en croix.

Paule se rapprocha de l'endroit d'où il avait sauté. Le capitaine voulut la retenir, mais elle se dégagea.

Elle se pencha au-dessus du vide. Qui n'a pas rêvé un jour, se dit-elle, de sauter d'une roche vieille de quatre-vingt-quinze millions d'années, même si sa forme actuelle ne date que de dix mille ans ?

Guillaume lui tendit lentement la main.

Paule observait le corps désarticulé sur les rochers, que les vagues commençaient à recouvrir. Et voulut imaginer qu'il était dans la même position que celui de Marie-Claude Bonnabe, un jour de juin 1996. Et, surtout, dans la même position que Rose Forestier…

Elle soupira, saisit la main tendue de Guillaume. Et serra fort. Très fort.

# Épilogue

Paule se réveilla et écarta l'oreiller pour jeter un coup d'œil à son voisin. Jean dormait profondément sur le ventre, un genou replié vers lui. Elle effleura son épaule et son cou. Le policier poussa un grognement de satisfaction dans son sommeil et étendit son bras dans sa direction.

Mais Paule avait déjà bondi du lit pour courir à la fenêtre et entrebâiller les lourds rideaux.

Un rai de soleil pénétra dans la chambre Sarah-Bernhardt du Donjon.

Au loin, la mer était d'huile et la falaise d'Aval éclatante de blancheur. Adelbert de Cernin, qui était reparti pour Paris en compagnie de Madeleine Dunod, lui avait laissé la bonbonnière pour la nuit.

S'enroulant dans un plaid, Paule sortit sur le balcon. Elle ferma les paupières, savoura le vent froid sur son visage puis s'étira. L'espace d'un court instant, elle s'imagina appartenir à l'un de ces couples en quête d'un week-end romantique. Un moment d'égarement, sans doute.

Paule s'habilla rapidement. Jean dormait encore quand elle sortit de l'hôtel pour se rendre à la maisonnette où l'on servait le petit déjeuner. Elle voulait être en paix pour consulter les messages sur son portable.

Le premier venait de Guillaume. La veille, il s'était rendu à Rouen pour être entendu par ses supérieurs. Il résumait les différentes charges qui pesaient contre lui et les peines qu'il encourait, allant du blâme à la mise en disponibilité. Il concluait par un bravache « Je ne regrette rien ! ».

Jean n'avait pas caché à Paule que Guillaume risquait d'être radié des cadres pour avoir franchi plusieurs fois la ligne rouge durant l'enquête. D'autant que la commandante, saluée par des papiers louangeurs dans la presse nationale et locale pour avoir su démanteler la confrérie criminelle, n'avait guère cherché à le soutenir.

De son côté, l'avocate de Lydie Vatinel, interrogée par Jean-Michel Baudet, avait chargé une barque qui prenait déjà l'eau en soulignant que sa cliente avait été harcelée et qu'« il n'y a aucun honneur à enfoncer ainsi une mère de famille modeste élevant seule ses enfants dans des temps si difficiles »...

Les messages suivants provenaient de la banque de Paule et d'organismes de placement qui lui proposaient des investissements, tous plus judicieux les uns que les autres, pour ne pas laisser dormir son capital. Elle ne put s'empêcher de sourire en pensant que cet argent avait déjà servi, et bien servi.

Qu'en faire, d'ailleurs ? Elle n'avait plus envie d'acheter une maison à Étretat. Ses seules racines ici devaient être la tombe de sa grand-mère. Elle n'en voulait pas d'autres.

Elle avait beaucoup réfléchi à cet « après l'enquête » et la conclusion avait été rapide : elle ne voulait justement pas d'« après ». Elle souhaitait continuer.

Elle se rappela le refrain de la chanson de Peter Doherty, « *In the fantasy life of poetry and crime* ». Oui, c'était bien vers là où elle voulait aller désormais, dans la vie fantastique de la poésie et du crime.

L'intensité des événements lui avait révélé sa véritable nature, autant vouée à l'action qu'à la contemplation. Le Mal était une abstraction que l'on trouvait dans les grimoires. Mais le Malin, lui, existait. Elle avait découvert combien il sait se terrer au plus profond de l'homme. Elle désirait se salir les mains et le combattre. Les moyens dont elle disposait devaient servir à cette quête. Et peut-être même que Guillaume consentirait à être là pour l'épauler…

*Composition et mise en pages*
*Nord Compo à Villeneuve-d'Ascq*

CET OUVRAGE
A ÉTÉ ACHEVÉ D'IMPRIMER
SUR ROTO-PAGE
PAR L'IMPRIMERIE FLOCH
À MAYENNE EN SEPTEMBRE 2022

N° d'impression : 101153
Imprimé en France